Ein junges Paar fährt zu einer Hausbesichtigung. Zu ihrem Schrecken warten vor Ort fast 200 Leute. Es stellt sich heraus, dass die meisten aus spiritistischen Gründen gekommen sind: Auf einem der Maklerfotos ist am Fenster ein weißer Schatten zu sehen …

Eine alte Dame kauft ein Haus am Meer, das den Versprechen den Maklers nicht gerecht wird. Sie stirbt an Überforderung mit dem neuen Anwesen. Jahre später kehrt der rücksichtslose Makler mit seinem teuren Auto auf das Grundstück zurück und trifft auf einen einzelnen Bauarbeiter …

Irene Huss ist zum traditionellen Krebsessen in der Nachbarschaft eingeladen. Plötzlich ertönt ein gellender Schrei, und eine halbbekleidete Frau stürzt in den Garten. Irene Huss findet den Ehemann blutüberströmt …

Dies und vieles mehr in 13 gesammelten Kurzgeschichten der schwedischen Queen of Crime.

Helene Tursten wurde 1954 in Göteborg geboren und arbeitete lange Jahre als Zahnärztin, ehe sie sich ganz auf das Schreiben konzentrierte. Mit ihren Kriminalromanen begeisterte sie Schwedens Kritiker und Publikum auf Anhieb und schrieb sich auch in Deutschland in die Herzen der Krimileser und -leserinnen. Ihre Serie um die Göteborger Kriminalinspektorin Irene Huss hat mittlerweile auch in Deutschland eine riesige Fangemeinde und wurde erfolgreich verfilmt. Helene Tursten lebt in Sunne/Värmland und ist verheiratet mit einem Expolizisten.

Helene Tursten

MEINE KLEINEN MORDE

Kriminalgeschichten

Aus dem Schwedischen von Lotta Rüegger und Holger Wolandt

btb

INHALT

7 Toter Winkel

23 Ältere Dame sucht Weihnachtsfrieden

41 Die Todsünde

61 Die unglückliche Braut

79 Ein seltsames Verschwinden zu Mittsommer

95 Ältere Dame auf Reisen

113 Der Weihnachtsmann ist tot

127 Mittwintermord

145 Schritte

155 Die Kellerjungen von Unna

171 Die übliche Geschichte

183 Die Wohnungsprobleme einer älteren Dame

207 Im Schein des Krebsmondes

249 Nachbemerkung

TOTER WINKEL

Kriminalinspektorin Irene Huss kann es sich für gewöhnlich erlauben, die Weihnachtsvorbereitungen gelassen anzugehen. Schließlich ist ihr Mann Koch in einem der besten Restaurants Göteborgs, und die Weihnachtszeit wird jedes Jahr nach dem gleichen Muster begangen: Bereits am ersten Advent beginnt Krister mit dem Weihnachtsgebäck. Um diese Zeit kommen auch immer die erwachsenen Zwillingstöchter nach Hause, um mitzuhelfen. Natürlich nicht, ohne sich einen großen Vorrat an Zimtschnecken und Plätzchen mit nach Hause zu nehmen. Sobald sich der Duft von Safran und Weihnachtsgewürzen ausbreitet, schaltet Irene die Kaffeemaschine ein und deckt den Couchtisch mit dem geerbten Kaffeeservice. Im Schein der ersten Adventskerze genießen dann alle zusammen das noch warme Luciagebäck und die mürben Pfefferkuchen. Die Plätzchen verwahrt Irene in gut schließenden Blechbüchsen, aber einen Großteil des Gebäcks friert sie ein und nimmt es je nach Bedarf portionsweise aus dem Gefrierschrank. Auch mit dem Weihnachtsessen hat Irene keine Arbeit, Krister kocht alles selbst, angefangen von den Karamellbonbons bis hin zum eingelegten Hering und den mit Honig bestrichenen Spareribs, ganz zu schweigen von seiner Spezialität, dem portweinmarinierten und überbackenen Weihnachtsschinken, der immer in der Mitte des Weihnachtsbuffets steht. Sogar die Wurst und der Senf stammen aus eigener Herstellung. Zusammen mit der Tochter Jenny, die Vegetarierin ist, bereitet Krister außerdem noch einige leckere

Gemüsegerichte und wunderbare Salate zu. Essen ist für ihn Beruf und Hobby, und niemand könnte dankbarer dafür sein als Irene. Der Einzige, der ihre kulinarischen Fertigkeiten zu schätzen weiß, ist ihr Hund Egon, wenn sie sein Trockenfutter mit Essensresten aufbessert.

Allein das Besorgen der Weihnachtsgeschenke verursacht einen gewissen Stress, dem sich nicht einmal Irene entziehen kann. Diese Aufgabe kann unmöglich jemand anderes für sie erledigen. Bei Familie Huss ist es Tradition, dass man sich keine teuren Sachen schenkt. Die Geschenke sollen persönlich sein und möglichst eine Bedeutung haben. Allerdings hatte Krister im Vorjahr ihr Geschenk, Joggingshorts mit passendem T-Shirt, nicht sonderlich zu schätzen gewusst, denn körperliche Ertüchtigung ist ihr Ding, nicht seines. Sie musste also versprechen, dieses Jahr keine Turnschuhe, Hanteln oder Ähnliches zu kaufen.

Man kann nicht jedes Jahr einen Treffer landen, dachte Irene, als sie auf dem riesigen Parkplatz auf dem Frölunda Torg einparkte. Glücklicherweise war gerade ein anderes Auto weggefahren, denn weit und breit war keine einzige freie Parklücke in Sicht. Sie stieg aus, schloss die Fahrertür ab und schaute auf das große Entree, vor dem sich die Menschenmassen drängten. Warum lerne ich nie, die Weihnachtseinkäufe im Oktober zu erledigen, statt bis zum 23. damit zu warten, dachte Irene verärgert. Aber das ließ sich jetzt nicht mehr ändern, und es blieb ihr nichts anderes übrig, als sich ins Getümmel zu stürzen und zu hoffen, dass sie die Dinge finden würde, die sie sich vorgestellt hatte.

Das große Thermometer an der Fassade des Gebäudes zeigte fünf Grad minus. Eine dünne Schneedecke, die hoffentlich über die Weihnachtstage liegen bleiben würde, überzog die Stadt. Gemeinsam mit Hunderten anderer Menschen drängte Irene sich durch die Türen des Einkaufszentrums. Scheppernde Weihnachtsmusik vermischte sich mit lautem Stimmengewirr. Wärme schlug ihr entgegen. An der Decke hingen riesige Weihnachtsbaumkugeln, die sich langsam drehten und ihre Farbe veränderten. Dazwischen waren Girlanden aus künstlichen Tannenzweigen angebracht. Praktisch, dann rieseln den Leuten wenigstens keine Nadeln in die Haare, dachte Irene und wappnete sich für das, was ihr bevorstand.

Das Einkaufszentrum war erst kürzlich umgebaut worden. Kein Laden war mehr dort, wo er vorher war. Einige existierten überhaupt nicht mehr, und andere waren hinzugekommen. Damit die Kunden eine Chance hatten, sich zurechtzufinden, standen große Übersichtstafeln an den Eingängen und Rolltreppen. Irene blieb vor einer stehen und betrachtete den Plan. Aus den Augenwinkeln nahm sie einen jungen Mann wahr. Sie drehte den Kopf zur Seite und sah ihn an. Nicht etwa, weil er sonderlich auffällig gekleidet gewesen wäre, sondern weil er im Dezember eine Sonnenbrille trug. Dann bemerkte Irene den weißen Stock, den er vor sich her schwenkte. Offenbar war er sehbehindert. Irene erstaunte es, dass er sich am Tag vor Heiligabend in die Menschenmassen eines der größten Shopping-Center Göteborgs wagte. Aber er schien gut zurechtzukommen, die Leute wichen ihm aus. Sie wandte sich wieder dem Übersichtsplan zu. Krister wollte sie dieses Jahr einen Schal schenken, und zwar keinen praktischen aus dicker Wolle, sondern einen schicken aus weichem Kaschmir, denn so einen besaß er noch nicht. Vorzugsweise ein Muster mit Rot, denn das würde gut zu seinem dunkelblauen Mantel passen. Im Men's Shop hatte es im Vorjahr solche Schals gegeben. Dieses Jahr hatten sie sie sicher auch wieder im Sortiment. Wenn sie das Geschäft denn fand. Da! Er war in den 2. Stock umgezogen. Jetzt musste sie nur noch die richtige Rolltreppe nehmen …

Der gewaltsame Stoß traf sie vollkommen unerwartet. Irene fiel vornüber und konnte sich im letzten Moment noch an einem stabilen Mülleimer aus Metall festhalten. Etwas lag schwer auf ihrem Rücken, sie krümmte sich unter dem Gewicht über den Korb.

»Verdammt! Können Sie nicht aufpassen!«, brüllte ihr eine Männerstimme ins Ohr.

Jemand klammerte sich an ihrem Rücken fest. Zwar war sie einmal Meisterin im Jiu-Jitsu gewesen, aber alles war so schnell und überraschend geschehen, dass sie vollkommen überrumpelt war. Das Gewicht auf ihrem Rücken war nicht mehr zu spüren, aber jetzt erhielt sie einen schmerzhaften Hieb gegen das Schienbein. Als Irene über ihre Schulter schaute, sah sie den blinden Jüngling. Um sie herum blieben die Leute stehen und betrachteten die Dame mittleren Alters, die offenbar einen blinden jungen Mann angerempelt hatte. Verwirrt und beschämt überlegte Irene, wie um alles in der Welt das hatte geschehen können. Eben noch hatte sie ihn in fünfzig Metern Entfernung gesehen, ein paar Augenblicke später lag er auf ihrem Rücken.

»Wer ist hier eigentlich sehbehindert!«, fauchte der Jüngling.

Irene sah, dass er fast noch ein Junge war. Er trug eine große Daunenjacke und Jeans und sah aus wie alle anderen Teenager. Sein Haar war schwarz gefärbt, und er hatte einen Irokesenschnitt. Das Einzige, was ihn von den meisten Jugendlichen unterschied, war die Tatsache, dass er sehbehindert war.

»Entschuldigung, aber ich …«, stammelte Irene, wurde aber sofort unterbrochen.

»Von wegen Entschuldigung! Passen Sie nächstes Mal halt auf!«, pöbelte er und fasste seinen Stock fester. Rasch versetzte er ihrem Bein einen weiteren Hieb, drehte sich um und bahnte sich einen Weg durch die Menschentraube, die sich um sie herum gebildet hatte.

Irene hatte ihr Gleichgewicht wiedergewonnen, und nun begann Wut in ihr aufzusteigen. Ein solcher Stoffel! Selbst wenn er blind war, konnte er sich gesittet benehmen. Die Leute um sie herum hatten das Interesse verloren und verliefen sich. Sie folgte dem Jungen eine Weile mit dem Blick. Mit erstaunlicher Sicherheit bewegte er sich quer durch die riesige Haupthalle auf einen der Ausgänge zu, über dem das Symbol für die Straßenbahn hing. Widerwillig musste sie sich eingestehen, dass sie ihn bewunderte. Er kam gut im Gedränge zurecht und konnte offenbar auch alleine Straßenbahn fahren. Sie fühlte sich plötzlich erschöpft und benommen. Sie brauchte jetzt dringend eine Tasse Kaffee. Ihr Blick fiel auf einen großen Kaffeeautomaten im Eingangsbereich einer Buchhandlung. Daneben standen ein paar Tische und Stühle. Derartigen Kaffee war sie von ihrem Arbeitsplatz gewöhnt. Sie stellte keine hohen Ansprüche. Hauptsache Koffein. Sie reihte sich in die Schlange ein. Als sie den Reißverschluss ihrer Jackentasche öffnen wollte, stellte sie fest, dass dieser bereits geöffnet war. Hatte sie vergessen, ihn zuzumachen? Verblüfft schob sie die Hand in die Tasche, um ihre Brieftasche herauszunehmen. Sie war nicht dort.

Man musste keine erfahrene Polizistin sein, um zu begreifen, was geschehen war. Sie war bestohlen worden. Von einem blinden Jüngling, der wahrscheinlich so gut sah wie ein Falke.

Irene machte auf der Stelle kehrt, versuchte, sich einen Weg durch die Menge zu bahnen, ständig darauf bedacht, mit niemandem zusammenzustoßen. Sie entschuldigte sich in alle Richtungen, während sie den schwarzen Irokesenkamm des Jünglings durch die Glastüren ins Freie verschwinden sah. Rolltreppen führten zu den Straßenbahnsteigen. Falls jetzt eine Straßenbahn einfuhr, würde er ihr entwischen. Es hagelte Proteste, als sie versuchte, sich an den Menschenmassen vorbeizudrängen. Eine Frau sagte laut: »Schon wieder die, die dem armen blinden Jungen das Leben schwergemacht hat!«

Weitere Entschuldigungen murmelnd, bewegte sich Irene zielstrebig auf den Ausgang mit dem blau-weißen Straßenbahnsymbol zu. Als sie die Rolltreppe endlich erreicht hatte, war sie durchgeschwitzt und wahnsinnig wütend. Dieses Früchtchen konnte was erleben, wenn sie es zu fassen kriegte! Mit großen Schritten drängte sie sich an den Menschen auf der Rolltreppe vorbei. Es wurde geschimpft und gemurrt, aber das war ihr egal, sie musste auf den Bahnsteig hinunter und den Dieb erwischen, ehe er in eine Straßenbahn einstieg.

Am Bahnsteig angekommen, sah Irene sich um. Da sie recht groß war, konnte sie über die Köpfe der Menschen auf dem Bahnsteig hinwegsehen, aber in dem fahlen Licht der unterirdischen Haltestelle war kein Jüngling mit Sonnenbrille zu sehen. Irenes Herz klopfte heftig. War er bereits verschwunden? Gerade als sie aufgeben wollte, entdeckte sie ihn. Er erhob sich von einer Bank und ging an den Gleisen entlang. Er konnte sie nicht gesehen haben, da er ihr den Rücken zuwandte. Irenes Kräfte kehrten zurück, als sie ihre Beute sah. Sie folgte ihm. Er verschwand hinter einem breiten Betonpfeiler, aber wie es aussah, würde er sich nicht absetzen können, denn der Bahnsteig endete ein paar Meter weiter an einer Mauer. Im Tunnel quietschten die Schienen, ein erstes Anzeichen dafür, dass sich die Straßenbahn näherte. Irene beschleunigte ihre Schritte, um den Dieb stellen zu können, ehe er in die Straßenbahn verschwand.

Obwohl die Bremsen kreischten, hörte sie deutlich einen schrillen Schrei. Instinktiv hielt sie inne und schaute auf den Pfeiler, hinter dem der Jüngling verschwunden war. Sie sah einen dunklen Ärmel auf den Gleisen verschwinden, als die Straßenbahn herandonnerte. Ein dumpfer Knall, und die Schienen sprühten Funken. Der Fahrer hatte eine Notbremsung durchgeführt.

Für den Bruchteil einer Sekunde herrschte eine unheimliche Stille auf dem Bahnsteig, dann begann eine Frau schrill und anhaltend zu kreischen. Wenig später waren weitere Schreie zu hören. Die Erkenntnis, dass da ein Mensch unter die Straßenbahn geraten war, hatte sich rasch verbreitet. Irene zog ihr Handy aus der Tasche und wählte 112. Sie nannte ihren Namen und Dienstgrad und forderte einen Krankenwagen und die Polizei an. Dann berichtete sie kurz, was geschehen war. Auf dem Bahnsteig herrschte Chaos. Die Menschen riefen erregt durcheinander, einige hatten sich vor der Straßenbahn versammelt, um zu sehen, wie es dem Angefahrenen ging.

Irene verspürte eine Welle der Erleichterung, als ein Mann rief: »Ich glaube, er lebt!«

Sie betete, dass der Jüngling durchhalten würde, bis der Krankenwagen kam, während sie versuchte, sich durch die Menge zu drängen.

»Polizei! Bitte machen Sie den Weg frei!«, wiederholte sie mit autoritärer Stimme in regelmäßigen Abständen und hielt ihren Dienstausweis in die Höhe. Den verwahrte sie immer in der Innentasche ihrer Jacke, wo sie bis vor kurzem auch ihre Brieftasche getragen hatte.

Ein magerer Mann in einer abgetragenen Jeansjacke und mit löchrigen Jeans stieß mit Irene zusammen. Als er vorübereilte, fiel ihr auf, dass er viel zu dünn für die Kälte auf dem ungeheizten Bahnsteig gekleidet war. »Er ist ja … verdammt noch mal … zerquetscht! Tot! Krankenwagen! Rufen Sie einen …« Seine Worte überschlugen sich, während er auf die Vorderseite der Straßenbahn deutete. Er starrte Irene wild an und fuchtelte mit den Armen, ohne jedoch noch etwas Verständliches über die Lippen zu bringen. Zum Schluss wimmerte er nur noch vor sich hin. Irene begriff, dass sie einen Junkie vor sich hatte. Sie klopfte ihm beruhigend auf die Schulter und sagte, Polizei und Krankenwagen seien bereits unterwegs. Dann setzte sie ihren Weg fort.

Schließlich war sie am Kopf der Straßenbahn angelangt. Einige der Umstehenden hatten Blut gewittert und verspürten keinerlei Lust, aus dem Weg zu gehen. Wachleute eilten herbei und drängten die Schaulustigen beiseite, die erregt in ihre Handys sprachen. Etliche versuchten, mit ihnen zu fotografieren, aber die Wächter verstellten ihnen die Sicht. Irene zeigte ihren Dienstausweis und wurde zum Unglücksort vorgelassen. Sie sprang auf die Gleise hinunter. Der Jüngling war ein Stück mitgeschleift worden, und auf den Schienen war sehr viel Blut. Seine Beine verschwanden unter der Straßenbahn. Er lag auf dem Rücken und mit dem Kopf am Zaun, der die beiden Gleise voneinander trennte. Er hatte seine Sonnenbrille verloren, und Irene sah, dass seine Augen geschlossen waren. Ein leises Wimmern kam aus seiner Kehle. Es wurde immer schwächer.

»Wir sind bei Ihnen. Der Krankenwagen kommt jeden Moment. Machen Sie sich keine Sorgen. Versuchen Sie, ganz ruhig zu atmen«, sagte Irene und kniete sich neben ihn. Wie jung er ist, dachte sie, als sie die Akne auf seinen graubleichen Wangen sah. Irene ergriff seine eiskalte Hand und begann sie langsam zu massieren. Sie war erstaunt, dass er plötzlich ihre Finger umfasste und die Augen öffnete. Er sah sie verzweifelt an. Er stand unter Schock, aber es bestand kein Zweifel daran, dass er sie sah.

»Ich … will … nicht«, flüsterte er.

Sein Blick erlosch. Langsam schloss er seine Lider. Die Atmung wurde immer flacher. Er war bewusstlos. Irene hörte die sich nähernden Sirenen und hoffte inständig, dass der Krankenwagen rechtzeitig kommen würde.

Die Sanitäter trafen vor der Polizei ein. Sie kamen mit ihrer Ausrüstung angelaufen, sprangen auf die Gleise und begannen mit den lebensrettenden Sofortmaßnahmen. Einer der Sanitäter murmelte, dass sich die Feuerwehrleute mit der Befreiung des Jungen beeilen müssten, damit sie überhaupt eine Chance hatten, ihn zu retten. Die Blutlache wurde größer. Die beiden Sanitäter sahen sich an und schüttelten kaum merklich den Kopf. Irene zeigte ihren Ausweis und stellte sich ihnen vor. Sie erzählte, der junge Mann habe ihre Brieftasche gestohlen. Irene streifte Handschuhe über und durchsuchte rasch die Taschen der großen Daunenjacke, ohne die beiden Sanitäter an ihrer Arbeit zu hindern. Sie zog drei Brieftaschen, vier Handys und fünf Tütchen mit einem weißen Pulver aus seinen Taschen. Eine der Brieftaschen war ihre. In der Innentasche fand sie auch einen Ausweis mit einem Foto des Jünglings. Er hieß Marcus Larsson und war siebzehn Jahre alt.

Irene versuchte, ihre Gedanken zu ordnen. Was war eigentlich geschehen? Der junge Mann, Marcus Larsson, hatte auf einer Bank auf dem Bahnsteig gesessen. Vielleicht hatte er nachzählen wollen, wie viel Geld in den gestohlenen Brieftaschen war. Hatte jemand neben ihm gesessen? Sie hatte jedenfalls niemanden gesehen. Dann hatte sich Marcus erhoben und war zielstrebig an den Gleisen entlanggegangen, vermutlich um ganz vorne zu stehen, wenn die Straßenbahn hielt. Nur für die Dauer eines Augenblicks war er hinter dem Betonpfeiler und aus ihrem Blickfeld verschwunden. Dann hatte sie einen Schrei gehört und ihn mit den Armen fuchteln sehen, als er auf die Gleise stürzte.

Hatte er sich entschlossen, Selbstmord zu begehen? Wohl kaum. Wollte man den sicheren Tod, dann warf man sich nicht vor eine bremsende Straßenbahn. War es ein Unfall gewesen? War er gestolpert? Vielleicht. Oder hatte er bemerkt, dass sie ihn verfolgte, und deswegen versucht, das Gleis zu überqueren? Das war ein unbehaglicher Gedanke, aber sie glaubte ehrlich gesagt nicht, dass es sich so verhielt. Der Zaun zwischen den Gleisen war zu hoch, um so schnell hinüberklettern zu können. Als Fluchtweg kam der Weg über die Gleise nicht in Frage. Nein, nichts sprach dafür, dass er sich verfolgt gefühlt hatte. Er hatte ganz einfach mit der Beute des Tages in eine Straßenbahn verschwinden wollen.

Was auch immer sich zugetragen hatte, es war hinter dem Betonpfeiler geschehen.

Während Marcus abtransportiert wurde, baten die Streifenpolizisten Irene wie erwartet, sie auf die Wache am Frölunda Torg zu begleiten. Sie hatte ihnen erzählt, was sie in den Taschen des Jungen gefunden hatte. Aber dass sie Polizistin war, war nur einer der Gründe, warum die Kollegen mit ihr sprechen wollten. Der Hauptgrund war, dass sie die Einzige zu sein schien, die überhaupt eine Vorstellung von dem Verlauf des Geschehens hatte. Andere Zeugen hatten sich nicht gemeldet.

Auf der Wache wurde Irene von Inspektor Göran Wedöö empfangen, den sie schon seit vielen Jahren kannte. Seiner deutlich jüngeren Kollegin war sie noch nie begegnet. Irene schnappte nur den Nachnamen auf: Törnkvist. Göran Wedöö war ein großer Mann mit glattrasiertem Schädel und markanten Gesichtszügen. Als er sich auf seinen Bürostuhl setzte, protestierte dieser mit einem lauten Quietschen. Irene nahm auf der gegenüberliegenden Seite des Tisches Platz, Kollegin Törnkvist blieb neben der Tür stehen.

Zu Beginn der Unterhaltung erklärte Wedöö, der Jüngling sei bei seinem Eintreffen auf der Notaufnahme für tot erklärt worden. Irene empfand eine leichte Übelkeit, obwohl sie seit Jahren bei der Mordkommission war. Irgendwie wurde sie ein leises Schuldgefühl nicht los.

Ein Kriminaltechniker trat ein und händigte ihnen die Dinge aus, die Irene in den Taschen des Jungen gefunden hatte. Der Inhalt der kleinen Tüten würde später noch im Labor des Präsidiums analysiert werden. Dann erzählte Irene so detailliert wie möglich, was vorgefallen war. Die beiden Kollegen unterbrachen sie nicht.

Es klopfte, und der Kriminaltechniker erschien ein weiteres Mal.

Er reichte Irene ihre Brieftasche. »Jetzt habe ich die Fingerabdrücke gesichert. Willst du dich davon überzeugen, dass noch alles in der Brieftasche ist?«, fragte er.

Ihre Hände zitterten leicht, als sie sie entgegennahm. »Alles noch da«, sagte sie, nachdem sie einen raschen Blick auf den Inhalt geworfen hatte.

»Gut. Dann gibt's jetzt eine Filmvorführung. Wir haben ein paar Videosequenzen vom Opfer und dir aus der Haupthalle«, meinte Göran Wedöö und nickte Törnkvist zu.

Diese zog eine Fernbedienung aus der Hosentasche und richtete sie auf einen großen Plasmafernseher an der Wand. Ruckartige, aus der Höhe aufgenommene Schwarzweißsequenzen waren zu sehen. Es dauerte eine Weile, bis Irene sich selbst in der Menge entdeckte, wie sie konzentriert die Informationstafel studierte. Der Jüngling näherte sich ihr zügig von hinten. Er war gut zu erkennen, da er als Einziger eine Sonnenbrille trug. Er warf sich förmlich auf Irene, woraufhin beide ungebremst auf den großen Mülleimer fielen. Einige Sekunden lang hatte es den Anschein, als würden sie miteinander ringen, dann gelang es dem Jungen, sich zu erheben, indem er sich an ihrem Rücken abstützte. Törnkvist stoppte das Video.

»In diesem Moment hat er dir deine Brieftasche geklaut«, meinte sie.

»Das ist mir klar«, seufzte Irene.

»Dann ist dir sicher auch klar, dass er genauso gut sehen konnte wie du und ich. Wenn nicht sogar besser«, sagte Wedöö und zog vielsagend seine buschigen Brauen hoch.

Er griff nach dem Ausweis, der auf dem Tisch lag, und betrachtete ihn eingehend. Dann fuhr er fort:

»Ein alter Bekannter. Marcus Larsson, siebzehn Jahre alt. Richtig verschlagener Gauner. Dealer und Dieb. Seine neueste Masche war es, in der allgemeinen Weihnachtshysterie den blinden Mann zu geben, um die Mantel- und Einkaufstaschen seiner Opfer zu leeren. Die erste von bislang zehn Anzeigen wurde vor zwei Tagen erstattet. Aber diese Zahl wird angesichts der Dinge, die er bei sich trug, natürlich noch steigen.

Wahrscheinlich war er mit der Ausbeute des Tages zufrieden und wollte nach Hause fahren. Vielleicht hat er aber auch geahnt, dass wir ihm bereits auf der Spur waren.«

Ein schlaues Kerlchen, dachte Irene. Trotzdem hat er dieses grausame Schicksal auf den Straßenbahnschienen wirklich nicht verdient.

»Gibt es Kameras, die den vorderen Teil des Bahnsteigs überwachen?«, fragte sie.

»Ja. Aber leider ist der Betonpfeiler im Weg. Dahinter befindet sich ein toter Winkel«, antwortete Wedöö.

»Makaberer Ausdruck, wenn man bedenkt, was dann geschah«, meinte Törnkvist.

Irene schauderte es. Sie konnte nur zustimmen.

»Kannst du dich sonst noch an etwas erinnern? Erzähl einfach alles, was dir einfällt«, sagte Wedöö.

»Nein. Ich habe alles gesagt … Doch, eine Sache! Da war so ein Typ, der das Ganze gesehen haben könnte«, antwortete Irene.

»Wer?«, fragte Wedöö scharf.

»Ein Junkie. Fettiges, langes blondes Haar. Dünne Jacke. Sehr mager. Wahrscheinlich Anfang dreißig, sah aber älter aus. Zittrig und … konfus. Er fuchtelte mit den Armen und lamentierte. Brachte dann kein Wort mehr heraus, weil er so außer sich war. Vorher hatte er mehrmals gesagt, Marcus sei tot. Schließlich stand er nur noch zitternd da und jammerte«, sagte Irene.

Wedöö nickte Törnkvist an der Tür zu. Sie griff zu ihrem Handy und murmelte ein paar Worte hinein. Nach einigen Minuten begann der Bildschirm wieder zu flimmern. Jetzt sah man den Bahnsteig, von schräg oben. Die Sequenz war direkt nach dem Unglück aufgenommen. Die Wartenden sahen sich fragend an und bewegten sich unruhig hin und her. Plötzlich tauchte der magere Mann direkt hinter dem Pfeiler auf. Irene sah, wie sie mit ihm zusammenstieß. Er gestikulierte. Seine Körpersprache ließ große Aufregung erkennen.

»Das ist er«, sagte Irene.

Törnkvist hielt das Video an. Der Mann erstarrte mit ausgebreiteten Armen und verzweifeltem Gesichtsausdruck zu einem Standbild.

»Tricky. Auch ein alter Bekannter«, stellte Wedöö fest.

»Es ist kalt, und er ist obdachlos. Er trägt keinen Mantel. Wahrscheinlich treibt er sich im Einkaufszentrum herum«, meinte Törnkvist.

»Sehr gut möglich. Wir trommeln ein paar Leute zusammen und lassen ihn suchen. Eigentlich heißt er Mikael Nilsson«, sagte Wedöö an Irene gewandt.

Während sich der Wachdienst und die Polizei anschickten, im Einkaufszentrum nach Mikael »Tricky« Nilsson zu suchen, bekam Irene endlich ihren Kaffee. Es dauerte nur zwanzig Minuten, bis Tricky auf die Wache gebracht wurde.

Er zitterte am ganzen Körper und brach sofort zusammen. Verzweifelt versuchte er zu sprechen, brachte aber vor lauter Schluchzen kein Wort heraus. Es dauerte eine Weile, bis sie ihm eine halbwegs zusammenhängende Geschichte entlockt hatten.

Marcus Larsson hatte ihm ein paar Tütchen Amphetamin verkauft und dabei versichert, die Ware sei erstklassig. Aber Tricky war kein Anfänger und hatte rasch festgestellt, dass sich in den Tütchen hauptsächlich Backpulver befand. Normalerweise war er ein friedlicher Zeitgenosse, aber bei einem Drogengeschäft reingelegt zu werden vertrug er nicht. Außer sich vor Wut hatte er sich auf die Suche nach Marcus gemacht.

Er hatte gesehen, wie der Jüngling auf den Ausgang Richtung Straßenbahn zugesteuert war. Tricky war schneller gewesen und hatte ihm hinter dem Betonpfeiler auf dem Bahnsteig aufgelauert. Als sich die Straßenbahn genähert hatte, hatte Tricky Marcus an der Jacke gepackt, und es war zu einem kurzen Handgemenge gekommen. Ob Marcus gestolpert und auf die Gleise gestürzt oder ob Tricky ihn gestoßen hatte, konnte nicht einmal er selbst sagen. Tricky hatte von Marcus nur das Geld zurückfordern wollen, das er für das wertlose Dope bezahlt hatte.

»Ich wollte ihn nicht töten! Ich wollte ihm nur einen Schre… Schrecken einjagen«, schluchzte Tricky.

Als Irene die Wache verließ, war sie erschöpft und beschloss, auf direktem Weg nach Hause zu fahren.

Egon sprang fröhlich kläffend an Irene hoch, als sie die Wohnung betrat. Hinter ihm erschien Krister. Er sah erleichtert aus.

»Hallo, meine Liebe! Du warst über sechs Stunden weg. Ich habe bereits erwogen, deine Kollegen anzurufen, damit sie nach dir fahnden«, sagte er, trat auf sie zu und küsste sie auf die Stirn.

Sie umarmte ihn und murmelte an seinem Hals:

»Die hätten mich schnell gefunden. Ich saß auf der Wache am Frölunda Torg.«

Während sie erzählte, was vorgefallen war, wärmte Krister ihr das Mittagessen auf. Noch nie hatte ihr seine hausgemachte Värmlandswurst mit Kartoffelbrei und Preiselbeeren so gut geschmeckt! Irene nahm sich noch eine Portion und fühlte sich allmählich besser.

Als sie nach dem Essen die dritte Tasse Kaffee trank, fragte Krister vorsichtig:

»Und die Weihnachtsgeschenke? Liegen die noch im Auto?«

»Nein. Ich habe keine gekauft. Aber morgen ist auch noch geöffnet. Ich kann in der Frühe noch mal hinfahren …«

»Ausgeschlossen! Weihnachten feiern wir so, wie wir es jedes Jahr feiern. Von morgens früh bis spätabends! Wir schlafen aus und dann kochen wir Kaffee. Danach zünden wir die Kerzen am Weihnachtsbaum an und essen Brote mit Weihnachtsschinken und ganz viel Senf. Das ist der schönste Morgen des Jahres für mich. Nachdem wir für das Weihnachtsbuffet gedeckt haben, machen wir einen langen Spaziergang mit Egon. Anschließend können wir uns dann mit einer Tasse Glögg stärken. Dann stellen wir das Essen bereit, damit alles fertig ist, wenn die Gäste um drei Uhr kommen«, sagte Krister lächelnd.

Er tunkte das letzte Stück Safrangebäck in seinen Kaffee und schob es in den Mund. Dann sagte er:

»Am Frölunda Torg ist heute bis acht geöffnet. Wir haben also noch zweieinhalb Stunden. Wir fahren sofort los. Ich begleite dich als dein Bodyguard«, entschied er.

Irene nahm seine Hand und lächelte ihn an.

»Mein Weihnachtsmann!«, sagte sie und blies ihm einen Kuss von der flachen Hand über den Tisch.

ÄLTERE DAME SUCHT WEIHNACHTSFRIEDEN

So früh am Morgen des Heiligabend war es auf dem Friedhof noch ganz still. Sie stieß einen lauten Seufzer aus. Das machte nichts, denn sie war ja ganz allein. Um diese Tageszeit regte sich hier kein Lebewesen, und den anderen machte es nichts aus.

Die Gummiräder des Rollators stellten sich quer, als sie sich einen Weg durch den Schnee bahnen wollte. Mit etwas Mühe parkte sie ihn schließlich am Grab. Sie nahm die Grablichter und die Streichhölzer aus dem Stoffbeutel, den sie im Korb liegen hatte. Zwei Lichter auf dem Familiengrab mussten reichen, eines für die Eltern und eines für die Schwester. Grablichter waren teuer.

Charlotte war ihre große Schwester gewesen. Maud selbst eine Nachzüglerin. Sie war zehn Jahre nach Charlottes Geburt zur Welt gekommen, zum Erstaunen der Eltern und zum großen Verdruss der Schwester. Es hatte Charlotte ausgezeichnet gefallen, Einzelkind zu sein. Eine kleine Schwester hatte nicht zu ihren Wünschen gehört.

Maud erinnerte sich plötzlich an die aufwendigen Einladungen ihrer Eltern, besonders an das große Fest, das traditionell an jedem Silvesterabend stattfand. Sie dachte an das gute Essen, die Kerzen in den hohen Kandelabern, das Knallen der Champagnerkorken um Mitternacht, an den Lärm fröhlicher Stimmen und an den Duft von Zigarren und von teuren Parfüms. Nicht zu vergessen die schönen Kleider der Damen.

Alles hatte ein abruptes Ende genommen, als ihr Vater

einen Herzinfarkt bei einer Versammlung der Odd Fellows erlitten hatte. Mitten im Gelächter war er zusammengesackt, nachdem jemand eine lustige Geschichte erzählt hatte. Ihre Mutter hatte dann nach seinem Tod aus verschiedenen Gründen nicht mehr viel zu lachen gehabt. Es hatte sich gezeigt, dass seine Geschäfte, wie es hieß, nicht ganz in Ordnung gewesen waren. Nachdem die Anwälte der Familie alle Schulden bezahlt hatten, war nichts mehr übrig gewesen. Schließlich wurde das große Mehrfamilienhaus veräußert, das ihr Vater mehrere Jahre zuvor gekauft hatte. Die Witwe durfte die Wohnung behalten, in der sie wohnte und die beim Verkauf in eine Eigentumswohnung umgewandelt worden war.

Ihre Mutter war fünfzehn Jahre jünger gewesen als ihr Vater, aber es war, als hätte sie alle Kraft verlassen und als wäre sie mit ihm zusammen begraben worden. Drei Jahre später starb sie ebenfalls. Vielleicht war es ja die Schmach des finanziellen und sozialen Abstiegs gewesen, die sie gebrochen hatte, dachte Maud gelegentlich. Sie selbst war damals achtzehn gewesen und hatte gerade an der Universität angefangen. Sie wollte Englisch- und Französischlehrerin werden.

Charlotte hatte sich einige Jahre zuvor ein »nervöses Leiden«, wie ihre Mutter es genannt hatte, zugezogen. Es hieß, Charlotte besäße eine empfindliche Künstlerseele. Sie war etwas über dreißig gewesen und bei Kriegsausbruch immer noch unverheiratet. Ihre zunehmenden Phobien und ihre Hypochondrie hatten ihr Leben erfüllt. Charlotte hatte Konzertpianistin werden wollen, aber nie vor Publikum gespielt. Auch Klavierschüler zu Hause zu unterrichten war ihr zu viel gewesen.

Das geringe Kapital, das der Verkauf des Hauses eingebracht hatte, war während des Krieges rasch dahingeschmolzen. Es war ein Glück gewesen, dass sie die Wohnung von ihrer Mutter geerbt und dort mietfrei hatten wohnen können. Sie hatten jedoch Strom, Wasser und Heizung bezahlen müssen. Maud erinnerte sich, wie ausgekühlt die Wohnung während der kalten Kriegswinter gewesen war. Das Eis innen an den Fenstern war so dick gewesen, dass man nicht hatte hinausschauen können.

Im letzten Kriegsjahr hatte Maud eine Stelle als Lehrerin an der Mädchenrealschule bekommen, und diese Arbeit hatte ihr von Anfang an gut gefallen. Ihre finanziellen Sorgen hatten damit jedoch nicht aufgehört, da sie auch für Charlotte hatte sorgen müssen. Einige Male hatte Maud vorgeschlagen, eines der Zimmer zu vermieten, um die Finanzen zu verbessern. Da hatte Charlotte immer Panikattacken bekommen und geschluchzt: »Ich kann keine fremden Leute in meinem Zuhause ertragen!«

Der flackernde Schein der Grablichter fiel auf die verblichenen Buchstaben auf dem mannshohen Grabstein. Charlotte war vor siebenunddreißig Jahren gestorben. Erst danach hatte Mauds Leben begonnen. Besser spät als überhaupt nicht, dachte sie nun, aber es versetzte ihr trotzdem einen kleinen Stich. In ihrer Herzregion saß immer noch ein kleiner Stachel. Ihre Erinnerungen verflogen, als sich die Kälte ihrer Zehen bemächtigte. Die Stiefel waren warm, aber das Futter war bereits abgenutzt und dünn. Vielleicht sollte sie sich ein Paar neue kaufen? Aber wer wusste schon, ob sie nächste Weihnachten noch am Leben war? Die alten Stiefel mussten einfach noch diesen Winter lang halten.

Mühsam schob sie den Rollator den nicht geräumten Weg entlang. Es hatte in der Nacht geschneit. Wenn sie lauschte, meinte sie in der Ferne ein Brummen zu hören. Vielleicht der

Schneepflug. Ein schrilles Quietschen bestätigte ihren Verdacht – der Pflug war in Aktion getreten. Zufrieden stellte sie fest, dass an ihrem Gehör nach wie vor nichts auszusetzen war. In ihrem Alter waren die meisten Leute bereits taub. Sie aber nicht. Das war vielleicht schade. Denn dann wäre ihr das Problem erspart geblieben.

Resolut schob sie die Gedanken an das Problem beiseite und begann dem Friedhofstor entgegenzustreben. Maud war müde und außer Atem, als sie die Bushaltestelle erreichte, die direkt vor dem Tor lag. Sie musste sich einen Augenblick auf den gepolsterten Sitz des Rollators setzen. Er war wirklich sehr praktisch. Es war nicht so, dass sie wirklich einen Rollator gebraucht hätte, aber Ingenieur Olsson hatte ihn hinterlassen. Keines seiner Kinder hatte sich um den Rollator gekümmert. Wahrscheinlich hatten sie gar nicht gewusst, dass er hinter der Haustür gestanden und ihrem Vater gehört hatte. Nachdem der Hausrat abgeholt und die Wohnung verkauft worden war, war er immer noch da gewesen. Maud hatte ihn in ihre Wohnung hinaufgetragen. Letzten Herbst hatte sie sich das Knie verstaucht, als sie über einen Teppich gestolpert war. Da hatte sie widerwillig begonnen, den Rollator zu benutzen, um ihre Besorgungen zu erledigen. Es war damals gerade Glatteis gewesen, und sie hatte nicht riskieren wollen, noch einmal hinzufallen. Rasch hatte sie eingesehen, was für Vorteile er hatte. Man konnte sich gut auf ihm abstützen, darauf sitzen und ausruhen, man bekam auch plötzlich einen Sitzplatz im Bus angeboten, die Leute hielten einem die Tür auf, wenn man in einen Laden wollte, und Verkäuferinnen mittleren Alters behandelten einen freundlich und … geradezu liebevoll. Der Rollator war super.

Wenn sie dann im Bus einen Sitzplatz bekommen hatte,

dachte sie an all die Reisen, die sie nach Charlottes Tod unternommen hatte. Solange ihre Schwester noch am Leben gewesen war, war das ausgeschlossen gewesen. Charlotte geisterte wie eine Untote in der großen, dunklen Wohnung herum und weigerte sich, das Haus zu verlassen. In den sechziger Jahren hatte sich ihr psychischer Zustand rasch verschlechtert. Es hatte sich nicht gelohnt, auch nur den Gedanken zur Sprache zu bringen, dass sie eventuell ein paar Tage wegfahren könnte. Ihre Schwester wäre dann nur noch verrückter geworden, als sie es ohnehin schon war. Die kleine Charlotte kam schließlich nicht allein zurecht! Wer würde ihr das Essen zubereiten und dafür sorgen, dass sie ihre Medikamente nahm? Wer würde für sie da sein, wenn die Angstattacken Krallen in ihre Seele schlugen? Das Schlimmste war, dass all dies stimmte. Charlottes Krankheit hatte sich immer weiter verschlechtert und immer stärkere Medikamente nötig gemacht. Den größten Teil des Tages verbrachte sie träge wie in einem Nebel. Eigentlich hätte man sie in eine Psychiatrische Anstalt einweisen müssen. Wenn ihr Hausarzt eine entsprechende Behandlung vorschlug, erwachte Charlotte allerdings immer aus ihrem Nebel und wies dieses Ansinnen scharf von sich: »Meine Schwester würde das nie erlauben! Wir haben immer zusammengelebt! Sie kümmert sich um mich!«

Die Wohnung gehörte Charlotte. Das Testament der Eltern war in diesem Punkt sehr deutlich gewesen. Damit hatten sie verhindern wollen, dass ihre nervenkranke Tochter nach ihrem Tod auf der Straße landete. Maud würde schließlich immer einen Mann zum Heiraten finden.

Dazu war es aber nie gekommen, weshalb Maud von ihrer Schwester abhängig gewesen war, um ein Dach über dem Kopf zu haben. Charlotte war im Gegenzug dafür in ihrem täglichen Leben vollkommen von ihr abhängig gewesen. Es hatte sich um eine hoffnungslose Zwickmühle gehandelt.

Bis zu dem Abend, an dem Maud in der Küche gestanden und plötzlich einen kalten Luftzug aus der Diele gespürt hatte. Als sie in die Diele rannte, sah sie, dass die Wohnungstür offen stand. Charlotte war es in ihrem verwirrten Zustand gelungen, die Tür zu öffnen und ins dunkle Treppenhaus zu gehen. Maud ahnte die Gestalt mehr, als dass sie sie sah, als diese sich an der Fahrstuhltür vorbeibewegte. Vor dem Fahrstuhl lag ein breiter Treppenabsatz, von dem eine breite Marmortreppe zur Haustür führte. Das ganze Haus war dunkel. Maud sah, wie sich Charlottes schmale Gestalt unruhig in dem schwachen Licht bewegte, das aus der Fahrstuhltür drang. »Hallo?«, hallte ihre schwache Stimme wider. Langsam bewegte sie sich auf den Rand des Treppenabsatzes zu. Die Treppe zur Haustür lag im tiefsten Dunkel. Aus Mauds Perspektive hatte es den Anschein, als würde sich ihre Schwester langsam einem schwarzen Abgrund nähern. Die lange, breite Marmortreppe …

Die Lähmung verließ sie, und sie rannte auf die offene Wohnungstür zu. Charlotte balancierte auf der obersten Treppenstufe. Maud hatte gerufen – hatte sie das wirklich getan? Sie hatte doch versucht, ihre Schwester noch zu packen? Sie erinnerte sich noch, wie sich der dünne Wollstoff von Lotties kariertem Morgenmantel unter den Fingerspitzen angefühlt hatte … aber die Schwester hatte sich losgerissen und war dann … in dem dunklen Abgrund verschwunden.

Drei Wochen später war Charlotte im Krankenhaus an den Folgen der schweren Gehirnerschütterung, die sie sich zugezogen hatte, gestorben. Maud hatte die ganze Zeit an ihrem Krankenbett gewacht. Ihre Schwester hatte das Bewusstsein kein einziges Mal wiedererlangt.

Während all der Jahre, in denen sich Maud um die gemeinsamen Finanzen gekümmert hatte, hatte sie die gesamte Rente ihrer Schwester auf ein spezielles Konto eingezahlt. Mit der Zeit war so ein hübsches Sümmchen zusammengekommen. Am Tag nach der Beerdigung hatte Maud die erste Reise gebucht. Am letzten Schultag vor den Sommerferien war sie losgefahren. Sie war mit dem Bus durch Dänemark, Deutschland und Frankreich getourt. In den nächsten fünfzehn Jahren hatte sie ihre Sommerferien genauso verbracht. Sie war kreuz und quer durch die Welt gereist. Nach der Rente war sie dann verreist, wenn sie Geld und Lust gehabt hatte. Und Rentnerin war sie jetzt schon seit zweiundzwanzig Jahren.

Der ICA-Gourmet öffnete am Heiligen Abend bereits um neun Uhr. Maud sah, wie der Geschäftsführer die Tür aufschloss, als sie aus dem Bus stieg. Durch den Schneematsch ging sie zu dem kleinen Eckladen. Der Chef war schon wieder reingegangen und winkte ihr aus dem Inneren des Geschäftes zu.

»Frohe Weihnachten! Sind Sie schon auf?«, rief er fröhlich.

Maud lächelte dem Mann freundlich zu. Er war die lebende Person, mit der sie sich inzwischen am meisten unterhielt.

»Es ist praktisch, vor allen Leuten im Weihnachtsstress seine Einkäufe zu erledigen«, sagte sie.

»Sehr klug«, erwiderte der Chef und lachte. Er stapelte Rosinenschachteln zu einer hübschen Pyramide auf.

Den kleinen Laden hatte es gegeben, seit Maud denken konnte. Vor langer Zeit hatte es sich um ein Käse- und ein Milchgeschäft gehandelt, dann war daraus ein kleiner Lebensmittelladen geworden. Vor einigen Jahren hatte man das Sortiment dann um Delikatessen erweitert. Hier gab es Mahlzeiten, die man nur noch im Ofen oder in der Mikrowelle aufwärmen musste. Sie wurden in einem Restaurant in der Nähe zubereitet. Außerdem befanden sich ausgezeichnete Käsesorten, exotische Früchte, Salate, frischgebackenes Brot und auch sonst alles, was man zum Leben brauchte, im Angebot.

Maud legte zwei kleine Verpackungen mit hausgemachten eingelegten Heringen in den Korb ihres Rollators und ein etwas größeres Gefäß Heringssalat. Diese Fischdelikatessen bekamen bald Gesellschaft von einem Stilton in einem blauen Porzellangefäß, einem reifen Gorgonzola, einem reifen Brie, einer Schachtel Salzgebäck, einem noch lauwarmen süßen Brot, Trauben, frischen Datteln, Feigenmarmelade, zwei Flaschen Weihnachtslimonade, einer kleinen Tüte neuer Kartoffeln von den Kanarischen Inseln, ein paar Clementinen und einer kleinen Schachtel After Eight. Sie war sehr glücklich, als sie ein fertig zubereitetes Kartoffelgratin, Machart Janssons Versuchung, fand. Rasch legte sie es in ihren Korb. Jetzt fehlte ihr nur noch eines für ihr Weihnachtsessen.

Sie schob den Rollator vor sich her zur Fleischtheke. Ein Jüngling, der nach Mauds Einschätzung kaum im Konfirmationsalter war, machte sich an einem Regal neben der Vitrine lustlos an irgendwelchen Wurstverpackungen zu schaffen. Maud blieb neben ihm stehen und sagte:

»Ich hätte gerne gegrillten Weihnachtsschinken.«

Der junge Mann nahm einen Ohrhörer aus dem Ohr und fragte:

»Was?«

Geduldig wiederholte Maud ihre Worte:

»Gegrillt?«, wiederholte der Jüngling.

Maud nickte.

»Da müssen Sie sich Scheiben von dem großen in der

Fleischtheke geben lassen. Alle kleinen haben wir verkauft. Hier wohnen schließlich Unmengen alleinstehender alter Leute.«

Er grinste verächtlich, wie Maud fand. Mit großer Selbstbeherrschung nickte sie und sagte, sie wolle ein paar Scheiben von dem Schinken in der Auslage. Als er an ihr vorbeiging, um hinter den Tresen zu gelangen, stieß er ein lautes Geheul aus, das im gesamten Laden widerhallte. Der Chef kam von seiner Rosinenpyramide angelaufen, die er vor lauter Schreck umgerissen hatte.

»Was ist denn hier los?«, wollte er entsetzt wissen.

»Die Alte hat mich gestochen!«, schrie der Jüngling und richtete einen anklagenden Finger auf Maud.

Sie beugte sich tiefer über die Handgriffe ihres Rollators.

»Wie bitte? Was sagt er?«, fragte sie mit altersschwacher Stimme.

Der Chef schaute ratlos zwischen Maud und seinem Angestellten hin und her.

»Geh in den Aufenthaltsraum und reg dich ab!«, herrschte er den Jungen an.

»Aber die Olle …«

»Nenn eine Kundin nie Ol… ich meine, so was!«, fauchte der Ladenvorsteher mit hochrotem Gesicht.

»Was bitte?«, warf Maud ein.

Es fiel ihr schwer, nicht laut hinauszuprusten. Vorsichtig ließ sie die große Sicherheitsnadel, die sie dem unverschämten Jungen mit aller Kraft in die eine Pobacke gerammt hatte, wieder zuschnappen und in ihrer Tasche verschwinden. Er hatte wirklich noch einiges über »Olle« und Schinken zu lernen! Die Nadel hielt ein Katzenauge, das an einem Bindfaden und im Futter ihrer rechten Manteltasche befestigt war.

»In den Aufenthaltsraum mit dir!«, wiederholte der Filialleiter in einem Ton, der keinen Widerspruch duldete.

Als der Junge davongetrottet war, wandte er sich mit einem angestrengten Lächeln an Maud.

»Sie müssen den Jungen entschuldigen. Er arbeitet erst seit ein paar Tagen hier. Wahrscheinlich war er so ungeschickt, sich an einer spitzen Ecke zu stoßen. Womit kann ich Ihnen dienen?«

»Ich hätte gerne dreihundert Gramm von dem gegrillten Schinken. Der ist immer so gut«, sagte Maud mit einem bezaubernden Lächeln.

Sie trug den Rollator die breite Marmortreppe hoch. Von der gebeugten kleinen Dame, die den Aufstand im ICA mit größter Verwirrung über sich hatte ergehen lassen, war nichts mehr zu erkennen. Sie wurde zwar in ein paar Jahren neunzig, war aber trotzdem noch ungewöhnlich rüstig.

Wenig später saß sie mit einer Tasse dampfendem Kaffee und einem mit Schinken belegten Brot mit viel Senf in ihrem Lieblingssessel. Das gesüßte Brot duftete wunderbar. Sie griff zu ihrer Lesebrille und begann mit der Lektüre der Tageszeitung.

Da begann das Problem sich wieder bemerkbar zu machen.

Maud schaute auf die Uhr. Es war fast halb elf. Das war für das Problem ungewöhnlich früh. Sie seufzte laut und beschloss, erst einmal zu versuchen, es so lange wie möglich zu ignorieren. Zu ihrer Erleichterung hörte das Problem nach einigen Minuten auf, und sie konnte ihre Lektüre fortsetzen.

Gegen zwei wurde Maud aus ihrem Mittagsschlaf geweckt. Das Problem war mit aller Kraft zurückgekehrt. Es schien schlimmer als sonst zu sein. Obwohl sie es versuchte, ließ es sich nicht mehr ignorieren.

Das Haus war fünf Stockwerke hoch und über hundert Jahre alt. Es war aus braunen Ziegelsteinen auf einem soliden Sockel aus Granitquadern errichtet worden. Im Erdgeschoss befanden sich verschiedene Geschäfte. Obwohl Maud im ersten Stock wohnte, lagen ihre Fenster fast fünf Meter über dem Gehsteig. Die Wände waren dick. Die einzige Schwäche des Hauses war das Rohrsystem. Wenn sich Maud im Bad oder in der kleinen Toilette befand, konnte sie fast alles hören, was die Nachbarn über ihr sagten. Besonders wenn sie ihre Stimmen hoben, ließ es sich nicht vermeiden, dass sie ihre Wortwechsel mitbekam.

Und das eben war das Problem.

Sie konnte nicht so tun, als wüsste sie nicht Bescheid, obwohl sie sich mehr als alles andere wünschte, mit dem Problem nichts zu tun zu haben. Sie wollte einfach nur ihre Ruhe haben.

Aber das Problem drängte sich auf. Sie konnte das Geräusch der lauten Stimmen nicht ausblenden – am allerwenigsten seine Stimme –, und auch nicht ihr Schluchzen. Und die dumpfen Geräusche, wenn er sie schlug und sie zu Boden fiel. Bonk, bonk, klonk, klang es dann über Mauds Schlafzimmer.

Das Problem hatte letzten Herbst begonnen, als der bekannte Anwalt und seine Frau die Wohnung über der von Maud gekauft hatten. Sie waren reich, nicht mehr ganz jung, die Kinder waren aus dem Haus. Gerüchteweise hieß es, dass er sehr ausfällig geworden war, als man ihm keinen Parkplatz auf dem Hof gegeben hatte. Aber dafür gab es eine Warteliste, und alle anderen Mitglieder der Eigentümergemeinschaft hatten auch jahrelang warten müssen. Es blieb ihm nichts anderes übrig, als seinen schicken Mercedes auf der Straße zu parken. Nachdem die große Wohnung monatelang renoviert worden war, waren der Anwalt und seine Frau in der Woche vor Weihnachten eingezogen. »Endlich wieder Ruhe im Haus«, hatte Maud gedacht. Das Hämmern und der sonstige Lärm von den Werkzeugen der Handwerker waren fürchterlich störend gewesen.

In den Weihnachtsfeiertagen hatte Maud eingesehen, dass es ein großes Problem gab. Der ganze Heilige Abend war zerstört gewesen. Der Anwalt hatte am Nachmittag begonnen, seine Frau zu misshandeln, und dann war es immer so weitergegangen. Maud hatte sich gar nicht auf den Film mit Ginger Rogers und Fred Astaire konzentrieren können, der Heiligabend im Fernsehen lief. Die ganze Zeit waren Lärm und Streit aus dem Stockwerk über ihr zu hören gewesen.

Recht früh am zweiten Weihnachtstag hatte ein Krankenwagen vor dem Haus gehalten. Maud hatte die Wohnungstür einen Spalt weit geöffnet. Sie hatte die sonore Stimme des Anwalts im Treppenhaus gehört, als er zu den Sanitätern sagte:

»Sie ist gestern auf der Treppe gestürzt. Ich wollte schon da einen Krankenwagen rufen, dachte aber, es wäre nicht so schlimm. Aber als ich dann heute bemerkt habe, wie sie aussieht, habe ich doch angerufen …«

Maud schloss die Tür mit angewidertem Gesicht. Was für ein abscheulicher Mann! Und die Feiertage hatte er ihr auch verdorben!

Anschließend war es einige Monate lang ruhig gewesen. Zweimal im Frühjahr hatte sie gehört, dass der Anwalt wieder über seine Frau hergefallen war. In der Woche vor Mittsommer hatte Maud die Frau auf der Treppe getroffen. Draußen hatte es in Strömen geregnet, aber trotz des Wetters hatte die Anwaltsgattin eine große Sonnenbrille getragen. Sie hatte sich außerdem ein großes Kopftuch umgebunden gehabt und ein Stück weit in die Stirn gezogen. Das ganze Gesicht war dick geschminkt. Aber das half nicht. Maud waren das zugeschwollene Auge und der Bluterguss über dem Jochbein aufgefallen. Sie hatten sich gegrüßt, und die Frau war an ihr vorbeigeeilt.

Der wunderbare Anwalt trank. Das hatte Maud jeweils feststellen können, wenn sie ihm im Treppenhaus begegnet war. Meist hatte er sie übersehen. Aber sie hatte seine Alkoholfahne bemerkt, die noch lange in der Luft gehangen hatte, nachdem er die Treppe hinauf in seine Wohnung verschwunden war.

Jetzt hatte das Problem wieder an Heftigkeit zugenommen, und zwar genau zum Fernsehprogramm »Heiligabend mit Donald Duck und seinen fröhlichen Kumpanen«. Maud hörte die zornige Stimme des Anwalts und das Schluchzen der Ehefrau. Dazu die inzwischen wohlbekannten Schläge aus dem Stockwerk über ihr.

Es war langsam an der Zeit, etwas gegen das Problem zu unternehmen. Maud fasste diesen Beschluss, noch bevor sich der Gedanke richtig in ihrem Bewusstsein hatte festsetzen können. Sie ging ins Badezimmer. Am besten hörte man aus der Klosettschüssel, aber der Lüftungsschacht verstärkte die Geräusche ebenfalls.

»Verdammte Schlampe! Du verdammte …«

Bonk, bonk, klonk.

Maud rang in hilflosem Zorn mit den Händen. Ihr Herz schlug vor aufflammender Wut immer heftiger.

»Wisch dir das Gesicht ab. So kannst du verdammt noch mal nicht rausgehen … die Parkzeit«, hallte die Stimme des Anwalts durch die Rohre.

Als Antwort war nur ein schniefendes Gemurmel zu hören.

»Alles muss ich immer ... obwohl du es warst, die sich so eingesaut hat ... ich gehe runter und löse einen Parkschein. Nicht einmal das kannst du! ... Schlampe! Du hättest einen Parkschein für den ganzen Tag lösen sollen! Was sagst du? Kein Geld? Kannst du ...«

Bonk, bonk.

Schwere Schritte waren über Mauds Kopf zu hören. Sie bewegten sich Richtung Diele. Sie hatte es plötzlich eilig und begab sich in ihren eigenen Flur. Vorsichtig öffnete sie die Wohnungstür und arretierte das Schnappschloss. Rasch schob sie den Rollator ins Treppenhaus und parkte ihn neben dem Fahrstuhl. Wer von oben die Treppe herunterkam, konnte ihn von dort nicht sehen. Das galt auch für Leute, die aus dem Aufzug traten. Die Treppenbeleuchtung hing an einer Messinghalterung an der Wand. Es handelte sich um eine Jugendstillampe in Form einer blühenden Tulpe. Rasch streckte Maud die Hand aus und drehte an der Glühbirne, bis sie erlosch.

Als sie hörte, wie im Stockwerk über ihr die Wohnungstür geöffnet wurde, stellte sie sich hinter ihrem Rollator in Position. Sie packte die Handgriffe und machte sich bereit. Murmelnd und murrend kam der Anwalt schwerfällig die Treppe herunter. Er klimperte mit den Münzen, die er lose in der Manteltasche hatte, und versuchte, sie auf der Handfläche zu zählen. Vor dem Fahrstuhl hielt er inne und machte sich weiter an den Münzen zu schaffen. Maud hätte die Hand ausstrecken und ihn an der rechten Schulter berühren können. Seine Fahne hätte sie beinahe zum Niesen gebracht.

»Nicht genug Münzen ... muss mit Karte zahlen ... verdammt, wie dunkel es hier ist ...«

Auf unsicheren Beinen begann der Anwalt auf die Marmortreppe zuzugehen. Maud spannte ihre Muskeln an. Als er die Kante der obersten Stufe erreicht hatte, gab sie Gas und fuhr ihm unter Aufbietung all ihrer Kräfte in die Waden.

»Ah … Schei …«

Mehr sagte er nicht mehr, ehe er mit den Armen fuchtelnd das Gleichgewicht verlor und die Treppe hinunterfiel. Sein flatternder schwarzer Mantel ließ ihn wie eine unbeholfene Fledermaus erscheinen. Vielleicht auch wie einen Vampir, dachte Maud, als sie auf ihre Tür zueilte. Den Rollator stellte sie wie immer in ihre Diele. Sie hatte sich nicht die Zeit genommen, nachzusehen, ob der Anwalt noch am Leben war. Der schwere Schlag, als er auf dem Marmorboden hinter der Treppe aufgeschlagen war, hatte geklungen, als knackte jemand eine Kokosnuss.

Erst als Maud hörte, wie die Sirenen vor ihrer Haustür verstummten, öffnete sie die Wohnungstür.

Die Nachbarin aus der Wohnung gegenüber stand auf dem Treppenabsatz und sah vollkommen fassungslos aus.

»Was ist hier los?«, fragte Maud und bemühte sich, etwas verwirrt auszusehen.

»Wie gut, dass Sie zu Hause sind … ich wollte gerade bei Ihnen klingeln … der Anwalt … er ist auf der Treppe gestürzt«, erklärte die Nachbarin etwas wirr.

Ein junger Polizeibeamter kam die Treppe hoch und grüßte die beiden Frauen.

»Wissen Sie, wer der Mann ist?«, fragte er freundlich.

Er sah die Nachbarin an, die mindestens zwanzig Jahre jünger war als Maud. Die Nachbarin teilte dem Polizisten mit, wie der Anwalt hieß und wo er wohnte. Der Polizist nickte und sagte, er würde zur Ehefrau des Mannes hochgehen und ihr mitteilen, was vorgefallen sei.

»Diese Treppe ist lebensgefährlich. Da ist meine Schwester auch gestürzt«, sagte Maud mit schwacher Stimme und deutete mit zitterndem Finger auf die Marmortreppe.

Die Nachbarin sah auf einmal etwas ruhiger aus.

»Aber liebe Maud. Das war doch, bevor Gunnar und ich hier eingezogen sind. Und wir wohnen schon seit fünfunddreißig Jahren hier«, sagte sie und warf dem Polizisten einen vielsagenden Blick zu.

Beschützend legte sie Maud einen Arm um die Schultern und begleitete sie zu ihrer Wohnungstür.

»Gehen Sie wieder rein. Wenn Sie wollen, können Sie gerne heute Abend bei Gunnar und mir reinschauen. Aber die Kinder und Enkel kommen nach ›Donald Duck‹ hierher, und da wird es vielleicht etwas zu lebhaft ...«

Die Frage blieb in der Luft hängen. Maud reagierte rasch und sagte:

»Nein, danke. Das ist sehr lieb, aber ... nein, danke. Ich habe meinen Fernseher.«

Hinter sich hörte sie den Sanitäter zu seinem Kollegen sagen:

»Der stinkt wie eine ganze Schnapsfabrik.«

Der Krankenwagen und die Polizei waren weg. Jemand hatte die weinende Anwaltsgattin abgeholt.

Maud nahm die Delikatessen, die sie für ihr Weihnachtsmahl gekauft hatte, aus dem Kühlschrank und stellte alles auf einen Teewagen. Zum Hering genehmigte sie sich einen eiskalten Aalborg Aquavit. Es war ein anstrengender Tag gewesen, und sie hatte das Gefühl, einen Schnaps verdient zu haben. Im Ofen duftete der Kartoffelauflauf. Der Anblick des vollgeladenen Teewagens erfüllte sie mit Zufriedenheit. Sie rollte ihn ins Fernsehzimmer. Mit einem wohligen Seufzer ließ sie sich in ihren Sessel sinken.

Endlich senkte sich Weihnachtsfrieden über das alte Haus.

DIE TODSÜNDE

Er wurde von dem ungeheuren Gewicht zu Boden gepresst und konnte sich weder bewegen noch atmen. Panik brandete durch seinen Körper. Luft! Ich brauche Luft! Weiche, aber fordernde Hände tasteten über seinen Körper. Schlaffe Lippen knabberten nass in seinem Nacken.

Mit einem Schrei setzte er sich im Bett auf. Es dauerte ein paar Sekunden, bis er begriff, dass ihn der übliche Alptraum geweckt hatte. In den letzten Wochen war er jede Nacht in den frühen Morgenstunden aus demselben Traum erwacht und wusste nun, dass er auch in dieser Nacht keinen Schlaf mehr finden würde.

Seufzend setzte er sich auf die Bettkante und schob seine Füße in die Pantoffeln, die auf dem Teppich neben dem Bett standen. Sein Bademantel hing auf einem Bügel im Kleiderschrank. Es hatte etwas Tröstliches, sich in das weiche Frottee zu hüllen, das ihn wie eine warme und freundliche Umarmung umfing. Auf eine andere Umarmung konnte er nicht hoffen. Falls nicht Frau Dr. Sacher …

An der Tür hielt er inne und drehte sich um. Aufmerksam betrachtete er sein Schlafzimmer, als sähe er es zum ersten Mal. Es wurde vom milden Schein einer Wandlampe erhellt, die er neuerdings nachts immer brennen ließ. Das Zimmer war groß und hoch, und auf dem Boden lag ein dicker Perserteppich. Eine Kommode im Empirestil und zwei dazupassende Stühle waren neben dem Bett die einzigen Möbel. Das Bett der Marke Dux war ein extrabreites Einzelbett.

Direkt darüber hing eine Originallithografie Peter Dahls. Üppige Hirtinnen vollführten einen Reigen um den Nationaldichter Bellman herum. Seine Hose war aufgeknöpft, und sein übergroßer Penis ragte rot pochend in den Himmel. Der Dichter hielt die Taille einer der Mamsellen umfangen, und die nackte Nymphe schenkte ihm purpurroten Wein in sein Glas nach. Das Bild strahlte Lust und Geilheit aus.

Alles, was ihm fehlte und verwehrt wurde.

Er hatte nie begriffen, warum, zumindest nicht ehe Frau Dr. Sacher …

Frau Dr. Sacher! Warum dachte er immer mit ihrem Nachnamen an sie? Um Distanz zu bewahren? Obwohl sie Kollegen waren, allerdings nicht von derselben Fachrichtung.

Sie hieß Eva mit Vornamen und hatte den Ruf, eine der besten Psychiaterinnen und Psychoanalytikerinnen des Landes zu sein. Deswegen hatte er sich an sie gewandt. Es war ihm nicht leichtgefallen, das musste er zugeben, aber er hatte Hilfe benötigt. Seine Probleme waren im Laufe der Jahre nicht kleiner geworden. Tagsüber ging es noch so halbwegs, da konnte er sich seinem Forschungsprojekt, seinen Studenten und den Verwaltungsaufgaben widmen. Normalerweise arbeitete er bis spätabends und auch an Wochenenden im Institut.

Alles, um sich der kalten Einsamkeit seiner Wohnung nicht stellen zu müssen.

Zum Zeitpunkt seiner Habilitation war er einer der jüngsten Professoren des Landes gewesen. Man hatte seines niedrigen Alters wegen gemurrt, seine Kompetenz aber nie in Frage gestellt. Wenn man die viele Zeit berücksichtigte, die er auf seine Arbeit und seine Forschung verwendet hatte, so konnte er es mit Kollegen aufnehmen, die ihren Beruf schon bedeutend länger ausübten. Da er keine Familie hatte und mit Ausnahme seines Berufs auch keine besonderen Interessen, verbrachte er den größten Teil seiner Zeit und seines Lebens an seinem Arbeitsplatz. Seine Vorträge waren beliebt, und auch als Mentor hatte er regen Zulauf, er war ein guter Chef und Kollege. Seine Probleme lagen auf einer anderen Ebene.

Bereits als Teenager hatte er sich den Kopf zerbrochen. War er vielleicht schwul? War er scharf auf Männer? Eine Weile lang neigte er zu dieser Vermutung, aber nachdem er sich etwas beruhigt und seine eigenen Gefühle analysiert hatte, stand fest, dass ihn weibliche Reize lockten. Seine Sexfantasien drehten sich immer um Mädchen, vorzugsweise um fülligere, blonde. Was sich in seinen feuchten Träumen abspielte, hatte nichts mit Homosexualität zu tun, das war ihm klar.

Aber trotzdem war sie da, diese … Schranke.

Er sah gut aus, und viele Mädchen wirkten interessiert. Wenn in der Schule Tanz oder Disko war, dann war da immer irgendein Mädchen, das ihm zu erkennen gab, dass es mit ihm zusammen sein wollte. Und das beruhte auf Gegenseitigkeit. Und zwar wie! Aber er durfte nicht. Seine Eltern gehörten einer Sekte an, und Tanzen war eine Todsünde. Kam gar nicht in Frage! Genauso wenig wie Kino oder Theater. Solange er zu Hause wohnte, fand er sich damit ab. Denn selbst wenn ihn seine Eltern nicht ertappt hätten, so hätte ihn sicher irgendein anderes Mitglied der Kirchengemeinde beobachtet und Mutter und Vater unverzüglich Bericht erstattet.

Erst nachdem er studienhalber weit weggezogen war, hatte er es gewagt, an den Vergnügungen des Studentenlebens teilzunehmen. Üppige blonde Mädchen gab es zuhauf. Einige wollten ihm gerne die Sexfantasien seiner Jugend erfüllen. Da entdeckte er … sein Problem.

So jung und bereits impotent! Voller Scham wäre er am liebsten im Boden versunken, um dem enttäuschten Blick des Mädchens nicht begegnen zu müssen.

»Liegt es an mir? Findest du mich zu dick?«, fragte sie mit Tränen in den Augen, sie, die Zeugin seines erstmaligen Versagens.

»Nein! Du bist wunderbar! Du bist alles, wovon ich je geträumt habe!«, wollte er schreien.

Aber seine einzige Reaktion waren ein Kopfschütteln und ein trockener Schluchzer gewesen. In ihm hallte die Stimme seiner Mutter wider: »Todsünde! Nicht vor der Ehe!«

Dieses Erlebnis wiederholte sich einige Male. Schließlich setzte er sich nicht mehr der Gefahr aus, im Bett zu versagen. Er mied Geselligkeiten und vergrub sich in seiner Forschung. Er hatte keine Schwierigkeiten, eine Erektion zu bekommen. Fotos, Filme und Frauen, die er attraktiv fand, ließen sein Geschlecht pflichtgemäß reagieren. Sein Problem war der Hautkontakt. Sobald er die weiche Berührung oder die Wärme einer Frau spürte, erlosch der Puls seines Unterleibs, und sein männlicher Stolz hing schlaff wie eine leere Bananenschale zwischen den Beinen.

Er hatte es sogar mit einer Prostituierten versucht, ein Erlebnis, das er tief bereute. Wieder diese brennende Scham. Seine Demütigung war total gewesen. Warum? Warum? Danach war er so deprimiert gewesen, dass er sich sogar einige Tage hatte krankschreiben lassen, was bis dahin noch nie geschehen war und besorgte Fragen seiner mütterlichen Sekretärin zur Folge gehabt hatte, aber er schob Fieber vor. Er ging in seiner großen Wohnung auf und ab, und seine Gedanken überschlugen sich. Auch der Gedanke an Selbstmord flatterte vorbei, schien ihm aber dann doch keine Alternative zu sein.

Dazu waren seine Forschungen noch nicht weit genug gediehen. Seine Berufung wollte er nicht im Stich lassen.

Schließlich fasste er den einzig richtigen Beschluss. Er nahm seinen ganzen Mut zusammen und rief in der privaten Praxis der Psychiaterin und Psychotherapeutin Eva Sacher an. Er nannte sowohl seinen Namen als auch seinen Titel und sprach, da er wusste, dass es eine lange Warteliste gab, davon, dass er sich mit ernsthaften Selbstmordabsichten trüge. Bereits am selben Nachmittag erhielt er einen Termin.

Eva Sacher war in seinem Alter, vielleicht etwas jünger. Ihr blondes Haar lockte sich um ihr hübsches Gesicht. Sie hatte blaue Augen und einen großzügigen Mund, der oft lächelte. Sie trug ein elegantes, strenges marineblaues Kostüm. Ein tief ausgeschnittenes Top gewährte einen Blick auf den oberen Rand ihrer gerundeten Brüste. Wenn sie sich zurechtsetzte, raschelten ihre Nylonstrümpfe, woraufhin seine Geilheit steil nach oben stieg. Vom ersten Besuch an war die Therapeutin das Objekt seiner großen Begierde, aber er versuchte es sich nicht anmerken zu lassen, was nicht so einfach war, da das »Problem« zwischen seinen Beinen ein Eigenleben entwickelte und sich unangemessen aufführte.

Aus diskreten Befragungen seiner Kollegen erfuhr er, dass sie geschieden war und einen Sohn in der Oberstufe hatte.

Bereits in der ersten Sitzung referierte er mit großer Selbstüberwindung und Entschlossenheit ehrlich seine sexuellen Probleme. Viele Sitzungen lang besprachen sie seine streng religiöse Kindheit und Jugend als überbehütetes Einzelkind, seine jugendliche Befürchtung, vielleicht homosexuell zu sein, den Umzug in die von dem kleinen Heimatort weit entfernte Großstadt, seine Versagensängste und anderes. Nie hatte er das Gefühl, dass sie sich einer Erklärung seines Versagens näherten. Er wollte fast schon aufgeben, als seine nächtlichen Alpträume begannen.

»Ich wurde von dem ungeheuer großen Gewicht zu Boden gepresst und konnte mich weder bewegen noch atmen. Panik brandete durch meinen Körper. Luft! Ich brauche Luft!«

Eva Sacher hörte ihm wie immer zu, ohne ihn zu unterbrechen. Nachdem er geendet hatte, betrachtete sie ihn lange und sagte dann:

»An diesem Punkt sollten wir verweilen. Wissen Sie, wer Sie festhält?«

Er schüttelte den Kopf.

»Wachen Sie immer an der gleichen Stelle der Traumhandlung auf?«

»Ich denke schon«, antwortete er zögernd.

Sie bemerkte sein Zögern und sah ihn aufmerksam an. Unter ihrem durchdringenden Blick fuhr er fort:

»Einmal … ich glaube tatsächlich …, dass ich … vergewaltigt wurde.«

Sobald er diese Worte aussprach, fiel die schwarze Wand, die diese Erinnerung blockiert hatte, in sich zusammen.

Plötzlich wusste er es wieder.

Wer. Wo. Wann.

Aber er erzählte es seiner Therapeutin nicht. Er musste sich erst einmal von dem Schock erholen und über das, was er so viele Jahre verdrängt hatte, nachdenken.

Es dauerte eine Weile, aber schließlich erinnerte er sich an den gesamten Verlauf.

Der nette Pfadfinderführer hieß Janne. Er war fast erwachsen und erzählte, er mache gerade seinen Führerschein und sein Berufswunsch sei, Prediger zu werden. Seine Bewegungen waren bedächtig, und er hatte eine unbeschwerte Art.

Fröhlich und bereitwillig gab er sich mit den kleinen Pfadfindern im Alter von acht bis zehn Jahren ab. Besondere Aufmerksamkeit widmete er den Jüngsten. Um ihre Schüchternheit zu vertreiben und um das Gemeinschaftsgefühl der Gruppe zu stärken, veranstaltete er im Keller des Gemeindehauses Tischtennisturniere.

Er spielte oft mit Janne im Doppel und fühlte sich sehr geschmeichelt, dass ein so großer Junge wie Janne mit ihm zusammen spielen wollte!

Deswegen wurde er auch nicht misstrauisch, als Janne vorschlug, dass sie zu zweit heimlich trainieren sollten.

»Erzähl den anderen nichts davon. Beim nächsten Match machen wir sie platt!«, sagte Janne und zwinkerte ihm zu.

Janne besaß einen Schlüssel zum Gemeindehaus. Eines Nachmittags trafen sie sich dort und schlichen in den Tischtennisraum hinunter.

Dort geschah es. Das, was ihn inzwischen ständig in seinen Alpträumen heimsuchte. Obwohl er nicht begriffen hatte, dass es eine Vergewaltigung gewesen war.

Als er anschließend vor Schmerzen und Angst weinte, beugte Janne sein rundes Gesicht zu ihm hinunter und sagte: »Ich wollte das gar nicht, du hast mich verleitet. Ich verspreche, niemandem etwas zu erzählen, wenn auch du schweigst. Solltest du reden, werden sie dich bestrafen. Versprich mir, nichts zu erzählen. Schlag ein!«

Der Pfadfinderführer atmete immer noch schwer und hatte einen säuerlichen Mundgeruch. Auffordernd hielt er ihm die Hand hin.

Er erinnerte sich noch, dass seine Hand so stark gezittert hatte, dass es ihm fast nicht gelungen wäre, einzuschlagen.

Er hatte nie jemandem davon erzählt. Als Achtjähriger

hatte er mit diesem Vorfall und dem Gefühl der Scham nur umgehen können, indem er ihn zu verdrängen suchte, was ihm gut gelang. Alles war aus seinem Bewusstsein gelöscht worden. Aber sein Körper hatte sich erinnert und sich nicht täuschen lassen.

Eva Sacher nickte. Opfer einer Vergewaltigung als Achtjähriger. Ein streng religiöses Elternhaus, in dem das Thema Sex tabu gewesen war. Das stimmte mit seinen Symptomen und Reaktionen überein. Die Therapie sollte ihm nun dabei helfen, mit seinen verdrängten Schuldgefühlen umzugehen. Sie fand, dass ihr Patient sehr motiviert wirkte und große Fortschritte machte.

Aber sie wusste nichts von dem, was in ihm brodelte und was er sorgfältig vor ihr verbarg. Sinn der Psychotherapie war natürlich, dass er sich seinen Erinnerungen stellte, um sich mit ihnen aussöhnen zu können.

Er konnte nicht verzeihen. Äußerlich war er ein hochqualifizierter Akademiker mittleren Alters in guten finanziellen Verhältnissen und mit einer strahlenden Karriere. Aber er besaß keine eigene Familie und war recht einsam. Sein ganzes Leben lang hatte er auf Sex mit Frauen verzichtet, obwohl er sich so nach ihnen gesehnt hatte. Und dann diese vereinzelten demütigenden Versuche …

Nein, er hatte nicht vor, sich auszusöhnen oder zu verzeihen.

Wer wusste schon, wie viele andere kleine Jungen Janne vergewaltigt hatte? Vielleicht waren einige seiner gleichaltrigen Freunde diesem Pädophilen ebenfalls zum Opfer gefallen?

Bislang hatte er es vermieden, sich Janne zu vergegenwärtigen, aber jetzt zwang er sich dazu. Groß, kräftig, runder Kopf mit kurzem blondem Haar, fast einem Stoppelhaarschnitt.

Mundgeruch. Aber sosehr er es auch versuchte, konnte er sich nicht an Jannes Gesicht erinnern. Plötzlich fiel ihm auf, dass der Mann ja nur zehn Jahre älter war als er selbst … jetzt also Anfang fünfzig. Er hatte noch viele aktive Jahre in einer Kirchengemeinde vor sich, falls er wirklich Pastor geworden war. Wenn nicht, war es ihm sicherlich gelungen, eine andere Arbeit in der Nähe von Kindern zu finden. Vielleicht war er ja Lehrer geworden. Irgendwie wurde Janne bestimmt immer noch seiner kleinen schweigenden Opfer habhaft. Im Laufe der Jahre hatte er sicher ein Gespür dafür entwickelt, wer sich als Beute eignete.

In vielen schlaflosen Nächten trieben ihn seine Gedanken um. Langsam reifte ein Entschluss und wenig später ein Plan. Ruhig und methodisch schritt er ans Werk und traf die notwendigen Vorbereitungen.

Was er für das größte Problem gehalten hatte, nämlich herauszufinden, wo Janne wohnte, erwies sich als eine recht einfache Aufgabe. Während seines wöchentlichen Telefongesprächs mit seiner Mutter erkundigte er sich, ob der blonde Pfadfinderführer eigentlich Pastor geworden war, und wenn ja, wo.

Seine Mutter dachte eine Weile nach und antwortete dann:

»Janne? Du meinst vermutlich Jan, den Sohn von Pastor Bengtsson. Er war dein erster Pfadfinderführer, aber nur wenige Monate, dann begann er seine Ausbildung zum Pastor. Danach wurde Erik euer …«

»Ich weiß. Ich habe mir nur überlegt, ob …«

»Unterbrich mich nicht. Erik ist der Sohn von Holger Berglund, der aus Göteborg stammte. Da ist dann Jan Bengtsson nach beendigter Ausbildung hingegangen.«

»Hierher? Nach Göteborg?«

»Ja. Soweit ich weiß, lebt er da noch immer. Warum willst du das wissen?«

Er hatte mit dieser Frage gerechnet und antwortete leichthin: »Ich habe ihn vermutlich flüchtig im Gedränge in der Stadt gesehen. Irgendwas kam mir an ihm bekannt vor, und schließlich fiel mir ein, dass es dieser Janne gewesen sein könnte. Aber das ist natürlich viele Jahre her. Vielleicht war es auch jemand anderes.«

Sein Herz klopfte wie wild, als er den Hörer auflegte. Er hatte nicht nur seine Mutter belogen, was sie als eine große Sünde, fast eine Todsünde, bezeichnet hätte, sondern auch Janne ausfindig gemacht.

Es war ein Leichtes, Pastor Jan Bengtsson im Telefonbuch zu finden. Er wohnte auf Hisingen irgendwo in der Gegend von Säve. Die Privatadresse stimmte mit jener der Kapelle überein, wahrscheinlich wohnte er also im selben Gebäude oder direkt daneben.

Eines Sonntags fuhr er dorthin, um sich anzuschauen, wo Jan »Janne« Bengtsson wirkte und lebte. Die Gegend war überraschend ländlich und wurde von großen Scheunen und Weiden dominiert. Er wusste, dass heutzutage in den Ställen nicht mehr sonderlich viele Kühe, aber dafür umso mehr Reitpferde, Ponys und Rennpferde standen.

Fast hätte er die schmale Schotterstraße verfehlt, entdeckte dann aber jenseits der Äcker die Kapelle. Nach einigem Hin und Her gelang es ihm zu wenden und auf den Weg einzubiegen. Das hellgraue Haus war ordentlich frischgestrichen und hatte eine blaue Tür, blaue Fensterrahmen und blaue Ecken. Auf dem Parkplatz davor standen einige Autos. Trotz der Novemberkälte kurbelte er die Seitenscheibe herunter. Aus der Kapelle war ein Kirchenlied von Lewi Pethrus zu hören. »Die Verheißungen erfüllen sich und bleiben ewig bestehen. Jesus hat mit Blut besiegelt …« Es schauderte ihn, und er schloss die Scheibe wieder. Dieses Kirchenlied war ein Bestandteil seiner Kindheit.

Die Geborgenheit im Glauben und in der Gemeinde.

Die Bedrohung durch den Glauben und die Gemeinde.

Denn die Gemeinde war beides gewesen. Die Geborgenheit seiner Kindheit war brutal zerstört worden. In der Verkörperung Jannes hatte die Gemeinde eine Bedrohung dargestellt.

Bei diesen Gedanken stieg Verbitterung in ihm auf und hinterließ den Geschmack von Galle in seinem Mund. Das Unbehagen rumorte in seinem Magen, und er war bereits im Begriff, den Motor wieder anzulassen und wegzufahren, da öffnete sich das Portal. Ein untersetzter, dicklicher Mann in schwarzem Anzug trat heraus und stellte sich auf den Treppenabsatz. Feierlich reichte er allen, die an ihm vorbeigingen, die Hand und wechselte ein paar Worte mit ihnen. Er lächelte oft und behielt die Hände der Vorbeigehenden lange in den seinen. Ein freundlicher, vertrauenerweckender Mann. Ein mitfühlender Mann. Janne.

Er erkannte die runde Kopfform Jannes wieder, obwohl das blonde Haar sehr schütter geworden war. Auch die Art, wie Janne das Gesicht auf sein Gegenüber zuschob, war ihm vertraut und trieb ihm kalte Schauer über den Rücken. Kein Zweifel, das war Janne. Bedeutend kleiner, als er ihn in Erinnerung hatte, mit Brille und sicher fünfzig Kilo schwerer, aber das war sein alter Pfadfinderführer. Der Mann, der sein Leben zerstört hatte.

Reglos blieb er im Auto sitzen und beobachtete den versickernden Strom der Gläubigen. Schließlich stand nur noch

Janne auf der Treppe und winkte dem letzten Gottesdienstbesucher hinterher. Dann kehrte er in die Kirche zurück und schloss das Portal hinter sich. Die Autos auf dem Parkplatz fuhren eines nach dem anderen weg.

Er freute sich seiner Umsicht, hinter einem von einem dichten Gebüsch umgebenen Schuppen geparkt zu haben, hinter dem sein Auto vollkommen verschwand. Sein luxuriöser Ferrari wäre auf dem Parkplatz sehr aufgefallen. Jetzt wusste er nicht so recht, wie er fortfahren sollte. Er musste herausfinden, ob Janne Familie hatte, denn dann würde er seinen Plan revidieren müssen.

»Hallo … entschuldigen Sie, ich hätte gerne mit Yvonne gesprochen. Ich rufe wegen des Bootsmotors an«, sagte er rasch in den Telefonhörer und versuchte, unbeschwert zu klingen. Seine Zunge wollte ihm nicht recht gehorchen, sie kam ihm dick vor und klebte an seinem trockenen Gaumen.

Wie erwartet klang Jannes Stimme verständnislos.

»Yvonne? Hier wohnt keine Yvonne, und von einem Bootsmotor weiß ich auch nichts«, erwiderte er freundlich – bedauernd.

»Ich glaube, ich habe das letzte Mal mit Ihrer Frau gesprochen. Es geht um die Anzeige wegen des Evinrud. Zwanzig PS. Wir hatten uns darauf geeinigt, dass ich noch einmal über den Preis nachdenke und mich dann wieder melde. Es gibt also keine Yvonne unter dieser Nummer?«

Vorsätzlich versuchte er unbeholfen und dümmlich zu klingen.

»Nein. Ich wohne allein hier und habe keinen Motor zu verkaufen«, sagte Janne immer noch freundlich.

»Dann habe ich wohl die Nummer falsch verstanden oder mich verwählt. Entschuldigen Sie«, sagte er. Die Lügen kamen ihm ganz geläufig über die Lippen, was ihn geradezu erstaunte.

»Keine Ursache. Das kann schon mal vorkommen«, erwiderte Jannes nette Stimme.

Seine Hände zitterten so sehr, dass es ihm kaum gelang, den Hörer auf die Gabel zu legen. Er hatte von einem Kartentelefon im Sahlgrenska Krankenhaus aus angerufen, da sich diese Nummer unmöglich zu ihm zurückverfolgen ließ, falls Janne eine Nummernanzeige haben sollte. Jetzt wusste er also, dass Janne allein wohnte. Das bedeutete, dass er mit seinen Vorbereitungen wie geplant fortfahren konnte.

Am Samstag nach Lucia brach er Richtung Kopenhagen auf. Bereits gegen sechs befand er sich auf der Autobahn von Göteborg Richtung Süden. Zu dieser frühen Morgenstunde waren nur wenige Autos unterwegs, und da es nicht glatt war, konnte er auf der ganzen Strecke recht schnell fahren. Auf der Öresundbrücke war er fast allein.

Um halb zehn parkte er in der Nähe des Rathausplatzes. Noch lag trotz der funkelnden Weihnachtsdekorationen und hell erleuchteten Schaufenster eine schläfrige Trägheit über Kopenhagen. Aber in einer knappen Stunde würde sich das Straßenbild vollkommen verändert haben. Dann würde der Strøget von gestressten Menschen und lärmenden Straßenhändlern erfüllt sein. Das passte perfekt zu seinen Plänen.

Das Café, an das er sich von seinen früheren Besuchen her erinnerte, war geöffnet. Im Lokal war es bereits fast voll, Leute, die zeitig unterwegs waren, um Weihnachtsgeschenke zu besorgen, und nur noch darauf warteten, dass die Geschäfte öffneten. Der Kaffee und das Smørrebrød mit Ei und eingelegtem Hering schmeckten nach der Autofahrt wunderbar.

Nachdem er eine zweite Tasse getrunken hatte, dachte er

eine Weile nach. Wollte er wirklich seinem Plan gemäß weitermachen? Hatte er ihn erst einmal durchgeführt, dann gab es kein Zurück mehr. Vielleicht war es ja klüger, sich mit seinen Gefühlen mittels Therapie auseinanderzusetzen?

Nein. Das war keine Alternative. Janne war einer von unzähligen Pädophilen dieser Welt, und er sollte für seine Taten büßen. Kinder waren wehrlos, aber eines Tages wuchsen sie heran und konnten sich für ihr zerstörtes und beeinträchtigtes Leben rächen. Es war höchste Zeit, dass dies endlich geschah.

Er erhob sich und begab sich in das zunehmende Gewimmel, um das zu kaufen, was er sich vorgenommen hatte.

Leichter Schneeregen erwartete ihn bei Varberg, nahm aber während der weiteren Reise nach Göteborg nicht zu. Da es immer noch einige Grade über null waren, schmolzen die Schneeflocken, sobald sie auf der Fahrbahn auftrafen.

Es war dunkel, als er sein Auto auf der ruhigen Straße vor seinem Altbau abstellte. Er klemmte den Karton unter den Arm und trug ihn in den Fahrstuhl. Er war weder groß noch schwer, aber er war trotzdem bis nach Kopenhagen gefahren, um sich seinen Inhalt zu beschaffen. Vielleicht war er ja übertrieben vorsichtig, aber er wollte nichts dem Zufall überlassen. Alles hing davon ab, dass sich nichts mit ihm in Verbindung bringen ließ.

Als er in seine Wohnung kam, zog er die Schuhe aus und ging direkt in die Küche. Vorsichtig stellte er den Karton auf den Tisch. »Hansens Delikatessen« stand auf dem Deckel. Er ertappte sich dabei, dass er schnaufte. Ja, jetzt hatte er die Voraussetzungen geschaffen. Jetzt blieb nur noch der eigentliche Mord.

Am Sonntagmorgen fuhr er ins Institut. Wie erwartet war alles still und menschenleer. Nur die obligatorischen elektrischen Weihnachtskerzen leuchteten in den Korridoren und Bürofenstern. Es war der dritte Adventssonntag, und die meisten Studenten hatten das Semester bereits abgeschlossen. Ihre Lehrer gingen die letzte Woche vor den Weihnachtsferien etwas ruhiger an, obwohl sie das vielleicht nicht zugeben würden. Der Zeitpunkt war perfekt. Selbst wenn sich zufällig jemand in dem Gebäude befinden sollte und ihn sah, spielte das keine Rolle. Er war oft an Wochenenden hier. Niemand würde sich darüber wundern.

Er ging in sein Büro und zog Laborkleidung an. Dann trat er in den Korridor und nahm die Treppe ins Labor hinunter. Da er sich mit hochinfektiösem Material beschäftigen würde, musste er noch die spezielle Schutzkleidung anlegen. Dann betrat er die Schleuse mit dem bakteriziden blauen Licht, das auch im Labor brannte. Die Bakterienkulturen standen in dem Schrank mit seinem eigenen Forschungsmaterial. Er beschäftigte sich mit den Clostridiaceae, hochgefährlichen Bakterien, unter denen die am meisten gefürchteten zu Wundstarrkrampf und Botulismus führen konnten. Seine Forschung befasste sich hauptsächlich mit dem Wundstarrkrampfbakterium, Clostridium tetani. Niemand wusste, dass er daneben seit einigen Monaten auch andere Bakterien züchtete. Für jemanden, der sich auskannte, war es nicht weiter schwierig, Clostridium botulinum zu züchten. Das Problem bestand darin, dass die Bakterien nicht mit Sauerstoff in Berührung kommen durften, aber auch das ließ sich in einem Labor ohne größere Schwierigkeiten bewerkstelligen. Die Bakterien führten zu Botulismus oder einfacher ausgedrückt zu einer Fleischvergiftung, meist mit tödlichem Ausgang. Normalerweise vergifteten sich Leute, wenn sie falsch zubereitete Fleischkonserven oder unsachgemäß geräucherte Würste aßen. Das Gift dieser Bakterien war eines der stärksten, das die Menschheit kannte.

Mit geübter Hand zog er eine geringe Menge in einer dünnen Pipette auf. Obwohl der Inhalt mit bloßem Auge kaum zu sehen war, war er garantiert tödlich.

Auf dem Küchentisch stand der Spankorb, den er auf dem Weihnachtsmarkt auf dem Strøget erstanden hatte. Auf dem Weg zum Auto hatte er dicke Handschuhe getragen. Jetzt trug er besonders stabile Operationshandschuhe, von denen er das Puder abgespült hatte. Er nahm den Karton mit den Delikatessen aus dem Kühlschrank und kontrollierte sorgfältig, dass nirgendwo Preisschilder des kleinen exklusiven Delikatessengeschäfts klebten. Vorsichtig legte er einen über Wacholderholzfeuer geräucherten Ring Wurst in den Spankorb, dann ein Tontöpfchen mit Stilton-Käse. Anschließend nahm er drei Aluminiumbehälter mit durchsichtigem Plastikdeckel zur Hand. In einem lag ein Stück nach Knoblauch duftende französische Paté de campagne, in dem zweiten ein Stück Lachspastete und in dem dritten eine wunderbare Leberpastete. Die Leberpastete und die französische Pastete waren mit Gelee überzogen. Sie sahen wirklich appetitlich aus, und er würde ihnen seine ganze Aufmerksamkeit schenken. Unter dem Gelee lagen ein paar Stücke rote Paprika, ein Mandarinenschnitz und ein Blättchen frischer Salbei.

Vorsichtig hob er mit einem Tortenheber die Geleedecke an und injizierte geschickt geringe Mengen der Bakterienkultur an verschiedene Stellen in die Leberpastete und die französische Paté, wobei er sich einer äußerst dünnen Kanüle bediente. Obwohl die Menge vernachlässigbar schien, waren beide Delikatessen nach dieser Behandlung hundertprozentig tödlich.

Er hatte herausgefunden, dass der Abendgottesdienst zwischen sechs und halb acht Uhr stattfinden würde. Die kleine Kapelle lag einladend erleuchtet inmitten der Felder. Auf der Treppe standen brennende Partyfackeln. Eine dünne Schicht Raureif schuf trauliche Weihnachtsstimmung.

Er parkte an derselben Stelle wie beim letzten Mal. Im Dunkeln hinter dem Schuppen war sein Auto von der Kapelle aus nicht zu sehen. Er hielt sich im Schatten, als er sich dem Gotteshaus näherte. Aus dem Inneren war eine Männerstimme, wahrscheinlich Jannes, zu hören. Er wagte es nicht, ganz an das erleuchtete Gebäude heranzutreten und in die Kapelle zu schauen.

Es musste einen separaten Eingang zur Pastorenwohnung geben. Er fand ihn auf der gegenüberliegenden Schmalseite des Gebäudes. Auch diese Tür war blau lackiert, aber bedeutend unansehnlicher als das Kirchenportal. Eine schwache Glühbirne beleuchtete die kleine Treppe. Neben der Tür hingen eine Klingel und ein mit Grünspan überzogenes Messingschild, auf dem Bengtsson stand.

Rasch beugte er sich vor und stellte den in Zellophan verpackten Korb mit seinem todbringenden Inhalt auf die Treppe. Zwischen die Leckereien hatte er eine Karte mit Weihnachtswünschen und einer unleserlichen Unterschrift gesteckt. Unbemerkt verschwand er wieder im Dunkeln und schlich zu seinem Auto zurück.

Zehn Tage später sah er die Todesanzeige in der *Göteborgs-Posten*. Pastor Jan Bengtsson war 54 Jahre alt geworden und hinterließ Mutter, Schwester und Gemeinde in tiefer Trauer. Keine Zeitung berichtete von einem mittels Botulinumbakterien vergifteten Pastor. Hingegen stieß er auf einen Artikel über die Risiken, sich bei Weihnachtsbuffets Lebensmittelvergiftungen zuzuziehen.

Nachdem er die Todesanzeige gelesen hatte, verließen ihn die Alpträume. Sein Schlaf war gesund, und morgens erwachte er ausgeruht und munter.

An einem Nachmittag Anfang März erklärte er Eva Sacher:

»Die Hilfe, die Sie mir haben zuteilwerden lassen, war unschätzbar, kann mich aber nicht mehr viel weiterbringen. Ich kenne jetzt die Ursache meiner Probleme. Es gibt aber auch einen anderen schwerwiegenden Grund, die Therapie jetzt beenden zu wollen.«

Er hielt inne und schenkte ihr ein kleines Lächeln.

»Und der wäre?«, wollte Eva Sacher wissen.

Er räusperte sich und schluckte erst einmal, bevor er ihr in die Augen sah.

»Ich vermute, dass Sie kaum mit einem Patienten ausgehen würden. Da ich Sie aber sehr gerne einladen würde, muss ich aufhören, Ihr … Patient zu sein.«

»Das ist ein Grund, den ich akzeptieren kann«, erwiderte sie lächelnd.

»Abendessen am Samstag?«

»Danke, gerne.«

Sie beugte sich über den Schreibtisch und sah ihm fest in die Augen.

»Ich möchte jedoch, dass Sie sich einen Termin bei meinem Kollegen geben lassen. Er ist sehr fähig. Ich glaube, es wäre das Beste, die Therapie nicht zu abrupt abzubrechen. Obwohl es Ihnen jetzt viel besser geht, müssen Sie mit Rückschlägen rechnen. Sie können auch in Zukunft einer Stütze bedürfen.«

Beinahe hätte er geantwortet, er rechne damit, dass sie ihm diese Stütze sein würde, war aber klug genug, einfach nur zustimmend zu nicken.

Als er durch das kalte, aber frühlingshaft sprießende Göteborg spazierte, war er ein sehr zufriedener und glücklicher Mensch. Er verschwendete keinen Gedanken daran, dass er eine Todsünde begangen hatte.

Erschrocken blieben wir im Auto sitzen. Ich tastete nach Anders' Hand, um mich eines Rückhalts zu versichern. Ungewöhnlicherweise fiel nicht einmal Onkel Lennart eine Bemerkung ein, die die Spannung gelöst hätte.

»So etwas ist mir in meinen fünfundzwanzig Jahren als Immobilenmakler noch nie untergekommen … das müssen an die zweihundert Leute sein!«, brachte er dann doch noch über die Lippen.

(Unauffällig zählte ich eine Weile später nach: Mit uns dreien waren es 174 Personen, die zu dem Besichtigungstermin erschienen waren.)

Doch längere Zeit tatenlos herumzusitzen ist nicht die Art meines Onkels. Nach dem ersten Schrecken übernahm sein professionelles Ich dann doch wieder das Kommando. Rasch zog er sein Handy aus der Innentasche.

»Hallo. Ich brauche Hilfe. Hier sind eine Menge Leute. Ja, die Sundvilla … was weiß ich! Sicher an die zweihundert … nein, ich bin nicht betrunken.«

Wir wussten, dass er mit seiner Geschäftspartnerin Tessan Svensson telefonierte. Ich vernahm ihr Lachen aus seinem Handy. Zuerst wirkte er verärgert, aber dann steckte ihn ihre gute Laune an, und seine Miene hellte sich auf.

»Natürlich ist es erfreulich, aber ich schaffe das nicht allein.«

Mit erleichterter Miene beendete er das Gespräch.

»Sie kommt. Lasst euch nicht einschüchtern, schließlich

muss es sich nicht bei allen um ernsthafte Interessenten handeln«, versuchte er Anders und mich zu trösten.

»Und was wollen die dann alle hier?«, rief ich.

Obwohl ich ihn hatte unterdrücken wollen, wurde mir der nörgelige Ton in meiner Stimme bewusst. Onkel Lennart schien das nicht weiter zu kümmern. Nachdenklich betrachtete er weiterhin die Menschenmenge vor dem Haus.

»Das ist mir ehrlich gesagt ein Rätsel. Ich denke, es ist Zeit, der Sache auf den Grund zu gehen«, sagte er und öffnete die Autotür.

Alle drehten ihre Köpfe in unsere Richtung, als wir vor der schiefen Gartenpforte aus dem Auto stiegen. Wir hatten auf dem einzigen Parkplatz in vertretbarer Nähe des Hauses gehalten und nicht am Ende der langen Autoschlange, die sich mehrere hundert Meter weit erstreckte. Natürlich war es nicht Lennarts unansehnlicher grauer Renault Megane, der die allgemeine Aufmerksamkeit auf sich zog, sondern die Aufschrift: Schwedische Immobilienvermittlung. Der Makler ist eingetroffen, der Mann, der den Schlüssel zum begehrtesten Haus der Welt besitzt, dachte ich finster.

So hatten Anders und ich uns das wirklich nicht vorgestellt. Seit drei Jahren waren wir verheiratet und erwarteten in ein paar Monaten unser erstes Kind. Die Zweizimmerwohnung wirkte auf einmal beengt, und der Traum vom eigenen Haus war in mir herangereift. Vor meinem inneren Auge sah ich einen großen Garten mit schwer beladenen Obstbäumen und Beerenbüschen, in denen unser Kind mit seinen Freunden spielen konnte. Wer weiß, vielleicht würde es ja in ein paar Jahren auch noch ein Geschwisterchen geben.

Wir wandten uns natürlich an meinen Onkel und unterbreiteten ihm unsere Vorstellungen. Lennart hatte sich unsere Wünsche, nicht zu groß, nicht zu teuer und vorzugsweise etwas älter, angehört und dann mit sonnigstem Lächeln erwidert:

»Ob ihr es glaubt oder nicht, demnächst habe ich das passende Objekt anzubieten. In derselben Straße, in der Mama und Papa gewohnt haben. Du erinnerst dich doch sicher noch an das Haus der Ekmans, Nina, die Sundvilla. Der Besichtigungstermin ist um 11 Uhr am dreißigsten April.«

Anschließend zeigte er uns die frisch geschossenen Fotos. Ich kannte die Sundvilla sehr gut. Meine Großeltern hatten nur ein paar Häuser weiter gewohnt, bis sie nach Großvaters erstem Herzinfarkt ihr Reihenhaus gekauft hatten. Die jetzigen Besitzer der Sundvilla wollten umziehen, denn sie waren beide ein gutes Stück über achtzig und hatten eine zentraler gelegene Wohnung gefunden.

»Gebaut 1911, nicht unterkellert, mit großem Garten. Vor sieben Jahren wurden eine Erdwärmepumpe und ein neuer Heizkessel installiert. Vom Obergeschoss aus sieht man den See«, sagte Lennart.

Er klang so begeistert, als hätte er das Haus selbst erbaut.

Und ich musste ihm recht geben, es erfüllte wirklich alle unsere Wünsche. Obwohl selbst ich erkennen konnte, dass das Dach neu gedeckt und die Holzfassade ausgewechselt werden musste. Anders, der Tischler ist, mäkelte herum, die Fenster und Türen müssten vermutlich ebenfalls ersetzt und isoliert und die Drainage überprüft werden. Aber die relativ neue Wärmepumpe war ein großes Plus, der Preis war vernünftig, und wir fanden beide, dass das Haus Charme besaß. Der Garten sah genauso aus, wie ich ihn mir erträumt hatte.

Offenbar waren wir nicht die Einzigen, die fanden, dass es sich um ein Traumhaus handelte.

Als Lennart ausstieg, ging ein erwartungsvolles Raunen durch die Menge. Eine sehr magere Frau öffnete uns mit einer Hand lächelnd die Gartenpforte, in der anderen hielt sie ein Blatt Papier. Ihre Zähne wirkten ungewöhnlich lang und gelb. Wenn sie lächelte, spannte sich die bleiche Haut über ihren Schädel. Mich fröstelte, und ich dachte an den Tod. Dieser Eindruck wurde noch dadurch verstärkt, dass sie wegen des kühlen Winds die Kapuze ihres weiten schwarzen Mantels aufgesetzt hatte. Sie wedelte eifrig mit dem Papier und sagte zu meinem Onkel:

»Wir sind jetzt schon seit drei Stunden hier! Sie hat sich nicht gezeigt!«

»Wer?«, stotterte Lennart verwirrt.

»Die Braut natürlich!«

Aus ihren tiefliegenden Augen warf ihm die Frau einen schelmischen Blick zu. »Sie sind ein richtiger Scherzbold! Natürlich wissen Sie, wen ich meine!«

Die Umstehenden nickten zustimmend. Wir drei Neuankömmlinge hatten nicht den leisesten Schimmer, wovon sie sprach.

»Entschuldigen Sie, aber ich kann Ihnen nicht ganz folgen … Welche Braut?«, fragte Lennart.

Aufrichtige Ratlosigkeit war seiner Stimme zu entnehmen. Das Totenschädellächeln erlosch im Gesicht der Frau, und jetzt war sie an der Reihe, betreten auszusehen. Resolut hielt sie Lennart das Papier vor die Nase und sagte:

»Die Braut natürlich!«

Auf einem normalen Papier hatte sie ein paar Fotos ausgedruckt. Es handelte sich um die Bilder der Sundvilla, die Onkel Lennart vor dem Besichtigungstermin ins Netz gestellt hatte. Laut Datum in der unteren Ecke waren die Fotos am

19. April 2009 aufgenommen worden. Da der Frühling dieses Jahr auf sich hatte warten lassen, wirkte der Garten noch recht unansehnlich. Kein üppiges Grün, das die Mängel des alten Hauses hätte kaschieren können. Der Sundvilla waren ihre fast hundert Jahre wirklich anzusehen.

Da die schwarzgekleidete Frau ganz offenbar verwirrt war, befleißigte sich Lennart eines beruhigenden Tonfalls.

»Entschuldigen Sie, aber das hier ist ein ganz normaler Besichtigungstermin, es gibt keine Braut ...«

Ungeduldig unterbrach sie ihn, indem sie mit einem knochigen Finger auf eines der Bilder klopfte.

»Sehen Sie sich das Fenster im Obergeschoss an«, forderte sie ihn auf.

Es handelte sich um vier Fotos der Fassade der Sundvilla, die zwar aus verschiedenen Richtungen aufgenommen waren, sich aber ziemlich ähnelten. Plötzlich entdeckte ich etwas auf dem zweiten Foto. In einem Fenster im Obergeschoss schien sich etwas zu spiegeln. Ein weißer Schimmer hinter der Scheibe der linken Fensterhälfte. Auf dem dritten Bild war das Weiße größer geworden und nahm beinahe die halbe Scheibe ein.

Auf dem letzten Bild war sie schließlich ganz zu sehen und schaute aus dem Fenster. Eine Frau in Brautkleid mit Schleier und allem, was dazugehörte. Sie schien aus verdichtetem weißem Rauch zu bestehen.

Keinem von uns war beim Betrachten der Fotos in Lennarts Büro die Gestalt aufgefallen, denn wir hatten uns ganz auf das Haus und den Garten konzentriert.

Die resolute Dame fuhr fort:

»Wir kommen von der Värmländischen Spiritistischen Vereinigung, VSV. Eines unserer Mitglieder hat die Braut im

Fenster entdeckt. Wir haben die Bilder weiterverbreitet, denn sie sind gelinde gesagt sensationell! Wir müssen in Erfahrung bringen, wer die Frau ist und was sie uns aus dem Jenseits sagen möchte.«

Wieder sprach sie in diesem auffordernden Tonfall. Ich sah, wie sich die Falte zwischen Lennarts Augenbrauen vertiefte, und wusste, dass es kein gutes Zeichen war.

»Gespenster gibt es keine, und wenn doch, dann sind sie im Kaufpreis inklusive!«

Ein Lächeln sollte andeuten, dass er scherzte, aber ich kenne meinen Onkel. Er war ausgesprochen verärgert. Im selben Moment bremste Tessan Svensson mit ihrer 1100 Kubikzentimeter-Honda vor der Gartenpforte. Sie schob das Visier ihres Helms hoch und lächelte breit:

»Wow! Du hattest wirklich recht!«

Dann stieg sie ab und parkte das Motorrad hinter der üppigen Fliederhecke. Während sie sich aus ihrer Motorradkluft schälte, erläuterte ihr Lennart die Lage einschließlich des Gespenstes und der VSV.

»Ich schlage vor, die Anwesenden in Spiritisten und Kaufinteressierte einzuteilen. Dann kümmere ich mich um die Gespensterfreunde, die ja doch nur das Zimmer im Obergeschoss sehen möchten. Du kannst dann die anderen ordnungsgemäß durch das Haus führen«, meinte Tessan.

Lennarts Miene hellte sich deutlich auf. Mit lauter Stimme forderte er die Spiritisten auf, sich links, und die Kaufinteressenten, sich rechts des Kiesweges aufzustellen. Ich muss sagen, dass die linke Seite deutlich in der Überzahl war. Die ernsthaften Interessenten ließen sich rasch zählen, mit Anders und mir waren es 22 Personen. Alle anderen wollten das Gespenst sehen.

Da es sich also nur noch um zehn Paare handelte, die eventuell mitbieten würden, fühlte ich mich gleich wesentlich optimistischer. Gut gelaunt teilte Tessan die Spiritisten in kleinere Gruppen ein und lotste sie dann in das vermeintliche Spukzimmer. Wir anderen trotteten hinter Lennart her. Die Führung begann im Garten, wobei auch der große, recht verfallene Schuppen eingehend besichtigt wurde. Als ich zufällig einmal zu dem Fenster im Obergeschoss hochschaute, sah ich dahinter Leute mit geschlossenen Augen und erhobenen Händen an jener Stelle stehen, an der die Braut gesessen hatte.

Nach einer gründlichen Führung durch Garten und Nebengebäude betraten wir das Haus. Lennart teilte uns mit, wir könnten uns mit dem Erdgeschoss viel Zeit lassen, um den Gespensterliebhabern Gelegenheit zu geben, ihre Vorhaben im Obergeschoss zu beenden. Während wir uns die Küche ansahen, die wohl kurz nach dem Zweiten Weltkrieg zuletzt modernisiert worden war, erhaschte ich einen Blick auf die lächelnde Tessan, die gerade einen weiteren Trupp nach oben begleitete. Ihre Augen funkelten, und mir wurde klar, dass sie das Ganze sehr amüsierte.

Als wir das Erdgeschoss mit der Lupe in Augenschein genommen hatten, war Lennarts Geduld am Ende.

»Jetzt gehen wir hinauf und werfen diese Schwachköpfe raus«, raunte er mir verbissen zu.

Ich rief mir die Fotos ins Gedächtnis. Die Braut hatte am Fenster gesessen. Vielleicht waren diese Spiritisten gar nicht so verrückt. Ich muss zugeben, dass ich Anders' Hand fest umklammerte, als wir den anderen Kaufinteressierten die Treppe hinauf folgten.

Direkt vor uns lag das Schlafzimmer mit dem großen Fenster zum See hin. Tessan war noch mit der letzten Gruppe beschäftigt. Eine erregte Männerstimme übertönte alle anderen.

»Ich bin noch nicht fertig! Sie war sooo nah dran, mir zu erzählen, wer sie ermordet hat!«

Ich konnte im Gedränge in dem kleinen Zimmer einen Blick auf das hochrote Gesicht des Mannes erhaschen. Die Schwarzgekleidete, die uns die Fotos gezeigt hatte, drohte mit dem Papier in seine Richtung und fauchte:

»Du hast hier doppelt so lange gestanden wie wir anderen! Alle müssen eine Chance erhalten!«

Der weitere Wortwechsel verschwand in einem Nebel. In meinem Kopf hallten seine Worte wider: »Wer sie ermordet hat!« Die Braut im Fenster war ermordet worden. Deswegen hatte sie keinen Frieden gefunden. Sie spukte in dem Haus, weil… Plötzlich wurde mir bewusst, dass jemand dicht hinter mir stand. Als ich mich umdrehte, schaute ich in ein Paar freundliche hellblaue Augen, die von einer starken Brille vergrößert wurden. Meines Wissens war ich der älteren Frau noch nie zuvor begegnet, aber ich fand sie sofort sympathisch. Ihr Gesicht war wie ihre ganze Gestalt weich und rundlich. Mit dem beigen Mantel und ihrem weißen Haar wirkte sie recht unansehnlich. Auf dem Kopf trug sie jedoch eine Baskenmütze aus knallroter Angorawolle.

»Meine Liebe, kaufen Sie das Haus. Hier ist niemand ermordet worden«, sagte sie leise.

Sie lächelte herzlich, und ich verspürte eine aufkeimende Ruhe, die Angst und Zweifel verdrängte. Das Gedränge um uns herum nahm zu, als Tessan die letzten Gespensterliebhaber freundlich, aber nachdrücklich aus dem Zimmer schob. Die Frau wurde von der Menge verschluckt, und auch ihre rote Baskenmütze war nirgendwo mehr zu sehen.

Energisch übernahm ich die Führung und betrat als Erste das kleine Zimmer. Es schien ein Gästezimmer gewesen zu sein. An der einen Wand stand ein Bett mit einer gehäkelten Tagesdecke, vor dem Fenster ein weiß lackierter Küchenstuhl und neben der Tür eine kleine hellblaue Kommode. Der Holzboden war abgeschliffen und lackiert, und die weiße Tapete war hellblau geblümt. Ich verliebte mich sofort in dieses Zimmer. Ohne nachzudenken, stellte ich mich ins Fenster, wie es die Spiritisten getan hatten. Die Aussicht war hinreißend. Eine schwache Sonne durchbrach die Wolkendecke und beschien das neue Kupferdach des Kirchturms. Übermütig glitzernd spiegelte sie sich im See, und durch das geschlossene Fenster konnte ich die Vögelchen in den Obstbäumen zwitschern hören.

Als ich in den Garten hinunterschaute, sah ich etliche Leute zu mir hinaufblicken. Die Gespensterfreunde hatten noch nicht aufgegeben. Ich musste den Impuls unterdrücken, ihnen die Zunge herauszustrecken. Hinter mir hörte ich eine Frau in meinem Alter aufgeregt ihrem Mann zuflüstern:

»Ich spüre, dass sie hier ist. Ein Haus mit einem Gespenst kommt nicht in Frage! Denk nur an die Kinder!«

Da packte mich, wie meine Großmutter gesagt hätte, auf einmal der Teufel. Mit dem unschuldigsten Lächeln drehte ich mich um und sagte:

»Es gibt sie schon lange hier. Meine Großeltern wohnten ein paar Häuser weiter, und …«

Ich beendete den Satz nicht, sondern lächelte einfach nur weiter und zog vielsagend die Brauen hoch. Ich log nicht wirklich, aber die aufgeregte Frau wurde womöglich noch blasser und vermutete in diesem Augenblick wahrhaftig ein Gespenst in diesem Raum. Auch die anderen Interessenten wirkten eine

Spur besorgt, aber niemand sagte etwas. Schweigend beendeten wir die Hausbesichtigung im Obergeschoss.

Wir kauften die Sundvilla. Nach dem Besichtigungstermin gab es nur drei ernsthafte Gebote, und unseres war das höchste.

Während des Sommers nahmen Anders und seine Freunde die Renovierung in Angriff. Im August kam Nora zur Welt, und mein Erziehungsurlaub begann. Wir wohnten immer noch in unserer Wohnung, aber für Dezember war der Umzug geplant. Im Herbst begab ich mich mehrmals in die hellblaue Kammer, um den Dingen nachzuspüren.

Nichts. Nur ein Gefühl der Ruhe und die Freude über die schöne Aussicht.

Wer war die Braut auf den Fotos gewesen? Warum hatte sie sich gezeigt? Oder handelte es sich gar nicht um ein Gespenst? Nach einiger Zeit verspürte ich das Bedürfnis, dieser Frage auf den Grund zu gehen.

Ich begann mit einem Besuch bei meiner fitten Großmutter. Seit Großvater vor zwei Jahren gestorben ist, wohnt sie alleine in dem Reihenhaus. Sie kommt gut zurecht, lässt sich aber beim Rasenmähen und Schneeschaufeln helfen.

Als ich die Tür öffnete, schlug mir der Duft von frischgebackenen Zimtschnecken entgegen. Nora ließ ich im Kinderwagen draußen im Garten weiterschlafen. Der sonnige Oktobertag war windstill, sie würde also nicht frieren.

Nachdem ich zwei noch warme Zimtschnecken gegessen und ebenso viele Tassen Kaffee getrunken hatte, lenkte ich das Gespräch auf das Thema, dessentwegen ich eigentlich gekommen war.

»Ob eine Braut in der Sundvilla starb? Nein, soweit ich weiß, nicht«, sagte meine Großmutter nachdenklich.

»Und du hast auch keinerlei Gerüchte gehört?«, fragte ich vorsichtig.

»Zwanzig Jahre haben wir in der Straße gewohnt, davon hätten wir ganz sicher erfahren«, antwortete sie mit Nachdruck.

Das war ein kleiner Rückschlag, aber so schnell gab ich nicht klein bei.

»Kennst du jemanden, der vielleicht mehr weiß?«, fragte ich hoffnungsvoll.

Großmutter schwieg lange und antwortete dann:

»Warum erkundigst du dich nicht bei den Ekmans? Die haben schließlich mindestens dreißig Jahre in der Sundvilla gewohnt. Ich kenne sie recht gut, und jetzt sind wir auch wieder beinahe Nachbarn. Sie wohnen da drüben.«

Sie deutete aus dem Fenster die Straße hinunter auf ein paar niedrige Mietshäuser.

»Ich bin ihnen ja beim Unterschreiben des Kaufvertrages begegnet, aber vielleicht sollte ich trotzdem vorher anrufen?«, meinte ich.

»Tu das. Nimm mein Telefon. Ich wüsste auch gerne, was sie zu sagen haben!«, antwortete Großmutter und kicherte.

Ich vermute, dass es teilweise ihrer Neugier zuzuschreiben ist, dass sie noch so vital ist.

Frau Ekman war am Apparat und klang sehr aufgebracht, nachdem ich ihr mein Anliegen geschildert hatte.

»Das ist so unangenehm. Viele Leute haben hier angerufen und sich nach diesem Gespenst erkundigt … dieser Braut … in unserem Gästezimmer. Was für Dummheiten! In dem Haus hat es nie gespukt! Es handelt sich um eine optische Täuschung, das ist der Himmel, der sich in diesen alten, gewölbten Fensterscheiben spiegelt!«

Sie war so erbost, dass sich ihre Stimme überschlug. Ich entschuldigte mich und legte rasch auf. Aber ich hatte eine Antwort auf meine Frage erhalten. In der Sundvilla spukte es nicht. Mir fielen die Worte der alten Dame in der flauschigen roten Baskenmütze ein: »Hier ist niemand ermordet worden.«

Was war aber dann geschehen?

Großmutter gab mir den Tipp, mich bei Signe und Gösta Kjellberg zu melden, die Mitglieder desselben Pensionärsvereins waren. Signe Kjellberg ist Lokalhistorikerin und weiß laut Großmutter alles über die Geschichte des Ortes. Ich rief Signe an, und wir verabredeten uns bei ihr zu Hause.

Das Haus der Eheleute Kjellberg lag in einem Teil der Stadt, den ich nur selten besuche. Es war eine große Villa im Stil des Funktionalismus mit einem parkähnlichen Garten und einem riesigen Swimmingpool. Die Häuser mit Pool in diesem Ort lassen sich an einer Hand abzählen. Mit einer gewissen Beklommenheit betätigte ich den imposanten Bronzeklopfer in Form eines Löwenkopfes.

Die Frau, die mir öffnete, trug eine rosa Bluse, eine schwarze Strickweste, schwarze Hosen und eine stahlgraue Pagenfrisur. Als sie lächelte, erinnerte sie mich an jemanden, aber ich kam nicht darauf, an wen.

Wir tranken an Signes Couchtisch im großen Wohnzimmer Kaffee. Sie war sehr nett, und wir plauderten über alles Mögliche. Mir fiel auf, dass einige Papierstapel und Ordner neben ihrem Sessel auf dem Fußboden lagen. Nachdem wir Kaffee getrunken hatten und Nora auf dem Sofa eingeschlafen war, sagte Signe:

»Ich habe nach Ihrem Anruf einige Nachforschungen angestellt. Und ich bin auf einige … interessante … Informationen gestoßen.«

Sie warf mir einen Blick über ihre Lesebrille zu, den ich nicht zu deuten wusste, und meine Spannung wuchs.

Signe zog ein vergilbtes Blatt Papier aus einem Ordner, das in einer durchsichtigen Plastikhülle lag. Sie reichte es mir und sagte:

»Das hier ist die Heiratsurkunde von Ellen Karolina Persson, geboren am 3. April 1912, und Johan Fritjof Hermansson, geboren am 10. Februar 1889. Die Hochzeit fand am 19. April 1930 statt. Johan war einundvierzig Jahre alt und Ellen gerade mal 18.«

Ich stutzte: Lennart hatte die Fotos der Sundvilla am 19. April aufgenommen. Ich betrachtete das alte Papier und versuchte die verblichene Schrift zu entziffern. Die zierlichen Buchstaben waren mit schwarzer Tinte geschrieben.

»Offenbar haben sie in der Kirche unterhalb unseres Hauses geheiratet. Johan Fritjof besaß einen kleinen Bauernhof in By, und das liegt ja direkt vor der Stadt, aber Ellen stammte aus Persberg … das ist recht weit weg … vielleicht in Västmanland«, sagte ich.

»Värmland. Johans Mutter stammte aus Filipstad, und das ist nicht so weit von Persberg entfernt.«

»Und wie ist Ellen dann hierher geraten? Ist sie die Braut im Fenster?«, fragte ich eifrig.

Signe warf mir wieder diesen seltsamen Blick zu.

»Möglich. Ich will Ihnen Ellens und Johans Geschichte erzählen, dann können Sie selbst entscheiden, was Sie glauben möchten«, sagte sie mit gleichmütiger Stimme.

Ich nickte und versuchte meine Ungeduld zu zügeln.

»Johan kam als einziges Kind auf dem Hof Byåsen in By

außerhalb unserer Stadt zur Welt. Die Eltern waren nicht mehr ganz jung. Byåsen war ein großer Hof, und als Johan ihn übernahm, galt er als Großbauer. Er heiratete ein Mädchen aus der Gegend, das Lovisa Enoksson hieß. Bei einer schweren Geburt brachte sie eine Tochter zur Welt. Als Lovisa ihr zweites Kind gebären sollte, ging etwas schief. Mutter und Kind starben. Dieser tragische Vorfall ereignete sich 1925. Johan war von Trauer vollkommen zerfressen.«

Signe reichte mir eine sepiabraune Fotografie. Ein Mann und eine Frau standen ungelenk nebeneinander. Er trug einen schwarzen Anzug und ein weißes Hemd mit einem dunklen Schlips. Sie hatte ein hochgeschlossenes schwarzes Kleid und einen weißen Brautschleier an. In der einen Hand hielt sie einen kleinen Strauß Maiglöckchen. Das Brautpaar blickte sehr ernst geradewegs in die Kamera.

»Johans und Lovisas Hochzeitsfoto aus dem Jahr 1919. Die Tochter Anna kam 1921 zur Welt«, sagte Signe und reichte mir ein weiteres Foto.

Das kleine Mädchen war höchstens ein Jahr alt. Sie saß von Kissen gestützt in einem breiten Plüschsessel und sah den Fotografen mit großen Augen an.

»Weihnachten 1928 begegnete Johan Ellen zum ersten Mal. Sie hatte gerade als Dienstmädchen bei seiner Tante in Filipstad begonnen. Die kinderlose Tante war kurz zuvor Witwe geworden und brauchte Hilfe in ihrem großen Haus. Als Johan Heiligabend mit Anna bei seiner Tante eintraf, öffnete ihm Ellen die Tür. Später erzählte er, dass es sich um Liebe auf den ersten Blick gehandelt hatte, was allerdings nicht auf Gegenseitigkeit beruhte. Ellen war erst sechzehn Jahre alt, Johan hingegen wirkte wie ein älterer Herr.«

Signe reichte mir ein weiteres Foto. Ein junges Mädchen

lächelte schüchtern in die Kamera. Sie trug ihr dunkles Haar in einem dicken Zopf, der wie ein Diadem um ihren Kopf lag. Sie war sehr hübsch.

»Auf diesem Foto ist Ellen sechzehn Jahre alt. Man kann gut verstehen, dass Johan sehr angetan war. Er war aber nicht der Einzige. Es gab mehrere junge Männer, die um Ellens Gunst wetteiferten, aber sie wollte nur Gunnar.«

Rasch drückte sie mir ein weiteres Foto in die Hand. Ein junger Mann, dem das Haar in die Stirn hing, sah mich an. Er hatte kräftiges, gewelltes blondes Haar und markante Gesichtszüge. Er war ausgesprochen gutaussehend.

»Ellen stammte aus einer Bergarbeiterfamilie aus Persberg. Sie war die Älteste von neun Geschwistern, ihre Familie war arm, und Ellen hatte bereits mit dreizehn als Magd arbeiten müssen. Gunnar stammte aus derselben Gegend. Leider war seine Familie ebenso arm. Der Vater starb, als Gunnar noch klein war, und die Mutter musste die sieben Kinder allein aufziehen. Sowohl Ellen als auch Gunnar stammten also aus sehr armen Verhältnissen.«

Sie verstummte und blickte aus dem großen Fenster auf die Terrasse. Sie wirkte in Gedanken versunken, und ich wagte es nicht, sie mit irgendwelchen Fragen zu stören. Gleichzeitig überlegte ich mir, wie sie so viel über Johan, Ellen und die anderen, die vor so langer Zeit gelebt hatten, wissen konnte. Historiker kommen vermutlich den meisten Dingen auf die Spur, dachte ich.

»Nach der ersten Begegnung Weihnachten 1928 fand Johan immer häufiger einen Vorwand, um nach Filipstad zu reisen. Er behauptete, seiner einsamen Tante helfen zu wollen, aber eigentlich ging es ihm darum, Ellen zu treffen. Weihnachten 1929 machte er ihr einen Heiratsantrag, den sie annahm.

Denn Gunnar hatte kurz zuvor eine Fahrkarte nach Amerika gekauft. Ellen wollte und konnte ihn nicht begleiten, da ihr Vater gerade im Sterben lag und sie ihre Mutter und ihre kleinen Geschwister nicht verlassen wollte. Außerdem war ihr klar, dass die Hochzeit mit Johan ihre Chance war, der Familie nach dem Tod ihres Vaters zu helfen. Schweren Herzens willigte sie also ein.«

Ausgerechnet jetzt wachte Nora auf und begann zu schreien. Sie war hungrig, und es blieb mir nichts anderes übrig, als sie zu stillen. Während Nora zufrieden nuckelte, fuhr Signe fort:

»Die Hochzeit war für Mitte April geplant. Anschließend begann nämlich die Sommerarbeit auf dem Hof. Es war also ebenso gut, es vorher hinter sich zu bringen, fand Johan. Die Trauung sollte in der Kirche unterhalb der Sundvilla stattfinden. Damals gehörte das Haus nämlich Erik Olsson, einem Verwandten Johans. Seine Frau Ingeborg betrieb in einem der Zimmer im Obergeschoss einen Frisiersalon. Deshalb beschloss man auch, Ellen dort als Braut einzukleiden. Ingeborg sollte ihr helfen, das lange Haar hochzustecken und den Schleier zu befestigen. So kam es dann auch.«

Signe verstummte und sah mich lange an. Dann ergriff sie wieder das Wort:

»Nur selten hat es eine Braut gegeben, die an ihrem Hochzeitstag so traurig war wie Ellen. Einige Wochen zuvor war ihr Vater gestorben, und Gunnar, der Mann, in den sie sich verliebt hatte, war nach Amerika gereist. Jetzt sollte das junge Mädchen einen Mann heiraten, den sie nicht sonderlich gut kannte, und Stiefmutter einer Neunjährigen werden. Als sie eingekleidet war, bat Ellen darum, eine Weile für sich bleiben zu dürfen, ehe der Wagen kam, um sie abzuholen. Ingeborg verließ das Zimmer und hörte nach einigen Minuten lautes Schluchzen. Schließlich konnte sie sich das herzzerreißende Weinen nicht mehr anhören und ging zurück. Ellen hatte den Kopf gegen das Fenster gelehnt und weinte so heftig, dass die Tränen über die Scheibe liefen. Aber für Ingeborg war das nichts Neues. Rasch tupfte sie Ellens Augen mit eiskaltem Wasser ab und puderte sorgfältig ihr rotes, verheultes Gesicht. Als die Braut die Kirche betrat, ahnte niemand, wie verzweifelt sie noch wenige Augenblicke zuvor gewesen war.«

Langsam legte Signe ein größeres Foto in einem schönen Silberrahmen vor mich auf den Tisch. Johan war groß und schlank. Trotz seines wettergegerbten Gesichts wirkte er jünger, als er in Wirklichkeit war. Ellen lächelte auf dieselbe schüchterne Weise wie auf dem Foto, das sie als Sechzehnjährige zeigte, aber dieses Mal blickte sie nicht direkt in die Kamera, sondern auf einen Punkt daneben. Sie war eine strahlende Schönheit und trug ein langärmeliges weißes Kleid mit weitem Rock. Ein Schleier mit Myrtenkranz war hoch auf ihrem Scheitel befestigt.

Sie sah genauso aus wie auf Onkel Lennarts fatalen Bildern.

Eine Weile lang schwiegen wir beide. Schließlich räusperte ich mich und fragte:

»Wie ist es Ellen und Johan ergangen?«

Signe strahlte.

»Gut. Sie führten eine gute Ehe und lebten lange. Johan wurde 92. Ellen liebte ihren Mann inniglich, nicht zuletzt, weil er so lieb und rücksichtsvoll war. Sie bekamen drei Kinder. Die beiden Söhne, Zwillinge, kamen 1932 zur Welt, und neun Jahre später folgte noch eine kleine Nachzüglerin. Das war ich.«

Mir verschlug es die Sprache. Ellens Tochter saß mir gegenüber! Wahrscheinlich war mir mein Erstaunen anzusehen, denn Signe erhob sich lachend.

»Ja, ist es nicht unglaublich, dass Sie sich für das Rätsel der Braut im Fenster interessieren und dabei ausgerechnet an mich wenden? Aber es hat mir wirklich Spaß gemacht, mich wieder mit dieser alten Familiengeschichte zu beschäftigen. Mama war mir plötzlich wieder so nahe. Ich trauerte sehr um sie, als sie vor jetzt fast zwanzig Jahren starb. Hier ist ein Foto, das einige Monate vor ihrem Tod aufgenommen wurde.«

Sie ging zu einem alten bemalten Sekretär. Auf der herabgelassenen Klappe standen einige gerahmte Fotos. Signe nahm eines davon in die Hand und reichte es mir.

Ich erkannte sie sofort wieder, obwohl wir uns ein halbes Jahr zuvor nur ganz flüchtig begegnet waren. Ihre freundlichen, hellblauen Augen sahen mich durch dicke Brillengläser an. Auf dem Kopf trug sie die knallrote Baskenmütze aus Angorawolle.

EIN SELTSAMES VERSCHWINDEN ZU MITTSOMMER

»Die Gegend ist wahnsinnig angesagt. Die Leute stehen nach Häusern dort draußen Schlange. Ich habe mir sagen lassen, dass es dort im letzten Jahr ein paar Scheidungen und vereinzelte Todesfälle gegeben hat. Einige von denen, die jetzt allein in ihren Riesenhäusern wohnen, müssten langsam reif für eine Wohnung in der Innenstadt sein. Der Zeitpunkt für eine Offensive ist ideal«, sagte Christian Palm und lächelte seine Chefin breit an.

Diese seufzte leise und sah ihren Starmakler an. Seine blauen Augen schienen zu leuchten. Sie kontrastierten mit seinem sonnengebräunten Gesicht. Seine Segeltörns im Frühsommer hatten sein Haar gebleicht. Seine schwer zu bändigenden Strähnen fielen ihm immer wieder in die Stirn. Mit einer geübten Handbewegung strich er sie zur Seite. Die weißen Zähne, die er beim Lächeln aufblitzen ließ, waren hingegen nicht von der Sonne gebleicht, sondern von einer Zahntechnikerin namens Inger. In den Wochen, die es gedauert hatte, seine Zähne zu seiner Zufriedenheit zu bleichen, waren sie miteinander ausgegangen. Dann war sie ebenso schnell aus Christians Leben verschwunden wie alle anderen Frauen davor.

Er ist wirklich charmant, dachte seine Chefin, und der beste Makler, den ich in der Firma habe.

Er arbeitete schnell und effektiv. Oft arbeitete er bis spät in die Nacht und auch noch am Wochenende. Dabei jammerte er nie und klagte auch nicht über Müdigkeit. Er war stets optimistisch und allzeit bereit, einen vorteilhaften Deal abzuschließen. Seine Chefin fand manchmal, dass er in geschäftlichen Dingen vielleicht sogar etwas zu fix war. Manchmal ging es alles etwas sehr schnell. Einige Kunden hatten sich beklagt, aber Christian hatte die Probleme immer gelöst. Ein schwaches Unbehagen bemächtigte sich ihrer, als ihr bewusst wurde, dass sie gar nicht so genau wissen wollte, wie er das bewerkstelligt hatte.

»Da du die meisten Häuser in dieser Gegend verkauft hast, vermute ich, dass du der richtige Mann für die dortige Offensive bist«, meinte sie vielsagend.

»Natürlich«, erwiderte er und schenkte ihr ein weiteres strahlendes Lächeln.

Das »Gerücht«, von dem er gesprochen hatte, war ihm von einem seiner Seglerfreunde zugetragen worden, der in besagtem attraktiven Vorort wohnte. Gemeinsam hatten sie dann eine Liste der Häuser angelegt, in denen es im letzten Jahr zu Veränderungen gekommen war. Christian hatte seinem Freund versprochen, ihn im Herbst auf eine Golfreise einzuladen, falls die Offensive zu einem Abschluss führen würde. Dagegen sprach nichts, denn die Villen in der Gegend kosteten etliche Millionen, und Christian würde eine Riesenprovision kassieren.

Es war der Tag vor Mittsommer. Die Sonne stand an einem wolkenlosen Himmel. Christian öffnete das Verdeck seines signalroten Mercedes CLK, den er direkt aus den USA importiert hatte. Genüsslich atmete er den Duft von Tang, Jasmin und frischgemähtem Rasen ein. Die Brise, die vom Meer herüberwehte, war zwar etwas kühl, da das Wasser noch keine angenehme Badetemperatur erreicht hatte, doch es gefiel

Christian, sich den Wind durchs Haar wehen zu lassen. Dabei durchströmte ihn ein Gefühl von Freiheit. Die Freiheit war es, die er an seiner Arbeit so schätzte, ja nicht nur an seiner Arbeit, sondern im Leben überhaupt. Er war Single, hatte keine Geldsorgen, besaß ein cooles Auto und eine tolle Maisonettewohnung in der Innenstadt. Außerdem hatte er viele Freunde, mit denen er segeln gehen oder Golf spielen konnte. Sein Dasein wurde darüber hinaus von Reisen und einem Nachtleben bereichert, das seine Mutter etwas von oben herab als »ausschweifend« bezeichnete. Ihr wäre es am liebsten, wenn er solider wäre und eine Familie gründen würde. Es sei für ihn höchste Zeit, fand sie. Aber er hatte keine Lust dazu. Ihm war noch keine Frau begegnet, mit der er eine Familie hätte gründen wollen. Dabei mangelte es keineswegs an Frauen, die es mit ihm versuchen wollten. Warum sollte er sich dann mit einer begnügen? Es wäre doch schade gewesen, wenn er sich die gutaussehenden und bereitwilligen Frauen hätte entgehen lassen? Er lachte laut in den Wind und war vollkommen mit sich zufrieden.

Das erste Haus auf seiner Liste lag etwas abgeschieden am Ende eines Kieswegs. Er wusste das, da er schon einmal dort gewesen war.

Beim Verkauf im Vorjahr hatte er es als »exklusive Villa mit großzügigen Räumen in abgeschiedener naturschöner Meerlage« beschrieben. »Historischer Charme. Herrliches Parkgrundstück, großer Pool.« In Wahrheit hatte es sich um ein recht heruntergekommenes Haus aus den dreißiger Jahren gehandelt, an dem der schon etwas ältere Eigentümer in den letzten Jahrzehnten nichts mehr gemacht hatte. In den Beeten hatte nur noch Löwenzahn geblüht, und aus dem braunen Inhalt des Schwimmbeckens hatte sich ein Gestank von Schlamm und Fäulnis im Garten ausgebreitet. Sicherheitshalber hatte er deswegen am Ende der Anzeige geschrieben: »Gewisser Renovierungsbedarf.«

Viele Interessenten hatten sich das Haus angesehen, dann aber rasch abgewinkt, als ihnen klar war, wie viel Arbeit nötig sein würde, um das große Haus bewohnbar zu machen. Er hatte in der Tat an seiner Gabe zu zweifeln begonnen, jede Bruchbude verkaufen zu können, und bereits erwogen, den Preis beträchtlich zu senken. Da hatte ihn eine Frau angerufen, die sehr interessiert gewesen war.

Sie hatte sich als Louise van de Krappe vorgestellt. Offenbar wollte ihr Mann sich bald zur Ruhe setzen, weshalb sie beabsichtigten, näher ans Meer und in die Natur zu ziehen. Ihr Mann sei etwas gebrechlich und würde deswegen an der Besichtigung nicht teilnehmen, hatte sie zu ihm gesagt. Sie hatten einen Termin für den folgenden Tag vereinbart.

Christian hatte sie schon von weitem vor dem Tor stehen sehen, wo sie auf ihn wartete. Sie hatte sich den Mantel über den Arm gehängt und ließ sich mit geschlossenen Augen das Gesicht von der Maisonne wärmen. Rasch hatte er sich ein Bild von ihr gemacht: mager, stark geschminkt und sehr blondiert. Die teuren, zu jugendlichen Markenkleider waren eine Spur zu eng gewesen. Eine Sechzigjährige, die sich und ihrer Umwelt einreden wollte, dass sie zwanzig Jahre jünger war. Ihr nagelneuer BMW hatte bewiesen, dass sie über die nötigen Mittel verfügte, diese Illusion aufrechtzuerhalten.

Sie hatte das Gespräch damit eingeleitet, von ihrer und der Sehnsucht ihres Mannes zu sprechen. »Wir wünschen uns ein ruhiges und ländliches Haus, mit dem wir nicht zuviel Arbeit haben.« Recht bald hatte sie kapituliert, als er ihr wie ganz selbstverständlich seine warme, sehnige Hand auf die Schulter gelegt und sie durch das Haus gelotst hatte. Während der gesamten Führung hatte er darauf geachtet, mit ihr diskret auf Tuchfühlung zu bleiben, ohne aufdringlich zu erscheinen oder ihr offen Avancen zu machen. Er hatte sich einfach vertraulich zu ihr vorgebeugt, wenn er ihr etwas erklärte, damit sie sein teures Rasierwasser hatte genießen können. Seine blauen Augen und sein charmantes Lächeln hatten ein Übriges getan.

Er war sich recht sicher gewesen, dass ihr der schlechte Zustand des Gebäudes nicht aufgefallen war. Sie hatte vollkommen weggetreten gewirkt, als er sie zu ihrem Wagen begleitet hatte. Als sie eingestiegen war, hatte er mit einem vielsagenden Lächeln zu ihr gesagt:

»Wenn Sie mich brauchen, dann rufen Sie mich doch einfach an.«

Ohne seinen Blick von ihr abzuwenden, hatte er ihr seine Visitenkarte gereicht. Ihre Finger hatten sich einen Augenblick lang berührt, als sie sie entgegennahm. Ihre Hand hatte gezittert.

Am nächsten Vormittag hatte sie ihn angerufen.

Herman van de Krappe hatte in der Klinik gelegen, als die Sache unterschriftsreif gewesen war. Sie hatte eine Vollmacht ihres Mannes dabeigehabt. Christian hatte nie recht erfahren, was den Klinikaufenthalt ihres Mannes veranlasst hatte. Es war ihm auch gänzlich gleichgültig gewesen. Hauptsache war gewesen, dass der Kaufvertrag unterzeichnet war und er sich die Bruchbude endlich vom Hals geschafft hatte, was wirklich nicht leicht gewesen war.

Anschließend hatte es ihn einige Mühe gekostet, Louise van de Krappe loszuwerden. Sie hatte ihn wiederholte Male angerufen, um ihn unter verschiedenen Vorwänden zum Haus zu locken. Als ihr das nicht geglückt war, hatte sie sich über alle Mängel, die sie entdeckt hatte, beschwert. Daraufhin hatte er ganz gelassen auf den Vertrag verwiesen. Unter Paragraf 11 gab es eine Zusatzklausel, die lautete: »Der Käufer hat die Liegenschaft inklusive Bebauung genauestens in Augenschein genommen und erklärt sich mit ihrem Zustand einverstanden. Er erklärt, dass er keine Ansprüche aufgrund eventueller Fehler und Mängel dem Verkäufer gegenüber geltend machen wird. Der Käufer ist sich bewusst, dass es sich hierbei um eine sogenannte Verzichtserklärung gemäß Liegenschaftsverordnung, Kap. 4, § 19, handelt, der sich auch auf verborgene Mängel bezieht.«

Am anderen Ende der Leitung war es vollkommen still geworden. Nach einer Weile hatte er Schluchzer vernommen und wortlos aufgelegt. Anschließend hatte er nichts mehr von ihr gehört und sie vergessen.

Bis jetzt. Die Bruchbude stand nämlich ebenfalls auf der Liste seines Freundes. Er behauptete, die Besitzerin sei vergangenen Winter verstorben. Es lag also nahe, dass ihr Gatte jetzt allein in dem großen Haus saß und sich wieder in die Stadt sehnte. Christian hätte keine Lust gehabt, das Haus ein weiteres Mal zu verkaufen, wenn er von seinem Freund nicht erfahren hätte, dass es im Lauf des Jahres umfassend renoviert worden war. Obwohl die Renovierung noch nicht ganz abgeschlossen sei, hatte er erzählt, garantiere seine Lage, dass es mit großem Gewinn weiterveräußert werden könne.

Er lachte zufrieden und winkte fröhlich ein paar Rentnern zu, die an einer Bushaltestelle standen. Man konnte nie wissen, vielleicht würde einer von ihnen einmal ein Haus in der Gegend verkaufen wollen.

Das knallrote Auto bog auf den Kiesweg ab. Der Makler musste auf dem Weg, der zu dem hohen schmiedeeisernen Tor führte, das Tempo drosseln. Das Tor war weit geöffnet und stellte die einzige Öffnung in der dichten Tannenhecke dar, die den gesamten Besitz umgab.

»Spurlos verschwunden mit Auto und allem Drum und Dran?«, wiederholte Kriminalinspektorin Irene Huss skeptisch.

»Yes.« Ihr Kollege Tommy Persson nickte.

»Am helllichten Tag?«

»Yes.«

Irene Huss sah ihn nachdenklich an und fuhr dann fort: »Wieso landet diese Sache bei uns? Das müsste doch das Dezernat für Allgemeine Kriminalität bearbeiten …«

»Stimmt. Aber dieser Bursche hat in einer Maklerfirma gearbeitet, die der Frau des Bezirkspolizeichefs gehört. Sie hält es für vollkommen ausgeschlossen, dass er freiwillig verschwunden sein soll. Mal sehen …«

Tommy unterbrach sich und begann in den Papieren zu blättern, die er vor sich auf dem Schreibtisch liegen hatte.

»Hier! Er heißt Christian Palm und ist sechsunddreißig Jahre alt. Vor vier Tagen ist er zusammen mit seinem knallroten Mercedes Cabrio verschwunden. Letzten Donnerstag um 10.45 Uhr wurde er in seinem Wagen zum letzten Mal gesichtet. Eine Gruppe von Rentnern, die gerade auf den Bus zum Heimatmuseum warteten, hat ihn gesehen. Sie treffen sich offenbar immer am Tag vor Mittsommer zum traditionellen Mittsommeressen mit neuen Kartoffeln, Hering und Schnaps, insgesamt zehn Personen. Sie alle sind sich einig, dass Christian Palm in seinem schicken Auto an der Bushaltestelle vorbeigebraust ist. Er hat gelächelt und ihnen zugewunken und war anschließend buchstäblich vom Erdboden verschluckt.«

»Nicht unbedingt ein unauffälliger Wagen«, meinte Irene.

»Nein. Und auch kein unauffälliger Mann. Er sieht aus wie ein Filmstar«, sagte Tommy und reichte Irene ein Foto.

Eingehend betrachtete sie das Bild.

»Erinnert etwas an Brad Pitt«, sagte sie schließlich.

Tommy fuhr fort, aus seinen Papieren vorzulesen: »Laut seiner Chefin war er in der Villengegend unterwegs, um das Terrain zu sondieren. Offenbar haben sie viele Interessenten, aber keine Häuser, die sie verkaufen könnten. Christian Palm hat in den letzten Jahren einige Häuser in dieser Gegend verkauft und wollte nun versuchen, willige Verkäufer aufzutreiben. Laut seiner Chefin hatte er eine Liste von Leuten erstellt, mit denen er sprechen wollte. Leider lag diese Liste bei ihm im Wagen und ist also ebenfalls verschwunden.«

»Hat seine Chefin keine Kopie?«

»Nein. Offenbar hat dieser Bursche sehr selbstständig gearbeitet.«

»Und sein Handy?«

»Das letzte Gespräch führte er am Donnerstag um 10.33 Uhr. Er sprach mit einem Freund, bei dem er Freitag zu einer Mittsommerfeier eingeladen war. Dort ist er jedoch nicht aufgetaucht, und daraufhin hat man ihn vermisst gemeldet. Nach diesem Gespräch scheint er sein Handy abgestellt zu haben. Er war nicht mehr zu erreichen.«

Tommy erhob sich und ging zum Regal. Er zog den Kartenatlas über Göteborg und Umgebung heraus. Rasch hatte er die gesuchte Seite gefunden. Er legte Irene die Karte hin und deutete darauf.

»Die Bushaltestelle. Hier wurde er zuletzt gesehen. Weiter

vorn teilt sich die Straße. Nach rechts wäre er in eine relativ dicht bebaute Gegend gekommen, und dort hätte jemand ihn oder seinen Wagen sehen müssen. Aber Fehlanzeige. Deswegen halte ich es für das Wahrscheinlichste, dass er nach links abgebogen ist.«

Diese Straße führte ans Meer. An ihr lagen die exklusivsten Villen, die für einen Makler natürlich die attraktivsten Objekte darstellten.

»Ja, das wirkt am logischsten«, pflichtete ihm Irene bei.

Alle Häuser waren auf der Karte eingezeichnet. Sie zählte sie rasch durch.

»Vierundzwanzig! Nichts wie hin.« Irene seufzte.

Zwei Tage später hatten sie mit allen Bewohnern der Straße gesprochen. Das Ergebnis war gleich null. Die Rentner an der Bushaltestelle hatten Christian Palm als Letzte lebend gesehen. Er war wenige Sekunden vor Eintreffen des Busses Richtung Westen verschwunden. Gut gelaunt waren sie in den Bus eingestiegen, und niemand hatte dem netten jungen Mann hinterhergeschaut. Anschließend waren er und sein rotes Auto nicht mehr gesehen worden. Als hätte sich der Makler mitten auf der Straße in Luft aufgelöst und seinen Benz gleich mitgenommen.

»Das ist unmöglich. Und trotzdem …«

Irene beendete den Satz nicht, und Tommy nickte zustimmend.

»Niemand will diesen Palm gesehen haben. Niemand hat mit ihm telefoniert oder mit ihm einen Termin vereinbart. Niemand, mit dem wir gesprochen haben, scheint sein Haus verkaufen zu wollen. Alle scheinen ganz normale Menschen zu sein, nur etwas reicher als der Durchschnitt«, stellte Tommy fest.

»Genau.«

»Dieser Typ zum Beispiel, der das Haus von seinen Eltern geerbt hat. Was für eine Renovierung! Das Dach, der trockengelegte Keller, die Fassade, die Fenster und Türen. Muss ein Vermögen gekostet haben! Und der Garten war noch nicht einmal fertig. Wahrscheinlich muss man den Garten bei der Größe schon eher als Park bezeichnen.«

»Er kann kaum älter als dreißig gewesen sein. Allerdings hat er uns erzählt, er habe Kontakte in der Baubranche.«

»Die hat man auch bitter nötig, wenn man mit einer solchen Renovierung klarkommen will. Und einen Haufen Kohle.«

»Kontakte und Kohle«, fasste Irene zusammen und seufzte. Sie dachte an ihr altes Reihenhaus, bei dem eine größere Renovierung überfällig war. Leider verfügte Familie Huss weder über das eine noch das andere, was für eine umfassende Instandsetzung erforderlich war. Sie mussten eben, so gut es ging, selbst Hammer und Pinsel in die Hand nehmen. Allmählich erschien es ihr immer verlockender, eine Wohnung zu kaufen, wenn ihre Töchter von zu Hause auszogen.

»Ich hätte da eine etwas abwegige Theorie. Jemand könnte Palms Wagen gestohlen haben. Man könnte ihn in seinem Auto auf einen geschlossenen Laster gefahren und dann mittels einer Fähre ins Ausland verfrachtet haben«, sagte Tommy endlich, nachdem beide eine Weile nachdenklich geschwiegen hatten.

»Gab es zum Zeitpunkt seines Verschwindens irgendwelche auffälligen Lastwagen?«, fragte Irene ohne den geringsten Enthusiasmus.

Sie kannte die Antwort bereits.

Tommy ließ die Schultern hängen und schüttelte den Kopf.

»Nein. Aber gib zu, dass das eine Erklärung sein könnte.«
»Stimmt.«
Wieder breitete sich Stille im Zimmer aus.

Er war gerade aus dem großen Bagger geklettert, als der rote Sportwagen durch das Tor brauste. Der Kies stob um die Stahlfelgen auf, als er zum Stehen kam. Dieses Auto hatte man ihm oft beschrieben. Obwohl er dem Mann in dem Mercedes nie begegnet war, wusste er sofort, wen er vor sich hatte. Diese Erkenntnis überwältigte ihn. Verwirrt wischte er sich seine schmutzigen Hände an seinem blauen Overall ab und ging zögernd ein paar Schritte auf den Wagen zu.

»Hallo. Ich suche Herman van de Krappe«, rief ihm der Fahrer zu, ohne auszusteigen.

Er schluckte ein paarmal, verließ sich dann aber nicht auf seine Stimme. Statt zu antworten, schüttelte er nur den Kopf. Der Makler – denn nur der konnte es sein – warf ihm einen abschätzigen Blick zu, der deutlich machte, was er von ungehobelten Bauarbeitern hielt.

Christian Palm stieg aus seinem Sportwagen und sah sich in dem Garten um, der gerade neu angelegt wurde. Er lächelte, als er sah, was der Bagger angerichtet hatte. Er ging auf die große Grube zu und schaute hinein. Dann deutete er auf die riesigen Haufen von Kies und Schotter auf der einen Seite.

»Wahrscheinlich ist es ratsam, den alten Pool einfach zuzuschütten. Vermutlich ist der Keller deswegen feucht. Das und die unzureichende Drainage des Grundstücks …«

Er hielt inne und sah den Baggerführer an.

»Ich war einige Male in dem Haus. Ich bin Makler und habe es an die van de Krappes verkauft.«

Plötzlich hatte er das Gefühl, als bräche etwas in ihm

entzwei. Als sich der Makler umdrehte, um die neue Fassade des Hauses gründlich in Augenschein zu nehmen, beugte er sich vor und hob den Spaten vom Boden auf. Ohne zu zögern, hob er ihn hoch in die Luft und ging ein paar rasche Schritte auf den nichts Böses ahnenden Mann zu. Die Kante des Spatens traf mit fürchterlicher Wucht mitten auf den Kopf des Maklers.

Mit einem dumpfen Geräusch fiel Christian Palm in die tiefe Grube. Der Baggerführer trat an ihren Rand und schaute hinunter. Der Schädel war gespalten, und die Hirnmasse begann bereits in die Erde zu sickern. Er warf den Spaten ebenfalls in die Grube.

Plötzlich schien es auf der Hand zu liegen, was jetzt zu geschehen hatte. Dieser aus einer Eingebung heraus begangene Mord war ebenso perfekt, als wäre er nach kühler Überlegung ausgeführt worden.

Ohne zu zögern, holte er eine Leiter und stellte sie in die Grube. Er hatte gesehen, in welche Jackentasche der Makler seinen Autoschlüssel gesteckt hatte. Leider lag Palm auf dem Bauch. Es war unangenehm, die Leiche auf den Rücken drehen zu müssen, um an den Schlüsselbund zu kommen. In der Innentasche des Jacketts stieß er auf das Handy und stellte es ab. Anschließend kletterte er wieder die Leiter hoch. Dann zog er rasch den blutigen Overall aus und warf ihn auf die reglose Gestalt. Nach kurzem Zögern warf er die Leiter hinterher. Auf die Leitersprossen war Blut gekommen. Sorgfältig wusch er dann seine blutigen Hände unter dem Gartenschlauch ab und trocknete sie mit Putzwolle ab. Die Putzwolle warf er ebenfalls in die Grube. Anschließend ging er in den Keller und duschte kurz. Er nahm sich einen sauberen Overall vom Stapel, den er im Keller liegen hatte. Als er den sauberen

Overall angezogen hatte, warf er einen flüchtigen Blick in den Spiegel. Er sah aus wie immer. Sein Herz war von einer kalten Ruhe erfüllt.

Den Benz ein Stück vorzufahren war auch kein Problem. Dann kuppelte er aus und schob ihn mit Hilfe des Baggers über den Rand der Grube.

Anschließend begann er das alte Schwimmbecken zuzuschütten. Den Boden füllte er mit einer dicken Schicht Schotter, der das Auto fast ganz bedeckte. Über den Schotter kam ein Meter Kies und darüber zehn Zentimeter Mutterboden. Das nahm fast den ganzen Tag in Anspruch, aber er arbeitete wie in Trance. Rache. Rache! Dieses Wort hallte in ihm wider. Es erfüllte ihn mit einem Siegesrausch, und er konnte die Süße buchstäblich im Mund schmecken. Rache. Endlich Rache!

Herman van de Krappe war an den Folgen eines schweren Herzinfarkts verstorben – nur eine knappe Woche, nachdem die arme verwirrte Louise den Vertrag unterschrieben hatte. Sie hatte seine Unterschrift auf der Vollmacht gefälscht.

Anschließend hatte sie versucht, ihrem Sohn ihr Vorgehen zu erklären. »Ich wollte Herman überraschen. Er hat sich immer ein Haus hier draußen gewünscht«, hatte sie gesagt. Wenn der Ehemann erfahren hätte, wie das Geschäft zustande gekommen war und wie der skrupellose Makler die psychisch instabile Louise betrogen hatte, dann wäre Christian Palm vermutlich schon bedeutend früher ermordet worden. Dafür hätte Herman van de Krappe mit größter Wahrscheinlichkeit gesorgt.

Louise war nach dem Tod ihres Mannes vollkommen zusammengebrochen. Sie hatte jegliche Lebenslust verloren und war regelrecht verkümmert. Ende Januar hatte sie den Inhalt einer Schachtel Schlaftabletten mit einer Flasche Wein heruntergespült. Er hatte sie gefunden.

Sein erster Impuls war gewesen, das verdammte Haus zu verkaufen. Aber als er etwas zur Besinnung gekommen war und nachgedacht hatte, wurde ihm klar, dass das unklug wäre. Seine Lebensgefährtin und er wollten heiraten und Kinder bekommen. Die Gegend war attraktiv, das Haus war geräumig und das weitläufige Grundstück ein Eldorado für Kinder. Längerfristig war das Haus eine glänzende Investition. Außerdem hatte er alle Möglichkeiten, das Haus instand setzen zu lassen, da er im Vorjahr das Bauunternehmen seines Vaters nach dessen erstem Herzinfarkt übernommen hatte.

Seine Angestellten hatten natürlich die aufwendigeren Renovierungsarbeiten erledigt, aber auch er hatte in den letzten Monaten unzählige Arbeitsstunden in die Instandsetzung investiert. Er wollte noch vor dem Herbst einziehen. Deswegen hatte er auch noch am Tag vor Mittsommer allein im Garten gearbeitet. Plötzlich war der Mann, der den vorzeitigen Tod seiner Mutter verschuldet hatte, aufgetaucht. Wie ein Opferlamm hatte er sich freiwillig an den Rand des Pools gestellt. Er hatte nicht anders gekonnt. Es war wie eine Aufforderung gewesen, Rache zu nehmen. Es war vorherbestimmt gewesen, dass er endlich den Tod seiner Mutter rächen sollte! Rache!

Das Fahrzeug entsprach etwa vier Kubikmeter Schotter. So hatte der Makler nun gewissermaßen einen Teil seiner Schuld abbezahlt, wenn man bedachte, wie teuer Schotter war.

Bei diesem Gedanken musste Daniel van de Krappe lächeln. In den Tropfen des Rasensprengers bildeten sich kleine funkelnde Regenbogen. Der Gärtner hatte am Montag den Rollrasen verlegt. Das große Rechteck mit frischem Mutterboden, das verraten hätte, wo sich der zugeschüttete Pool befand, war unter dem satten Grün verschwunden.

Die Polizeibeamten, die sich zwei Tage später nach dem verschwundenen Makler erkundigt hatten, schöpften keinerlei Verdacht.

ÄLTERE DAME AUF REISEN

Dieses Jahr war sie drei, fast vier Monate zu spät dran. Normalerweise standen ihre Reisepläne für den Sommer bereits im Januar fest, aber dieses Jahr hatte sie immer noch keinen Beschluss gefasst, wohin die Reise gehen würde. Wahrscheinlich lag das am Alter, wobei sie keineswegs mental oder körperlich gebrechlich gewesen wäre. Ganz im Gegenteil. Sie war vor einem Monat beim Arzt gewesen, um sich ein Mittel gegen eine leichte Augenentzündung verschreiben zu lassen. Der junge Arzt – der so aussah, als wäre er nicht einmal alt genug für das Abitur – hatte erstaunt festgestellt, dass sie seit sechzehn Jahren nicht mehr in der Sprechstunde gewesen war, und damals war es auch nur um eine Hepatitisimpfung mit einem neuen Impfstoff gegangen, der angeblich besonders lange wirkte.

Mehrmals hatte sie ihm versichert, es gehe ihr ausgezeichnet. Trotzdem hatte der Arzt sie gründlich untersucht, und die Krankenschwester hatte ihr für irgendwelche Tests Blut abgenommen, was vollkommen unnötig gewesen war. Sie war kerngesund, wie sie ja immer schon behauptet hatte. Aber die Augensalbe, die ihr vom jungen Doktor verschrieben worden war, hatte sie von ihren Beschwerden befreit, das musste sie ihm lassen.

Nein, der Grund dafür, dass ihre Reiseplanung noch immer nicht stand, war, dass sie schon fast überall auf der Welt gewesen war. In den letzten fünfzehn Jahren, als sie noch als Lehrerin gearbeitet hatte, war sie in den Sommerferien kreuz und quer durch Europa gereist. Sie hatte das Glück, dass sie noch nach den alten Regelungen in rente gehen konnte. Heutzutage mussten Lehrer wie alle anderen bis fünfundsechzig arbeiten. Bei diesem Gedanken schauderte es sie. Natürlich hatte sie sich als Lehrerin an der Höheren Mädchenschule wohlgefühlt, aber in den letzten vier Jahren hatte man auch Jungen aufgenommen. Seitdem war es nicht mehr so angenehm gewesen. Sie war erleichtert gewesen, die Welt der Schule verlassen zu können.

Erst nach Charlottes Tod war es ihr überhaupt möglich gewesen zu reisen. Zuvor hatte sie sich viele Jahre lang allein um ihre Schwester gekümmert. Ihr Vater war bei einem opulenten Dinner in seinem Club einem Herzinfarkt erlegen. Der Großteil seines Kapitals war in unsicheren Aktien angelegt gewesen, die an der schwankenden Börse abgestürzt waren. Es war ihm gelungen, das einige Wochen lang zu verbergen, aber nach seinem Tod war alles ans Licht gekommen.

Maud war damals achtzehn gewesen und hatte Sprachen studiert. Im Nachhinein wurde ihr bewusst, dass die Zeit vor dem Tod ihres Vaters die glücklichste ihres Lebens gewesen war. Sie war frisch verlobt gewesen. An ihrem achtzehnten Geburtstag wurde ihre Verlobung mit dem Leutnant Gustav Adelsiöö bekanntgegeben. Wie glücklich sie gewesen war! In erster Linie natürlich, weil sie ihren geliebten Gustav heiraten würde.

Ein anderer wichtiger Grund war gewesen, dass sie so ihrer neurotischen Mutter und ihrer nervenschwachen Schwester zu entkommen hoffte. Charlotte war zehn Jahre älter als sie gewesen, aber kein Mann hatte je um ihre Hand angehalten, und ihre Eltern hatten eingesehen, dass das auch nie geschehen würde. Deswegen hatte es sie sehr gefreut, dass Maud einen wohlhabenden jungen Mann aus guter Familie heiraten wollte.

Einen Monat nach ihrer Verlobung hatte Gustav per Brief in knappen Worten die Verbindung gelöst. Maud hatte keine Sekunde daran gezweifelt, dass seine prüde Mutter und sein ungehobelter Vater, der Major, hinter den schmerzhaften Worten steckten. Deswegen hatte sie Gustav auch nie deswegen gehasst. Sie wusste, dass seine Eltern ihn gezwungen hatten, die Verlobung zu lösen.

Zwei Tage später fielen Hitlers Truppen in Polen ein, und der Zweite Weltkrieg brach aus. Ihre Mutter war nach dem Tod ihres Gatten vollkommen am Boden zerstört, aber vielleicht noch mehr durch die Einsicht, dass sie plötzlich vollkommen mittellos waren. »Wie sollen wir nur zurechtkommen?«, hatte sie immer wieder geschluchzt. Während des ersten Kriegsjahres wurde sie immer schwächer, und nach zwei Jahren starb sie. Maud rackerte sich ab, um sich und ihre Schwester mit ihrem kargen Lohn durchzubringen. Nach dem Tod ihrer Mutter wurde es etwas leichter, insbesondere weil es Maud gelang, noch ein ganzes Jahr mit der Lebensmittelkarte ihrer Mutter einzukaufen.

Glücklicherweise besaß die Familie ein großes Mehrfamilienhaus in Vasastaden, einer der besseren Wohnlagen Göteborgs unweit des Vasaparken. Ihr Vater hatte seiner Familie ein ganzes Stockwerk eingerichtet. Die kleineren Wohnungen waren vermietet. Leider war der Anwalt der Familie gezwungen gewesen, nach dem Tod des Vaters das Haus zu verkaufen, aber er hatte im Kaufvertrag die Klausel untergebracht, dass die Familie mietfrei wohnen bleiben dürfe, »solange eines der Familienmitglieder das wünscht«. Wegen dieses Paragraphen hatte es fünfzig Jahre später Streit gegeben, als das Haus von einer Wohnungsgenossenschaft übernommen wurde, aber Maud hatte recht bekommen. Sie wohnte weiterhin in der riesigen Wohnung. Mietfrei. Der Vorstand der Wohnungsgenossenschaft knirschte mit den Zähnen, konnte aber nichts tun. Natürlich musste sie für Strom und Wasser zahlen sowie eine kleinere Summe für den Unterhalt des Hauses entrichten. In der Wohnung war seit Beginn des vorigen Jahrhunderts nichts mehr verändert worden, abgesehen natürlich von dem Zimmer, das untervermietet wurde.

Während des Kriegs und in den Jahren danach hatte Maud ihrer Schwester mehrmals vorgeschlagen, ein Zimmer oder mehrere unterzuvermieten. Charlotte war jedes Mal außer sich geraten. Jammernd war sie in der Wohnung auf und ab gegangen und hatte verzweifelt die Hände gerungen. »Ich ertrage keine Fremden! Hier dürfen keine Fremden wohnen! Dann sterbe ich!«, hatte sie geheult. Anschließend hatte sie eine höhere Tablettendosis verlangt, als der Arzt ihr verschrieben hatte. Meistens hatte Maud sich diesem Ansinnen widersetzt. Aber nicht immer. Wenn die Schwester geschlafen hatte, war es immer ruhig und angenehm gewesen.

In den sechziger Jahren hatte sich der mentale Zustand ihrer Schwester noch weiter verschlechtert. Eigentlich hätte man sie in eine Anstalt einweisen müssen, aber damit wäre sie keinesfalls einverstanden gewesen. Sie ließ es nicht zu, dass sich eine andere Person als Maud um sie kümmerte. Maud hatte klein beigegeben und sie weiterhin gepflegt. Es wäre auch nicht in Frage gekommen, gemeinsam zu verreisen, da die Schwester die Wohnung nicht verließ.

So war Mauds Leben dreißig Jahre lang verlaufen. Bis zu dem Tag, an dem es Charlotte trotz ihres benebelten Zustands gelungen war, die Wohnungstür zu öffnen und sich auf den dunklen Treppenabsatz zu verirren. Maud hatte in der Küche Kartoffeln geschält, als sie plötzlich den kalten Luftzug der offenen Wohnungstüre gespürt hatte. Sofort hatte sie den Kartoffelschäler fallen lassen und war in die Diele gelaufen. Von dort aus hatte sie einen Schatten auf der obersten Stufe der langen Treppe balancieren sehen. Sie war hinzugeeilt, hatte von ihrer Schwester aber nur einen Zipfel des Morgenmantels zu fassen bekommen. Charlotte hatte sich losgerissen, war gestolpert und die Treppe hinuntergefallen. Drei Wochen später war sie im Krankenhaus gestorben, ohne das Bewusstsein wiedererlangt zu haben.

Am Tag darauf hatte Maud die Bahnfahrkarten für ihre erste Reise gekauft. In der zweiten Juniwoche war sie losgefahren und erst drei Tage vor Schulbeginn im Herbst zurückgekommen.

Während der Jahre, in denen es ihre Aufgabe gewesen war, sich um die Finanzen zu kümmern, hatte sie Charlottes kleine Rente auf ein Konto eingezahlt. Im Laufe der Zeit war eine beträchtliche Summe zusammengekommen. Dieses Geld diente ihr in den ersten Jahren als Reisekasse. Außerdem vermietete sie drei Zimmer der großen Wohnung. Aus Charlottes Zimmer war ein Esszimmer mit Kochnische für die Untermieter geworden, die sich außerdem das größere der beiden Badezimmer teilten. Die Mieteinnahmen hatte sie gespart – als solide Rentenversicherung. Einige Jahre nachdem sie in den Ruhestand getreten war, hatte sie das Vermieten aufgegeben. Zu diesem Zeitpunkt besaß sie genug Erspartes, um auch so zurechtzukommen. Mittlerweile war sie seit siebenundzwanzig Jahren in Rente und hatte die meisten Länder der Erde gesehen.

Sie hatte allerdings keinerlei Idee, wohin sie in diesem Sommer reisen sollte. In Indien war es zu warm, in Nizza ging ihr der Trubel auf die Nerven, und in Paris war die Luft zu schlecht, was im Übrigen auch für New York galt. Vielleicht Bali oder Sardinien. Auf beiden Inseln war sie aber schon mehrere Male gewesen. Sie war eine routinierte Reisende und mit leichtem Gepäck unterwegs. Es war ein herrliches Gefühl, nur ein One-Way-Flugticket in der Tasche zu haben. Die Reisepläne, die sie sich vorher zurechtgelegt hatte, pflegte sie zu befolgen, buchte aber nur selten die Hotels und die Fahrten von einer Sehenswürdigkeit zur nächsten im Voraus. Diese Art des Reisens war recht einsam, aber sie wollte es nicht anders. Kein Ärger und keine Rücksichten. Sie konnte tun und lassen, was sie wollte.

Maud schaltete die Kaffeemaschine an und ging in die Diele, um die *Göteborgs-Posten* zu holen, die sie seit Jahrzehnten zum Frühstück las, in erster Linie aus alter Gewohnheit. Außerdem klappte sie jeden Tag ihren Laptop auf und surfte. So wusste sie rasch, was in der Welt geschah. Im Internet fand sie auch billige Flugtickets. Ihr Laptop war ihr Lieblingsgegenstand. Unentbehrlich. Nach einem Computerkurs für Rentner vor fünf Jahren, bei dem sie sich unter Charlottes Namen angemeldet hatte, hatte sie den Laptop einfach behalten. Als der Kurs beendet war, hätte sie den Computer zurückgeben müssen. Doch Maud hatte die Mahnungen unbeantwortet gelassen. Als man mit einer Anzeige bei der Polizei drohte, schrieb sie einen kurzen Brief:

Sehr geehrte Damen und Herren,

es ist meine schmerzliche Pflicht, Ihnen mitzuteilen, dass meine Schwester Charlotte vor drei Wochen unerwartet verstorben ist. Bei ihrem Nachlass habe ich keinen Computer finden können.

Mit freundlichen Grüßen
Maud Adelsjöö

Seitdem hatte sie nichts mehr gehört.

Sie toastete zwei Scheiben Brot und bestrich sie wie immer dünn mit Orangenmarmelade und belegte sie mit einigen Scheiben reifem Grevékäse. Das Ei auf dem Herd kochte genau drei Minuten. So sah ihr Frühstück seit vierzig Jahren aus. Vorher hatte es jeden Morgen Grütze gegeben, sonst hatte Charlotte nichts essen wollen.

Sie goss etwas heiße Milch in den starken Kaffee und trug das Frühstück dann auf einem Tablett ins Fernsehzimmer. Mit einem zufriedenen Seufzer ließ sie sich in den großen Lehnstuhl sinken, der ihrem Vater gehört hatte. Langsam und systematisch begann sie die Zeitung zu lesen, von der ersten bis zur letzten Seite, wie sie das immer tat. Nur den Sport ließ sie aus.

Plötzlich fiel ihr Blick auf eine Überschrift: »Es ist nie zu spät für die Liebe. Gustav, 90, heiratet Zazza, 55.«

Als sie das Foto des lächelnden Paares sah, hatte sie erst nur eine große Leere im Kopf. Das durfte nicht wahr sein! Der Mann auf dem Foto war *ihr* Gustav. Wer die Frau war, wusste sie auch. Sie holte einige Male tief Luft, um ihren galoppierenden Puls zu beruhigen. Dann begann sie zu lesen.

Aus dem Artikel ging hervor, dass der verwitwete Gustav Adelsiöö, 90, vergangenen Herbst bei einer Kreuzfahrt im

Mittelmeer die Schauspielerin Zazza Henrix, 55, kennengelernt hatte. Sie hatten sich am Sylvesterabend verlobt und wollten Pfingsten heiraten. Der Artikel endete mit den Worten:

»Nach der Hochzeit will das glückliche Paar auf das Anwesen der Familie Adelsiöö, Ekenäs Herrgård bei Sunne in Värmland, übersiedeln. Die Hochzeit wird im Selma Spa gefeiert. Das bekannte Wellnesshotel kümmert sich um die Ausrichtung der Feier, so dass das Brautpaar seinen glücklichen Tag im Kreise der Familie und Freunde voll und ganz genießen kann.«

Als sie die letzten Sätze las, wurde es Maud richtiggehend übel. Sie wusste nämlich bedeutend mehr als der Autor des Artikels! Über all die Jahre hatte sie Gustavs Leben auf Abstand verfolgt. Er hatte ein wohlhabendes Mädchen aus Värmland geheiratet. Es war also das Anwesen ihrer Familie und nicht das von Gustavs Verwandtschaft. Sie hatten zwei Kinder bekommen, aber der Sohn war im Alter von sieben Jahren tragischerweise an Leukämie gestorben. Die Tochter war Zahnärztin geworden und hatte einen Kollegen geehelicht. Maud wusste, dass ihre drei Kinder auch schon wieder ausgeflogen waren. Sie wusste auch, dass Gustavs Tochter zusammen mit ihrem Mann eine Praxis in Torsby besaß. Die beiden wohnten auf dem Ekenäs Herrgård. Gustav und seine verstorbene Ehefrau waren vor zehn Jahren von dort weggezogen, aber offenbar hatten er und seine neue Verlobte beschlossen, das Anwesen wieder zu übernehmen.

Da Maud die Braut kannte, war sie sich ziemlich sicher, wer das durchgesetzt hatte.

Zazza Henrix hatte Siv Hansson geheißen, als Maud noch ihre Klassenlehrerin gewesen war. Damals hatte sie gefunden,

Siv sei eine Schlampe, der die Schule gleichgültig war. Make-up, Kleider und Jungs, sonst hatte sie nichts interessiert.

Einige Jahre lang hatte Maud Siv aus den Augen verloren, aber dann war sie unerwartet wieder aufgetaucht. Eines Morgens hatte Maud sie nackt auf einem Foto in der Zeitung posieren sehen. Siv war Pin-up-Girl und Star einer schwedischen Pornokomödie gewesen. Der Streifen war gefloppt, und Sivs Filmkarriere hatte aus verständlichen Gründen schnell wieder ein Ende gefunden. Gelegentlich tauchte sie, meist wenn es um irgendwelche Skandale ging, in den Klatschspalten auf. Sie war einmal mit einem Regisseur verheiratet gewesen, den niemand kannte, hatte sich aber nach wenigen Jahren wieder scheiden lassen. Im Lauf der Jahre hatte sie viele Männer gehabt, aber nie Kinder bekommen.

Vor sich auf dem Tisch hatte Maud einen Ordner liegen, der mit »Schüler« beschriftet war. Sie schlug den Buchstaben H auf. In Klarsichthüllen lagen sämtliche Artikel über Siv Hansson alias Zazza Henrix. Maud überflog sie rasch.

Anschließend griff sie energisch zu ihrem Handy. Es war Zeit, die erste Reise des Sommers zu buchen. Sie war in ihrem ganzen Leben noch nie in einem Spa-Hotel gewesen.

In diesem Jahr lag Pfingsten spät. An einem sonnigen, recht warmen Junitag traf sie in Sunne ein. Ein Taxi holte sie und zwei weitere Gäste vom Bahnhof ab. Bei ihrer Reisegesellschaft handelte es sich offenbar um ein Ehepaar Anfang sechzig. Während der kurzen Fahrt zum Hotel wechselten die beiden kein Wort. Maud hatte eine Reisetasche und einen stabilen Krückstock mit Gummifuß dabei. Der Stock hatte im Ärztehaus an der Wand gelehnt, als sie wegen ihrer Augenentzündung dort gewesen war. Beim Gehen hatte sie den Stock einfach mitgenommen. Man wusste schließlich nie, wann man mal Verwendung dafür hatte. Zu Hause hatte sie auch einen Rollator stehen, den die Angehörigen eines verstorbenen Nachbarn im Treppenhaus hatten stehen lassen. Der hatte Maud im Laufe der Jahre gute Dienste erwiesen. Alle wurden etwas freundlicher, wenn sie eine alte Dame mit Rollator trafen. Sie hielten einem die Tür auf oder boten einem im Bus oder in der Straßenbahn einen Platz an. Sie verwendete den Rollator hauptsächlich im Winter.

Das Hotel lag oben an einem Hang mit einer großartigen Aussicht über den See Fryken. Das auffallend längliche Gebäude erinnerte mit seinen vielen Dachgauben an ein Alpendorf. Die Länge erklärte sich dadurch, dass alle Zimmer Seeblick haben sollten. Die Einrichtung war für Mauds Geschmack etwas zu modern, aber sie musste zugeben, dass ihr Zimmer sehr hübsch war. Umsichtig wie sie war, hatte sie bereits beim Reservieren des Zimmers eine Behandlung bei der Kosmetikerin, Massage, Maniküre, Pediküre sowie ein Kräuterbad bestellt. So etwas hatte sie sich noch nie gegönnt und fand, es sei langsam an der Zeit.

Den ganzen Donnerstagnachmittag ging sie von einem Behandlungsraum zum nächsten, schwamm in dem warmen Pool und besuchte die Sauna. Ihren uralten Badeanzug hatte sie zu Hause vergessen, weshalb sie sich am Empfang einen neuen kaufte. Rasch fand sie heraus, dass Wassergymnastik nichts für sie war, denn dabei wurde es in dem großen Becken ziemlich eng. Wie verrückt hopsten die Leute herum und planschten, angefeuert von den Rufen der durchtrainierten Kursleiterin, die in einem enganliegenden Trikot am Beckenrand stand.

Da sie Vollpension bestellt hatte, sprach sie dem guten Essen reichlich zu. In der Nacht schlief sie tief und traumlos.

Am Freitagvormittag hatte sie ihre letzten Anwendungen: Maniküre und Pediküre. Als sie den wunderbar duftenden Raum verließ, schimmerten die Nägel ihrer Finger und Zehen wie hellrosa Perlmutt. Warum in aller Welt habe ich das nicht früher mal ausprobiert?, fragte sich Maud.

In einer neuen Bluse und einem neuen Rock betrat sie gestützt auf ihren Stock den Speisesaal. Eine Sekunde lang hielt sie inne. An einem Tisch saßen Siv Hansson alias Zazza Henrix, eine weitere Frau und ein bedeutend älterer Herr und aßen.

Maud zuckte zusammen. Der leicht gebeugte, glatzköpfige Mann war *ihr* Gustav. Er trug eine beigefarbene Hose und eine schicke blaue Klubjacke. Als er sein Weißweinglas hob, um seinen Tischdamen zuzutrinken, fiel ihr auf, dass seine magere Hand ganz leicht zitterte. Wir sind richtig alt geworden, du und ich, dachte sie voller Zärtlichkeit. Aber hier zu stehen und sentimental zu werden hatte keinen Sinn. Es gab eine wichtigere Aufgabe, auf die sie sich konzentrieren musste.

Sie ging zum reichhaltigen Buffet und bediente sich. Vorsichtig trug sie den vollen Teller in der Linken und stützte sich mit der Rechten auf ihren Stock. Hinken nicht vergessen!, ermahnte sie sich.

Am Tisch neben Gustav und seinen Damen war ein freier Platz. Maud fragte, ob sie sich dort hinsetzen dürfe, und niemand hatte etwas dagegen. Der Unterhaltung der anderen entnahm Maud, dass sie sich nach dem Essen ausruhen wollten. Anschließend würde es einen Kurs in afrikanischem Tanz geben. Sie hatte ihren Platz perfekt gewählt, weil sie Zazza und ihre Freundin ungestört beobachten und belauschen konnte. Die beiden waren sich so ähnlich, dass bei Maud der Verdacht aufkam, sie seien Schwestern. Beide hatten blondierte, halblange Haare und waren stark geschminkt, allerdings gar nicht zu vergleichen mit dem Make-up, das Siv in ihrer Jugend aufgetragen hatte. Zazzas dünnes Sommerkleid war tief ausgeschnitten, damit ihr üppiger Busen zur Geltung kam. Ob wohl die großzügige Natur sie mit diesem Busen bedacht hatte? Wohl kaum. Er war eher das Werk eines fähigen Schönheitschirurgen. Seine geübte Hand hatte auch in Zazzas Gesichtszügen Spuren hinterlassen, die bedeutend schärfer und gleichmäßiger waren als die ihrer vermuteten Schwester, deren schlaffes Gesicht sich in Auflösung befand. Vermutlich älter als Zazza, dachte Maud, und wahrscheinlich kann sie sich das teure Liften nicht leisten.

Es war offenbar, dass die Gesellschaft am Nachbartisch zum Mittagessen etliche Gläser Wein getrunken hatte. Gustav kippte der Kopf schon fast nach vorne, und die drei erhoben sich. Die Frauen halfen Gustav beim Aufstehen, nahmen ihn in die Mitte und verließen den Speisesaal. Maud tat so, als würde sie sie nicht sehen, aber ihr Herz schlug schneller, als sie an ihrem Tisch vorbeikamen. Keiner der drei schenkte ihr einen Blick.

Sie blieb noch eine Weile sitzen und aß ihr Dessert. Zum Kaffeetrinken ging sie in die Lobby, wo es eine kleine Bar gab. Bevor sie sich einen Tisch suchte, trat sie an die Rezeption. Da der Portier damit beschäftigt war, eine norwegische Gruppe einzuchecken, nahm sie sich einfach eine »Expressen« vom Tresen. Sie hatte vor, die neuesten Nachrichten zu überfliegen, aber auch, sich hinter der Zeitung zu verstecken.

Sie brauchte nicht lange zu warten, bis die zwei Frauen in weißen Bademänteln und mit Handtüchern aus dem Fahrstuhl traten. In ihren Gratispantoffeln aus Frottee schlappten sie an die Bar und lachten laut über einen Witz. Sie bestellten sich jede ein Bier.

Nachdem die beiden Richtung Pool verschwunden waren, erhob sich Maud unauffällig aus ihrem Sessel. Sie fuhr mit dem Lift nach oben und zog sich rasch in ihrem Zimmer um. Wenige Minuten später fuhr sie – wie die übrigen Gäste der Wellnessabteilung in Badeanzug und Frotteebademantel – hinunter in den Poolbereich.

Zazza und ihre vermutete Schwester saßen in der Umkleide und tranken Bier. Sie beklagten sich, dass die beiden Whirlpools besetzt waren. Offenbar hatten sie ihr Bier dort trinken wollen. Maud schnappte auf, dass Zazza die andere Frau mit Kicki ansprach. Ohne zu ihnen hinüberzusehen, hängte Maud ihren Bademantel in einen Schrank. Sie duschte und ging dann langsam auf die Tür zu, die zum Poolbereich führte. Sie hielt ihren Stock ganz fest und bemühte sich, leicht zu hinken.

Nachdem sie in dem leeren Becken langsam ein paar Bahnen geschwommen war, kamen Zazza und Kicki. Im Wasser alberten und planschten sie wie kleine Mädchen. Sonderlich viel schwammen sie nicht. Meist standen sie am Beckenrand und schwatzten. Maud schnappte im Vorbeischwimmen ein paar Sätze auf: »Seine blöde Tochter kommt morgen. Und stell dir vor, die ist doch glatt sieben Jahre älter als ich«, sagte Zazza und lächelte vielsagend. Kicki lachte laut. »Was muss die sauer sein!«, brachte sie lachend und prustend hervor.

Maud hatte genug gehört und verließ das Becken. Sie war so wütend, dass sie fast ihren Stock am Pool vergessen hätte. Unter der Dusche ließ sie sich Zeit. Als sie hörte, wie sich die schrillen Stimmen der beiden Frauen der Umkleide näherten, huschte sie rasch in die Sauna. Sie war sehr groß und bot mühelos zwanzig Personen Platz. Maud ging nach hinten und breitete ihr Handtuch auf der untersten Bank aus. Ihren Stock hatte sie mitgenommen. Sie setzte sich und versuchte sich zu entspannen. Wenig später kamen die beiden Busenfreundinnen oder Schwestern in die Sauna. Sie beachteten die magere alte Dame hinten in der Ecke nicht weiter.

Kichernd sagte Zazza: »Ich sorge dafür, dass er direkt nach dem Abendessen einschläft. Er verträgt nicht viel … du weißt schon.«

Sie blinzelten, und die beiden lachten sich wieder halb kringelig.

»Super! Dann gehen wir in die Bar und anschließend in den Nachtclub!«, prustete Kicki.

Armer Gustav, es ist genau so, wie ich vermutet habe, dachte Maud, regte sich in ihrer Ecke aber nicht.

»Jetzt geh ich uns noch zwei Bier holen«, sagte Zazza.

»Supi!«, gackerte Kicki.

Leicht schwankend erhoben sie sich. Maud befürchtete schon, sie würden gemeinsam zur Poolbar gehen, sah dann aber erleichtert, dass Kicki nur ihr Handtuch gerade zog, um sich auf den Rücken legen zu können. Mit einem Seufzer des Wohlbehagens ließ sie sich auf die Pritsche sinken. Als sich die Saunatür hinter Zazza schloss, hatte Kicki bereits leise zu schnarchen begonnen. Vorsichtig erhob sich Maud und verließ die Sauna.

So kurz nach dem Mittagessen war die Umkleide leer. Neben der Tür zur Sauna lag ein kleines rundes Becken mit eiskaltem Wasser. Maud hielt die Hand ins Wasser, nahm aber davon Abstand unterzutauchen. Das Becken würde möglicherweise perfekt in ihren Plan passen. Es war höchste Zeit, sich vorzubereiten.

Sie ging unter die nächste, nur wenige Meter von dem Tauchbecken entfernte Dusche und begann sich vorsichtig einzuseifen. Den Stock lehnte sie in Reichweite an die Wand.

Ein paar Minuten später hörte sie, wie die Tür der Umkleide geöffnet wurde. Einige Schrecksekunden lang glaubte sie, es sei jemand anderes als Zazza. Als sie aber vorsichtig hinter dem Duschvorhang hervorschaute, stellte sie fest, dass es ihr vollkommen argloses Opfer war. In den Händen hielt Zazza zwei große Biergläser aus Plastik und konzentrierte sich darauf, nichts zu verschütten.

Vorsichtig griff Maud mit beiden Händen nach ihrem Stock und machte sich zum Angriff bereit. Als Zazza nur noch ein paar Schritte von der Saunatür entfernt war, trat Maud aus der Dusche und schräg hinter sie. Dann stieß sie Zazza, noch ehe diese sich umdrehen konnte, mit dem Gummifuß des Stocks gegen die Hüfte. Zazza konnte sich wegen der Biergläser in den Händen nicht abfangen. Mit einem unschönen Geräusch schlug ihr Kopf gegen die Beckenkante. Rasch schob Maud sie ganz ins Becken und sorgte dafür, dass ihr Kopf unter Wasser lag. Sie drückte Zazza den Stock zwischen die Schulterblätter und hielt sie so lange unter Wasser, bis sie sich nicht mehr rührte.

Dann begann Maud zu schreien: »Hilfe! Hilfe! Sie ist gestürzt! Hilfe!«

Ihre Rufe hallten in dem gefliesten Raum wider. Maud hörte, dass sich in der Sauna etwas bewegte. Eine schlaftrunkene Kicki öffnete die Tür und sah sich einer nackten alten Frau gegenüber, die mit ihrem Stock ins Tauchbecken deutete und schrie: »Nehmen Sie meinen Stock! Nehmen Sie schon! Hier … der Stock!«

Kicki taumelte auf den runden Pool zu. Wenig später riefen sie zu zweit um Hilfe.

Alles war genau so verlaufen, wie Maud es geplant hatte. Die Hotelangestellten waren herbeigeeilt. In dem ganzen Durcheinander hatte sich ein junges Mädchen der verwirrten alten Dame erbarmt, die weinend und notdürftig in ein Badetuch gehüllt am Beckenrand stand. Das Mädchen hatte sie zu ihrem Schrank begleitet und ihr in den Bademantel geholfen. Maud hatte sich bei der hilfsbereiten jungen Frau bedankt, die ihr tröstend die Wange getätschelt und dann aus der Umkleide verschwunden war. Anschließend hatte Maud wieder ihren Stock ergriffen und war zum Unglücksplatz zurückgehumpelt.

Alle waren sich einig, dass es sich nur um einen tragischen Unfall handeln konnte. Die arme Zazza Henrix war auf dem glatten Boden ausgerutscht und mit dem Kopf auf den Beckenrand geschlagen. Die beiden Sanitäter, die sie abholten, murmelten, sie würde nach Bier stinken. Als sichtbarer Beweis ihrer Behauptung schwammen die beiden Plastikgläser auf der Oberfläche des Wassers, das von Zazzas Blut rosa verfärbt war.

Ein Mann, der sich als Hoteldetektiv vorstellte, trat auf Maud zu und fragte, ob sie gesehen habe, was passiert sei, doch sie antwortete, sie habe leider gar nichts mitbekommen.

»Ich höre doch so schlecht und hatte außerdem Seife in den Augen. Die Dusche war an, ich habe gar nichts gehört. Als ich aus der Dusche gegangen bin, habe ich gesehen, dass jemand im Wasser lag. Ich … Gute Güte, jetzt fange ich schon wieder an zu weinen … Die Ärmste … sie hat einfach dagelegen. Und ich konnte ihr nicht helfen … Sie wollte meinen Stock nicht nehmen. Die Ärmste, die Ärmste …«, schluchzte sie.

Er tätschelte ihr etwas unbeholfen den Arm und ging davon.

Maud blieb noch zwei Tage und war mit der ersten Reise dieses Sommers sehr zufrieden. Für die Woche vor Mittsommer plante sie einen Last-Minute-Flug nach Sardinien. Dort gab es mehrere hübsche kleine Pensionen, die sie bereits kannte. Vielleicht würde sie sogar bis Ende September bleiben.

DER WEIHNACHTSMANN IST TOT

In dem kalten, klaren Mondschein funkelte die Schneedecke auf den Dächern, als sei sie mit Diamanten bestreut. Der milde Schein von Adventssternen und Kerzenhaltern in den Fenstern bildete einen warmen Kontrast.

Meine Maisonettewohnung liegt hoch über den Dächern der Stadt, und die Aussicht ist hinreißend. Meine Freundinnen aus der Studienzeit an der Handelshochschule standen vor dem Panoramafenster in meinem Wohnzimmer und betrachteten das Lichterspiel. Im Ofen knisterte das Feuer, und uns wurde es noch etwas wärmer, als wir meinen starken, nach Kräutern duftenden Glögg, eine Spezialmischung, tranken. Da wir, als wir uns anfreundeten, alle Singles waren, nannten wir uns den Singleclub, und diesen Namen haben wir über die zwanzig Jahre hinweg, die wir uns nun schon treffen, beibehalten. Beziehungen, Ehen, Kinder und Scheidungen konnten weder dem Namen noch der Zusammensetzung etwas anhaben. Wir sind immer noch die acht von damals.

Damals beschlossen wir, uns einmal im Monat zu treffen, und dies ist uns in der Tat über all die Jahre hinweg gelungen. Natürlich können nicht alle jedes Mal kommen, aber jede von uns bemühte sich, kein Treffen zu versäumen. Wir versammeln uns reihum zu Hause, kochen, trinken Wein und reden über alles Mögliche. Alle haben Karriere gemacht, und selbst unsere minimale Freizeit ist verplant. Aber wir tun alles, um uns für die Treffs des Singleclubs Zeit zu nehmen! Für uns sind sie zu einem lebensnotwendigen Freiraum geworden. Viel netter und billiger, als einen Seelendoktor aufzusuchen.

Anna und ich sind die Einzigen, die keine Kinder haben. Tina hat vier. Sie ist Finanzchefin einer der größten Modeketten Schwedens. »Ohne den Singleclub würde ich zusammenbrechen!«, pflegt sie zu sagen.

Das alljährliche Weihnachtstreffen fand in der ersten Dezemberwoche bei mir statt. Die Mitglieder des Singleclubs hatten sich von allen Weihnachtsverpflichtungen losgesagt, die sich wie jedes Jahr schon wieder zu häufen begannen. Das Essen, das ich einige Stunden zuvor in der Delikatessenabteilung des großen Warenhauses geholt hatte, schmeckte ausgezeichnet. Sicherlich hätten sie sich beim Anrichten besonders viel Mühe gegeben, denn ich bin die Chefin des Unternehmens. Auch der Wein war ein Volltreffer und schmeckte den Damen. Den Glögg hatte ich mit einem ordentlichen Schuss Kognak aufgebessert. Schließlich ist nur einmal im Jahr Weihnachten.

Bald drehte sich die Unterhaltung am Tisch um das anstehende Weihnachtsfest. Die anderen wollten mit ihren Familien feiern: mit Eltern, Schwiegereltern, Ehemännern, Exmännern, Kindern, Bonuskindern, unechten Geschwistern, neuen und alten Geliebten … ja, so wie die Leute eben Weihnachten feiern. Ich finde diese Pflichtübungen einfach nur anstrengend. Meine Eltern wohnen in Piteå und meine beiden Schwestern und ihre Familien ebenfalls. Um meine Eltern muss man sich mit anderen Worten hinsichtlich der Feiertage keine Sorgen machen. Seit meine Beziehung mit Fredrik vor vier Jahren endete, habe ich an den Weihnachtsfeiertagen immer gearbeitet. Das ist perfekt, denn ich bin während der absolut stressigsten Zeit des Jahres fast rund um die Uhr beschäftigt. Ende Januar nehmen Anna und ich dann Urlaub und fahren in die Wärme in die Karibik oder nach Thailand. Anna ist mit einem Norweger zusammen, der in der Ölindustrie arbeitet und in Oslo wohnt. Es stellt für sie also kein Problem dar, mit mir zwei Wochen zu verreisen.

Die Kombination von Wein und extrastarkem Glögg machte mich etwas übermütig und ich sagte:

»Ich erhalte eine alte Tradition der Spontibewegung am Leben. Erinnert ihr euch noch daran, dass es in unserer Kindheit etwas gab, was sich die Alternative Weihnacht nannte?«

Tina und Anna nickten, aber die anderen sahen mich fragend an.

»Ende der 60er und während der gesamten 70er Jahre waren politisch radikale Gruppen der Meinung, Weihnachten zu feiern sei unsinnig. Ich erinnere mich noch an die Fernsehberichte über die Demonstrationen der Anhänger der Alternativen Weihnacht«, fuhr ich fort.

»Warum sollte nicht mehr Weihnachten gefeiert werden?«, wollte Monica wissen.

»Aus Solidarität mit den Armen in der Dritten Welt. Ich glaube …«

Ehrlich gesagt, war ich mir ein wenig unsicher, warum, aber ich erinnere mich, wie ich als Vierjährige den Gedanken, nicht mehr Weihnachten zu feiern, fürchterlich fand. Glücklicherweise setzten sich diese Gedanken bei uns zu Hause in Norrland nie durch.

Aber jetzt sagte ich fröhlich:

»Ich finde den Gedanken an eine alternative Weihnacht recht ansprechend. Obwohl Weihnachten die wichtigste Zeit für das Warenhaus ist.«

»Aber an Heiligabend freiwillig allein zu Hause zu sitzen …«, begann Anna.

»Ha! Es erinnert sich ja doch niemand mehr daran, dass wir Weihnachten zum Gedenken an Jesu Geburt feiern. Und der Weihnachtsmann ist tot! Skål!« Tina lachte.

Okay, der Glögg war zu stark. Inzwischen waren wir alle ziemlich betrunken. Aber wie gesagt, ist ja nur einmal im Jahr Weihnachten.

»Aber irgendetwas musst du dir doch zu Weihnachten wünschen? Irgendwas Besonderes?«, beharrte Anna.

Ich wollte gerade erwidern, dass ich mir alles, was ich mir wünschte, selber kaufen könnte, als mir plötzlich ein Gedanke kam. Um ganz ehrlich zu sein, handelte es sich vermutlich ursprünglich um eine alte Sexfantasie, die ich irgendwann in den Tiefen meines Bewusstseins begraben hatte.

»Tja … es gäbe da schon etwas, das ich gerne hätte. Und zwar einen Mann. Einen Mann mit besonderen Eigenschaften.«

Ich legte eine Kunstpause ein und nahm einen großen Schluck aus meinem Weinglas. Verstohlen sah ich meine Freundinnen aus den Augenwinkeln an. Obwohl sie in alberner Laune und ihre Gesichter vom Glögg gerötet waren, hatte ich ihre volle Aufmerksamkeit. Kühn fuhr ich fort:

»Ich wünsche mir einen Mann, der zur Hand ist, wenn mir danach ist. Nein danke … einen Dildo habe ich zum vierzigsten Geburtstag bekommen. Der Traummann ist aus Fleisch und Blut. Er ist gutaussehend, durchtrainiert und vorzugsweise ein paar Jahre jünger als ich. Er hat keine sozialen oder finanziellen Probleme. Nett, gebildet und umgänglich. Munter, humorvoll und selbstständig. Er verlangt nicht, dass ich vor unseren romantischen Treffen koche, auf seinem Boot mitsegle oder mich mit seinen Kindern aus früheren Beziehungen anfreunde. Vorzugsweise hat er überhaupt keine Kinder.

Wir treffen uns einfach nur und haben es ein paar Stunden lang nett, und dazu gehört auch fantastischer Sex. Und dann geht er nach Hause – oder ich. Keiner übernachtet beim anderen. Kein gemeinsames Frühstück am Morgen danach. Und damit ist er zufrieden. Er verlangt nicht, mit mir zusammenzuwohnen oder mich zu heiraten. Er fordert überhaupt nichts! Er ist einfach nur da, wenn mir danach ist!«

Als ich meinen geheimen Wunsch enthüllt hatte, wurde es erst totenstill, dann brach allgemeines Gelächter und Geschrei aus.

»Du suchst einen verheirateten Liebhaber«, begann Eva, aber dann blieb ihr eine Glöggrosine im Hals stecken, und Anna musste ihr auf den Rücken klopfen.

»An einem Gigolo bist du nicht interessiert!«, stellte Monica fest.

»Kein verheirateter Mann. Dann diktiert er die Bedingungen. Man sieht sich nur, wenn er Zeit hat, wenn er sich von der Familie fortstehlen kann. Dann soll man sich bereithalten! Und absolut kein Gigolo! Auf fürchterliche Geschlechtskrankheiten kann ich verzichten. Er soll ungebunden sein, nur mich lieben und treu sein!«, sagte ich mit Nachdruck.

»Und du behauptest, nicht an Jesus und den Weihnachtsmann zu glauben! Alternative Weihnacht!«, kreischte Tina und verschluckte sich vor Lachen.

»Aber ich sage doch, dass das ein Traum ist«, seufzte ich.

Den Rest des Abends verbrachten wir damit, über den Idealmann, die Traumbeziehung und andere Utopien zu diskutieren.

Noch mehrere Tage nach der kleinen Weihnachtsfeier des Singleclubs hing in der Wohnung ein würziger Glöggduft.

Wie immer waren die Tage vor Weihnachten von hektischer Betriebsamkeit erfüllt. Die Zahlen auf meinem Bildschirm zeigten, dass wir auch dieses Jahr wieder alle Verkaufsrekorde schlugen. Sogar am 24. war im Warenhaus noch viel los. Erst gegen drei nahm der Kundenstrom ab. Wahrscheinlich lockten der Weihnachtszeichentrickfilm und das Weihnachtsessen die Leute nach Hause. Ich hatte allen Grund, zufrieden zu sein, als ich mich am Spätnachmittag des Heiligabends auf meinen ergonomischen Schreibtischstuhl sinken ließ und Bilanz über das Weihnachtsgeschäft zog.

Den ganzen Tag war ich müde und lustlos gewesen. Es gab mehrere Gründe für mein Unwohlsein: den Stress bei der Arbeit, meine baldige Regel und dass ich die letzten Tage nicht ordentlich gegessen hatte. Vielleicht holte mich das ja alles ein, als ich endlich die Gelegenheit erhielt, zu entspannen und durchzuatmen. Wie immer vor meinen Tagen verspürte ich auch einen schleichenden Kopfschmerz und dumpfe Schmerzen im Unterleib.

Plötzlich sehnte ich mich nur noch nach Hause. Ich wollte mich in meine behagliche Sauna setzen und den ganzen Stress verdampfen lassen. Anschließend würde ich mich in meinen weichen Bademantel wickeln, mich mit ein paar Schinkenbroten und einem Weihnachtsbier entspannt vor den Fernseher setzen und danach ins Bett kriechen und einfach nur SCHLAFEN. Ein wunderbarer Gedanke! Ich fasste sofort einen Entschluss. Ausnahmsweise würde ich das Warenhaus an Heiligabend nicht als Letzte verlassen. Dieses Jahr musste jemand anderes abschließen. Am zweiten Weihnachtsfeiertag gedachte ich wieder zu arbeiten, aber den Weihnachtstag würde ich ganz frei nehmen. Dann konnte ich, falls mir danach war, den ganzen Tag im Bett verbringen.

Mit gutem Gewissen ging ich also an diesem Weihnachtsabend ein paar Stunden früher nach Hause.

Es war herrlich, die Wohnung zu betreten und die Tür hinter sich abzuschließen. Hier herrschte Stille. Ich hatte die elektrischen Adventskerzen in den Fenstern den ganzen Tag angelassen, und ihr milder Schein hieß mich willkommen. Ohne auch nur den Mantel auszuziehen, ging ich ins Bad und schaltete den Saunaofen ein, der eine halbe Stunde benötigte, um aufzuheizen.

Mein Vater stammt aus Torneå und ermahnt mich immer: »Die Schweden verstehen davon nichts. Wenn es über fünfzig Grad warm wird, beginnen sie schon zu jammern und wollen raus. Kein richtiger Finne betritt eine Sauna, ehe das Thermometer nicht über siebzig Grad gestiegen ist!«

Vermutlich ist dies der einzige Punkt, in dem mein Vater und ich einer Meinung sind.

Im unteren Teil der Wohnung liegen die Diele, das Schlafzimmer, die Küche sowie eine Waschküche, an die sich die Sauna mit Dusche anschließt. Die Sauna ist von der Waschküche durch eine kleine Wand abgetrennt. Außerdem gibt es noch eine separate Toilette mit Waschbecken. Von der Küche führt ein Speiseaufzug ins obere Stockwerk. Dort befinden sich mein Arbeitszimmer und ein großes Wohnzimmer, an das sich das Esszimmer anschließt. Das Arbeitszimmer ist gleichzeitig das Gästezimmer, denn hier steht eine Schlafcouch. Eine Gästetoilette mit Dusche gibt es ebenfalls.

Während sich die Sauna erwärmte, ging ich ins Schlafzimmer und zog mich aus. Es war schön, einfach nur in Pantoffeln und dem flauschigen Bademantel herumzulaufen. Ich kramte etwas in der Küche herum und wärmte mir den Glöggrest vom Weihnachtstreffen des Singleclubs auf. Der Alkohol war nicht ganz verdunstet, und ich fand, dass der Stress und die prämenstruellen Spannungen langsam nachließen. Ich gab mir einen Ruck und wechselte das Bettlaken. Schließlich war Heiligabend.

Vor dem großen Badezimmerspiegel zog ich den Bademantel aus und betrachtete kritisch meinen Körper. Der Anblick war gar nicht so übel. Ich halte mich zwei Mal wöchentlich mit Aerobic fit und unternehme an Wochenenden wenn möglich lange Spaziergänge. Ich ließ meine Hände über meinen Körper gleiten. Mit meinem Busen war ich besonders zufrieden. Mein Bauch war etwas zu rund, aber das konnte auch an der Menstruation liegen. Einige Kilo abzunehmen würde allerdings wirklich nicht schaden. Junkfood und etwas zu viel Alkohol begannen an der Taille Spuren zu hinterlassen. Nach Sylvester lege ich mir gesündere Gewohnheiten zu, nahm ich mir wie jedes Neujahr vor.

Ich duschte, dann betrat ich die Sauna. Aus der Küche hatte ich mir zwei Dosen eiskaltes Bier mitgenommen und stellte sie auf den Boden. Wie es sich für jemanden finnischer Abstammung gebührt, goss ich einige Kellen Wasser auf die Steine des Ofens, und es zischte heftig. Als der Dampf den kleinen Raum erfüllte, sagte ich laut in melodischem Finnlandschwedisch:

»Wir mögen doch alle, wenn's heiß ist!«

So sagt mein Vater immer, wenn er versucht, die anderen mit heißem Dampf aus der Sauna zu vertreiben. Da er sich für einen Saunaexperten hält, hätte er beim Anblick meines elektrischen Saunaofens bestimmt gesagt:

»Aha, du hast den Notofen eingeschaltet.«

Für ihn kommt nur ein Holzofen in Frage. Alles andere ist Schummelei. Und selbstverständlich liegen immer Birkenreisigbündel bereit, die er im Frühsommer geschnitten hat. Damit pflegt er seinen ganzen Körper energisch zu bearbeiten, bis seine Haut rot wie poliertes Kupfer glänzt. Erst dann trinkt er ein Bier oder auch zwei, legt sich auf die Bank und seufzt:

»Das ist wahnsinnig angenehm.«

Ich lächelte, als ich in der Sauna auf der Bank lag und genüsslich das kalte Bier trank. Die meisten Leute beschleicht am Weihnachtsabend ein gewisses Heimweh, und auch ich dachte an meine Familie. Ich beschloss, nach der Sauna in Piteå anzurufen. Aber das hatte Zeit. Im Augenblick war es so wahnsinnig angenehm und einfach herrlich, dazuliegen und zu dösen, vielleicht nickte ich sogar einen Augenblick ein. Nach einer Weile tat mir vom Liegen auf der harten Pritsche das Kreuz weh, obwohl ich mich auf ein Handtuch aus extraflauschigem amerikanischem Frottee gelegt hatte. Die erste Bierdose war ausgetrunken, ich setzte mich also auf und öffnete die zweite. Dann lehnte ich mich an die brennheiße Holzwand und trank in großen Zügen. Die Kopfschmerzen und das dumpfe Gefühl im Unterleib waren verschwunden. Der Stress war gewichen, und ich pries die Kombination von Alkohol und Sauna. Aber zu viel davon war auch nicht gut. Ich verspürte einen leisen Schwindel, vor allem aber eine behagliche Trägheit.

Ich schenkte dem Architekten, der die Wohnung entworfen hatte, einen dankbaren Gedanken, denn in schwedischen Wohnungen sind Saunen eher die Ausnahme.

Ich legte den Kopf in den Nacken und trank den letzten Schluck aus der Dose, dann stellte ich sie mit einem lauten Rülpser auf den Boden. Als ich mich wieder aufrichtete und durch die Glastür schaute, sah ich einen dunklen Schatten an der glänzenden Fliesenwand. Eine vorsichtige Bewegung neben der Sauna. Zweifellos eine menschliche Gestalt.

In meiner Waschküche stand jemand.

Wie gelähmt saß ich da. Trotz der Wärme spürte ich, wie eine Gänsehaut meinen Körper überzog. Der Herzschlag pulsierte in meinen Ohren. Vor der Sauna stand ein Mensch und lauerte mir auf! Und ich saß hier drinnen vollkommen nackt und wehrlos! In der Falle. Und nüchtern war ich auch nicht. Was sollte ich tun? Wer stand da nur? Wie war er nur in die Wohnung gekommen? Was wollte er? Ein Mann. Ein Vergewaltiger. Ein Raubmörder! Meine Güte! Ich würde in meiner eigenen Sauna ermordet werden!

Wirre Gedanken schossen mir durch den Kopf. Solch eine Angst hatte ich in meinem ganzen Leben noch nicht verspürt!

Ich versuchte mir einen klaren Kopf zu verschaffen, indem ich ein paarmal tief durchatmete.

Plötzlich kam mir eine Idee. Vielleicht hatte ich ja doch eine Möglichkeit, mich zu retten. Aber ich musste ohne Zögern, rasch und mit Nachdruck handeln. Und der Mann da draußen durfte keinesfalls merken, dass ich ihn entdeckt hatte.

So unbeschwert wie möglich stand ich auf und kippte eine Kelle Wasser auf die Steine. Hinter meinem Rücken schnappte ich mir das dicke Frotteehandtuch. Rasch faltete ich es in der Mitte, benutzte es als Topflappen und griff auf dem Saunaofen nach dem größten Stein, der nun im Handtuch verschwand, dessen Enden ich ganz fest umklammerte. Jetzt war ich mit einer hervorragenden Schleuder bewaffnet. Dass ich darüber hinaus früher viel Tennis gespielt hatte und Linkshänderin bin, war auch nicht von Nachteil. Mit einem Mal fühlte ich mich nicht mehr so unterlegen.

Blitzschnell schob ich mit der Rechten die Saunatür auf

und sprang mit einem Satz in die Waschküche, wobei ich den linken Arm hinter dem Rücken verbarg.

Der Mann verharrte mit einem erstaunten Gesichtsausdruck wie versteinert an der Trennwand. Ich holte so weit wie nur möglich aus, knallte ihm eine perfekte Rückhand an den Kopf und landete einen Volltreffer auf seiner rechten Schläfe. Lautlos sank er zu Boden.

Ich atmete schwer wie nach einem Marathonlauf, der Schweiß troff, und meine Knie zitterten so sehr, dass ich kaum aufrecht stehen konnte. Gleichzeitig stieg ein Gefühl des Triumphes in mir auf. Ich hatte es geschafft! Ich hatte den Gewalttäter unschädlich gemacht!

Da hörte ich das schwache Läuten des Telefons, aber ich war zu benommen, um zu antworten. Ich hörte, wie der AB ansprang und jemand eine Mitteilung sprach. Langsam dämmerte mir, in welchen Alptraum ich geraten war und dass dieser noch lange nicht vorüber war. Der Mann auf dem Boden regte sich nicht. Mit offenen Augen lag er in einer immer größer werdenden Blutlache. Ich hatte zwar noch nie einen Toten gesehen, zweifelte aber keine Sekunde daran, dass dieser Mann wirklich tot war. Seine Gesichtshaut nahm eine blässlich graue Farbe an, und seinem Blick fehlte jegliches Leben. Meine Angst hatte mir zusätzliche Kräfte verliehen, und der Schlag hatte ihm das Schläfenbein gebrochen.

»Das war Notwehr!«, versuchte ich mir einzureden. Aber die Erleichterung darüber, mich aus dieser üblen Verlegenheit befreit zu haben, wurde allmählich von der Erkenntnis überschattet, dass ich einen Mann getötet hatte.

Wer war er? Ich hatte ihn noch nie gesehen. Er war möglicherweise in meinem Alter und sah in seinem dünnen hellgrauen Rolli und seinen dunkelgrauen Hosen gepflegt aus.

Die Schuhe wirkten teuer, und die Strümpfe passten zum Pullover. Sein Haar war aschblond und wies einige graue Strähnen auf. Hätte er nicht mit erloschenem Blick in einer Blutlache gelegen, wäre er richtig gutaussehend gewesen.

Da stimmte was nicht. Oder genauer gesagt, an ihm stimmte was nicht. Vergewaltiger und Mörder sahen anders aus. Nicht etwa, weil ich schon einmal einem begegnet wäre, davon konnte glücklicherweise nicht die Rede sein, aber vermutlich sahen sie heruntergekommener aus als dieser Bursche, der jetzt tot auf dem Boden meiner Waschküche lag.

Wie war er überhaupt in meine Wohnung gelangt? Eilig warf ich meinen Bademantel über und ging barfuß in die Diele. Die Wohnungstüre war abgeschlossen, und das Schloss wirkte unbeschädigt. Ich öffnete sogar die Tür, um mir die Außenseite anzusehen, konnte aber nichts Ungewöhnliches entdecken. Seltsam. Die Einzige, die einen Schlüssel zu meiner Wohnung besaß, war Anna.

Plötzlich sah ich, dass die Klappe des Speiseaufzugs ein Stück hochgeschoben war. Das war mir beim Nachhausekommen nicht aufgefallen. Jetzt öffnete ich sie ganz. Verblüfft erblickte ich Weinflaschen, Käse, Aufschnitt, geräucherten Lachs, verschiedene Salate und andere gute Dinge im Aufzug.

Aus den Augenwinkeln sah ich, dass der Anrufbeantworter blinkte. Mit zitternden Knien ging ich zum Apparat und schaltete ihn ein:

»Fröhliche Weihnachten! Hier ist Anna. Ich muss dich einfach anrufen! Da du nicht drangehst, vermute ich, dass alles glattgegangen ist. Bei unserer Weihnachtsfeier im Betrieb unterhielt ich mich mit Henrik, der sich recht kürzlich hat scheiden lassen. Er erzählte mir, er wolle sich nicht allzu rasch wieder binden, und schien sich nach einer Beziehung zu sehnen, wie sie auch dir vorschwebt! Erst war er nicht sonderlich begeistert von meiner Idee, dann willigte er aber doch ein, dein Weihnachtsmann zu sein! Ich habe ihm meinen Schlüssel zu deiner Wohnung geliehen. Ich hoffe, dass er dich mit einem gedeckten Tisch empfangen hat und dass dir das Essen geschmeckt hat! Und natürlich dass er sich auch für den Rest des Abends gut um dich kümmert ... Frohe Weihnachten!«

Etwa fünf Minuten kauerte ich auf dem Fußboden, es können aber genauso gut fünf Stunden gewesen sein. Ich weiß es nicht. In meinen Kopf verirrte sich kein einziger klarer Gedanke. Er war vollkommen leer.

Mit ausgestreckten Beinen saß ich an die Wand gelehnt und hatte das Gefühl, nie mehr die Kraft aufbringen zu können, mich zu erheben. Aber ich musste. Ich musste jemandem erzählen, was geschehen war. Dass es sich um ein Missverständnis, ein Unglück, handelte.

Ich hatte alles zerstört, weil ich zu früh nach Hause gekommen war. Er – Henrik – war vermutlich beim Geräusch des Schlüssels in der Wohnungstür in Panik geraten und hatte sich in der Waschküche versteckt. Und ich hatte mich unverzüglich dorthin begeben, um die Sauna einzuschalten. Dann war ich im unteren Teil der Wohnung geblieben und hatte ihm jegliche Gelegenheit geraubt, sich zu entfernen. Dem Ärmsten war die Situation vermutlich über den Kopf gewachsen. Schließlich waren wir uns noch nie begegnet. Vielleicht hatte er Angst, mich zu erschrecken ... Vielleicht wagte er ja nicht, hervorzutreten, als ich mich auszuziehen begann ...

Wenn er das doch nur getan hätte! Stattdessen hatte er sich in der Waschküche versteckt ... Verdammt!

Langsam erhob ich mich und ging schwankend die wenigen Schritte zum Telefon. Unbeholfen wählte ich 112. Eine gelassene Frauenstimme antwortete.

»SOS-Alarm. Was ist geschehen?«

Mit Mühe gelang es mir, meine starren Lippen zu bewegen und meiner zusammengeschnürten Kehle folgende Worte zu entlocken:

»Der … Weihnachtsmann … ist … tot.«

MITTWINTERMORD

Kriminalinspektorin Irene Huss ließ sich vom zähen Verkehrsstrom Richtung Zentrum treiben. Fast fünf Zentimeter Schnee waren gefallen, was in Göteborg sofortiges Verkehrschaos zur Folge hatte. Die Lichtreklame eines Baumarkts an der Autobahn informierte sie darüber, dass die Temperatur nun minus acht Grad betrug.

Dank des Schnees hatte die Kälte, die die Westküste tagelang in ihrem eisigen Griff gehalten hatte, nachgelassen. Irene sah gerade noch, dass es 7.23 Uhr war, da wurde die angenehme Stille vom Marseillaise-Gedudel ihres Handys unterbrochen, das sie wie immer auf den Beifahrersitz gelegt hatte.

»Irene Huss.«

Noch ehe er ein Wort gesagt hatte, wusste Irene, dass ihr Chef am Apparat war. Sein asthmatisches Röcheln verriet ihn.

»Hier ist Andersson. Fahr direkt zum Guldhedstorget. Man hat eine Frauenleiche gefunden. Ein Streifenwagen ist bereits dort. Ich habe Persson hingeschickt.«

»Verstanden. Keine näheren Angaben?«

»Nein. Die Jungs von der Streife wissen mehr.«

»Okay.«

Die Kollegen hatten bereits ein ansehnliches Gebiet abgesperrt. Ein paar Schaulustige standen in der Kälte herum, traten von einem Bein aufs andere und versuchten, in der kleinen Grünanlage etwas zu erspähen, konnten aber nichts erkennen.

Die dichten Büsche verbargen das Opfer, und außerdem war es immer noch ziemlich dunkel.

Tommy Persson war einige Minuten vor Irene eingetroffen und hatte auf sie gewartet. Als Irene aus ihrem Wagen stieg, kam eine der Streifenpolizistinnen auf sie zu, eine junge Frau, groß und kräftig, mit einem knallroten Zopf, der auf ihren Rücken herabhing. Tommy wandte sich an sie und stellte sich vor: »Hallo, Tommy Persson und Irene Huss vom Dezernat für Gewaltverbrechen.«

»Hallo. Ich bin Annika Steen.«

Sie nickten sich zu und gingen dann zur Absperrung. Dabei schwiegen sie, denn die sensationshungrigen Zuschauer standen zu nahe.

Als sie sich dem Gebüsch näherten, blieb Annika Steen stehen. Sie räusperte sich nervös, ehe sie mit ihrem Bericht begann: »Der Alarm kam kurz nach sieben; wir befanden uns gerade am Krankenhaus. Da wir am nächsten dran waren, fuhren wir hin. Eine ältere Frau ... genauer gesagt ihr Hund ... hatte die Leiche gefunden.«

Die Beamtin drehte sich um und deutete auf den Laden am anderen Ende des Platzes.

»Sie wohnt im ersten Stock über dem Geschäft. Ich habe ihren Namen und die Adresse ...«

Sie fischte einen Block aus einer der unzähligen tiefen Innentaschen ihrer Uniformjacke. Vorsichtig riss sie das oberste Blatt ab und reichte es Irene. »Astrid Larsson« stand darauf sowie Adresse und Telefonnummer.

»Sie durfte nach Hause gehen, weil sie behauptete, ihr Köter habe sich den grausigen Fund so zu Herzen genommen.«

Annika Steen lächelte ein wenig. Irene erwiderte ihr Lächeln und nickte.

»Schon okay. Wir kümmern uns nachher um ihre Aussage. Können wir uns jetzt die Leiche ansehen?«

Das Lächeln von Annika Steen verschwand.

»Klar. Da drüben«, sagte sie.

Mit ein paar großen Schritten war sie beim Rhododendrongebüsch. Der Weg dahin war verschneit, aber die Fußspuren ließen erkennen, dass mehrere Leute dort entlanggegangen waren.

Sie gingen um das Gebüsch herum. Direkt dahinter erblickten sie eine Frauenleiche.

Sie lag mitten auf dem schmalen Weg. Der Schnee hatte sie fast ganz zugedeckt. Das Licht der Straßenlaternen, das durch die Äste der Bäume fiel, glitzerte in ihrem langen blonden Haar. Irene bemerkte, dass die schicken schwarzen Lederstiefel neu aussahen und die Daunenjacke einen hübschen taubenblauen Farbton hatte.

Als sich Irene und Tommy neben die Leiche knieten, sahen sie, dass die Frau bereits ein paar Stunden tot war. Ihr Gesicht war alabasterweiß, und die Augenhöhlen waren voller Schnee. Der oberste Knopf ihrer Jacke war geöffnet, und darunter sah ein hellblauer Wollpullover mit einem breiten Rollkragen hervor. Oberhalb des Kragens war die Haut stark verfärbt.

Mit dem Ende eines Kugelschreibers schob Irene vorsichtig den Kragen nach unten.

»Erwürgt«, stellte sie fest.

»Mit einer Schlinge oder etwas Ähnlichem«, ergänzte Tommy.

»Jetzt kommt die Spurensicherung«, sagte Annika Steen, und die Inspektoren erhoben sich.

»Und wir vernehmen die Dame, die sie gefunden hat«, meinte Irene.

Ein wunderbarer Kaffeeduft strömte ihnen entgegen, als Astrid Larsson die Tür ihrer Wohnung öffnete. Ein kleiner schwarzer Pudel umkreiste die Schuhe der Besucher. Der schreckliche Fund des Vormittags schien ihn nicht sonderlich mitgenommen zu haben.

Tommy stellte sich und Irene der eleganten weißhaarigen Dame vor.

»Treten Sie doch ein. Ich habe Sie erwartet. Sie trinken doch eine Tasse Kaffee?«, sagte Astrid Larsson und führte sie in ihr gemütliches Wohnzimmer, wo der Couchtisch bereits mit Kaffeetassen und einem Teller Plätzchen gedeckt war.

Sie bat die Beamten, Platz zu nehmen, und ging dann in die Küche, um den Kaffee zu holen.

Nachdem sie eingeschenkt hatte, blieb sie nachdenklich mit der Glaskanne in der Hand stehen.

»Ich bin mir ganz sicher, dass ich das Mädchen, das ich … heute Morgen gefunden habe … dass ich sie gestern spätabends schon mal gesehen habe«, sagte sie.

»Wann?«, fragte Tommy.

Astrid Larsson runzelte die Stirn und dachte nach.

»Vermutlich kurz vor elf. Meine Freundin Ninni war gestern Abend hier. Es wurde später, als wir geplant hatten, und ich erinnere mich, dass wir Viertel vor elf ein Taxi riefen. Meine Freundin soll nach Neujahr ein künstliches Hüftgelenk bekommen, zurzeit ist sie auf einen Rollator angewiesen. Das Taxi sollte schon bald kommen, wir zogen also gleich unsere Mäntel an. Ninni braucht für die Treppe immer ziemlich lang, und ich musste ihr mit dem Rollator helfen.«

Astrid Larsson unterbrach sich und stellte die Kaffeekanne auf einen Korkuntersetzer. Sie setzte sich auf einen kleinen roten Samtsessel mit hohem Rücken und fuhr dann fort: »Das

Taxi war noch nicht da, aber kaum waren wir unten angelangt, kam ein rotes Auto, ein Ford Escort, und hielt am Gehsteig. Kurz darauf wurde die Beifahrertür geöffnet, und sie … die tote junge Frau … obwohl sie ja zu dem Zeitpunkt noch lebte … Ich bin mir ganz sicher, dass sie es war, denn die Kleider waren dieselben und die Frisur …«

Sie schwieg verwirrt. Um sie zum Weitersprechen zu bewegen, fragte Irene: »Sind Sie sich sicher, was das Automodell angeht?«

Astrid Larsson nickte.

»Ja. Ein Ford Escort. Vor ein paar Jahren hatte ich selbst so einen.«

»Was geschah, nachdem die junge Frau aus dem Auto gestiegen war?«

»Sie beugte sich vor und sprach mit dem Fahrer. Sie sagte, er solle noch die Frau ausführen oder so ähnlich … Denn sie habe es vergessen.«

»Hat sie das gesagt? Führ noch die Frau aus, denn ich habe es vergessen?«, fragte Tommy.

»Ja. Zumindest habe ich es so verstanden. Aber in dem Moment kam das Taxi, und dann hatten wir mit Ninni und ihrem Rollator alle Hände voll zu tun. Als das Taxi wegfuhr, sah ich, dass sich der rote Escort auch gerade entfernte. Er hatte gewendet und war auf dem Weg zurück zum Wavrinskys plats.

»Er?«

»Ja. Es handelte sich um einen jungen Mann. Ich habe ihn jedoch nur flüchtig gesehen. Er hatte dunkles Haar, so eine modische Stoppelfrisur. Ich glaube, er trug eine dunkle Daunenjacke.«

»Und das Mädchen? Haben Sie gesehen, wo sie hingegangen ist?«

»Sie ging den Hügel hinauf zur Grünanlage.«

»Haben Sie gesehen, dass sie hineingegangen ist?«

»Nein. Aber es gibt mehrere Wege und Treppen, die vom Bürgersteig aus hinführen.«

»Fällt Ihnen sonst noch etwas ein?«

Astrid Larsson schüttelte mit aufrichtigem Bedauern den Kopf.

»Nein.«

Plötzlich setzte sie sich kerzengerade auf.

»Doch! Jetzt erinnere ich mich! Ehe sie die Beifahrertür zumachte, warf sie etwas auf den Beifahrersitz. Dabei klirrte es. Ich habe es nur gehört, konnte aber nichts sehen.«

Bei der Abendbesprechung mit Kommissar Sven Andersson, ihrem Chef, hatten Irene Huss und Tommy Persson bereits eine ganze Menge über die Tote in den Büschen in Erfahrung gebracht.

»Wir haben ihre Identität festgestellt, es handelt sich um Stella van Haydoorn, vierundzwanzig, studiert im vorletzten Semester Zahnmedizin hier in Göteborg«, berichtete Tommy Persson. »Wohnhaft in der Sankt Pauligatan. Der Gerichtsmediziner gibt als Zeitpunkt ihres Todes vorläufig Mitternacht an, plus/minus eine Stunde. Ihre Eltern, die in Kungsbacka wohnen, haben sie identifiziert. Sie sind natürlich sehr mitgenommen, aber ich habe sie trotzdem gefragt, ob ihnen jemand im Bekanntenkreis ihrer Tochter einfällt, der einen roten Ford Escort besitzt. Und siehe da: Ihr Exfreund Patrik Eriksson hat einen. Wir wollen uns noch heute Abend mit ihm unterhalten. Wir haben uns für neunzehn Uhr bei ihm angemeldet. Offenbar betreibt er an der Technischen Hochschule Chalmers irgendwelche Forschungen. Wir haben nicht mit ihm persönlich geredet, sondern mit seiner Lebensgefährtin. Sie meinte, er müsse bis dahin zu Hause sein.«

Die junge Frau, die ihnen öffnete, wies eine erstaunliche Ähnlichkeit mit Stella van Haydoorn auf, trug aber kürzeres Haar. Sie warf ihnen einen ziemlich unfreundlichen Blick zu und sagte mit nervöser Stimme: »Er ist zu Hause. Ihre Eltern haben angerufen. Wir wissen, was passiert ist. Hier wird jetzt getrauert.«

Sie biss sich auf die Unterlippe und schien den letzten Satz zu bereuen. Irene fiel ihr bitterer Ton auf. Es konnte sich nicht um eine von Stellas besten Freundinnen handeln, so viel war klar.

Ohne ein weiteres Wort führte die Frau sie in die Wohnung.

Patrik saß am Küchentisch, stand aber auf, als die Polizisten die Küche betraten. Er war groß und geradezu südländisch dunkelhaarig. Seine graublauen Augen dagegen waren überraschend hell. Jetzt waren sie gerötet. Offenbar hatte er geweint.

Sie begrüßten ihn und stellten sich vor. Patrik schlug vor, ins Wohnzimmer zu gehen, und bat seine Lebensgefährtin, Kaffee zu kochen. Sie presste die Lippen zusammen, sagte aber nichts.

»Uns liegen Angaben vor, dass ein roter Ford Escort gestern Abend eine junge Frau am Guldhedstorget abgesetzt hat. Der Personenbeschreibung nach könnte es sich durchaus um Stella gehandelt haben. War es Ihr Auto, und war es Stella?«, begann Irene die Vernehmung ohne Umschweife.

Patrik nickte und erwiderte leise: »Ja, es war mein Auto, und es war Stella. Sie rief mich gestern Abend gegen halb elf an und bat mich, sie mit dem Auto zum Guldhedstorget zu bringen. Sie hat keinen eigenen Wagen, deswegen fahre ich sie manchmal.«

Irene dachte an die wütende junge Dame in der Küche und fragte: »Wann haben Sie und Stella Schluss gemacht?«

»Vor etwas über einem Jahr.«

»Wie lange wohnen Sie schon mit der Frau in der Küche zusammen? Wie heißt sie übrigens?«

»Marie. Wir wohnen erst seit ein paar Monaten zusammen … seit zwei.«

»Wann haben Sie sie kennengelernt?«

Patrik runzelte die Stirn. Er wirkte verärgert. Darauf ließ auch sein Tonfall schließen, als er wissen wollte: »Was hat das mit Stella und dem, was ihr zugestoßen ist, zu tun?«

»Das wissen wir nicht. Aber Sie und Ihr Wagen sind in der Zeit vor dem Mord am Tatort gesehen worden. Deswegen ist Ihr Verhältnis sowohl zu Stella als auch zu Marie von Interesse. Also, wann haben Sie Marie kennengelernt?«

»Letzten Sommer. Am Mittsommerabend«, antwortete Patrik mürrisch.

»Wie lange waren Stella und Sie ein Paar?«

»Neun Monate.«

»Sind Sie der Meinung, dass Sie noch immer ein gutes Verhältnis hatten? Ich meine, schließlich haben Sie sie mit dem Auto gebracht und …«

»Ja. Wir sind … waren sehr gut befreundet.«

In diesem Augenblick trat Marie ins Zimmer. Scheppernd stellte sie die blauen Kaffeebecher hin, drehte sich wortlos auf dem Absatz um und verschwand in die Küche.

Irene wartete, bis sie das Zimmer verlassen hatte, ehe sie die nächste Frage stellte: »Eine Zeugin hat zusammen mit einer anderen Dame auf ein Taxi gewartet. Diese Zeugin will gehört haben, wie Stella gesagt hat: Führ noch die Frau aus, denn das habe ich vergessen. Was hat Stella eigentlich genau gesagt?«

Zu Irenes Erstaunen verzog sich Patriks Mund zu einem leichten Lächeln, seine Augen blieben aber traurig.

»Nicht die Frau. Sondern Pharao. Sie bat mich, mit Pharao vors Haus zu gehen. Mit ihrem Kater. Sie hatte vergessen, mit ihm Gassi zu gehen.«

»Sind Sie dann zu ihr nach Hause gefahren und mit dem Kater Gassi gegangen?«

»Ja. Ich fuhr sofort hin, nachdem ich Stella abgesetzt hatte.«

Marie trat erneut ein. Mitten im Zimmer baute sie sich breitbeinig und mit verschränkten Armen auf. Mit unterdrückter Wut sagte sie: »Stella bittet den kleinen Patrik, sie mitten in der Nacht irgendwohin zu fahren. Obwohl es um Verabredungen mit anderen Männern geht, fährt sie der kleine Patrik. Stella bittet ihn, durch die halbe Stadt zu fahren, damit das Katzenvieh an die frische Luft kommt. Eine heilige ägyptische, preisgekrönte Ausstellungskatze! Aber selbstverständlich hilft ihr der kleine Patrik! Und einen Schlüssel zu ihrer Wohnung hat er natürlich auch! Schließlich ist er ihr bester Freund! Solange er nur in ihrer Nähe sein darf. Obwohl sie zu ihm gesagt hat, er soll sich verpissen! Total gestört!«

Die letzten Sätze spuckte sie nur so aus.

»Wo waren Sie gestern Abend zwischen elf und kurz nach Mitternacht?«, fragte Tommy mit verräterisch milder Stimme.

Marie zuckte zusammen, sah ihm aber direkt in die Augen.

»Als Stella gestern anrief und ihren Privatchauffeur bestellte, hatte ich genug. Ich habe Patrik mitgeteilt, dass Schluss sein würde mit uns, wenn er sie führe. Da ist er einfach gegangen. Ich habe meine Schwester angerufen und bin zu ihr gefahren.«

»Wie spät war es da?«

»Kurz nach halb elf. Wir waren bis drei Uhr auf und haben uns unterhalten. Ich habe mich entschieden. Ich ziehe zu ihr, bis ich eine Wohnung finde. Dass Stella tot ist, spielt keine Rolle. Hier wird es auf jeden Fall unerträglich sein! Er wird einen Altar für sie errichten und für die heilige Stella Andachten abhalten!«

Marie war zu weit gegangen. Patriks Gesicht erstarrte zu einer weißen Gipsmaske. Aber seine hasserfüllt funkelnden Augen verrieten seine Gefühle.

»Ich packe noch fertig. Meine Schwester kommt in einer Viertelstunde und holt mich und meine Sachen ab. Patrik kann Ihnen ihre Adresse geben.«

Ohne sie eines weiteren Blickes zu würdigen, verließ sie mit raschen Schritten das Zimmer.

Dann herrschte eine Weile Schweigen. Irene brach es mit einer Frage: »Was warf Stella zu Ihnen ins Auto, bevor Sie losfuhren?«

»Wie bitte? Ins Auto …?« Patrik schien verwirrt.

»Die Zeugin, die Sie und Stella gestern gesehen hat, sagte, sie hätte etwas auf den Beifahrersitz geworfen, und dabei hätte es geklirrt.«

Patrik runzelte die Stirn und dachte nach.

»Geklirrt … was kann das … Genau! Die Schlüssel! Sie hat ihre Schlüssel auf den Beifahrersitz geworfen. Damit ich Pharao rauslassen konnte.«

»Und sie hat Sie nicht gebeten, zu warten und sie wieder nach Hause zu fahren?«

Statt einer Antwort schüttelte er nur den Kopf.

»Hat sie irgendwie angedeutet, mit wem sie verabredet war?«

»Nein.«

Irene hatte den Eindruck, dass sein Blick flackerte, war sich aber nicht ganz sicher.

»Wissen Sie, ob sie Bekannte in dieser Gegend hatte?«

Patrik zögerte und erwiderte dann: »Der Einzige, der mir einfällt, ist ihr Professor. Sie hatte einen Job als studentische Hilfskraft bei den Gebissphysiologen. Professor Liviander wohnt ein Stück vom Guldhedstorget entfernt… in Landala, in einem der Egna-Hem-Siedlungshäuser. Ich weiß aber nicht, wie die Straße heißt.«

Als Irene Huss ihr Dienstzimmer betrat, das sie sich mit Tommy Persson teilte, klingelte das Telefon.

»Guten Morgen. Mein Name ist Svante Nilsson. Ich wohne am Guldhedstorget gegenüber von der Grünanlage, wo der Mord an der jungen Frau verübt worden ist. Gestern bin ich schon früh nach Kopenhagen gefahren, noch bevor sie entdeckt wurde, und auch erst spätnachts zurückgekommen. Ich wusste nichts von dem Mord, bevor ich heute Morgen aus der Zeitung davon erfuhr. Wenn ich den Artikel recht verstehe, geht die Polizei davon aus, dass sie gegen Mitternacht umgebracht wurde.«

Es war die Stimme eines älteren Mannes, sehr korrekt und redegewandt.

»Das stimmt«, sagte Irene.

»Dann habe ich vielleicht etwas Wichtiges gesehen. Aber das war eine Stunde vor Mitternacht, gegen elf. Ich hatte gerade das Licht in meinem Schlafzimmer ausgemacht und wollte das Rollo herunterlassen, da sah ich einen Mann mit einem großen Hund in die Grünanlage gehen. Vielleicht hätte mich das nicht weiter gekümmert, wenn nicht gleichzeitig eine Frau mit langen blonden Haaren aus einem Gebüsch gekommen wäre. Meines Erachtens handelt es sich um das Gebüsch, hinter dem man sie später fand.«

Irene schrieb rasend schnell mit. Sie warf eine Frage ein: »Wissen Sie, was das für ein Hund war? Welche Rasse?«

»So einer, wie ihn die Kinder im Astrid-Lindgren-Film ›Ferien auf Saltkrokan‹ hatten, falls Sie sich daran erinnern.«

»Ein Bernhardiner.«

»Genau. Jedenfalls ließ der Mann den Hund von der Leine und ging auf die Frau zu.«

»Sah es aus, als ob sie sich kannten?«

»Ja. Denn sie küssten sich lang und innig.«

Irene spürte, wie sich ihr Puls beschleunigte, und versuchte ihre Stimme weiterhin ruhig klingen zu lassen.

»Sie gingen also aufeinander zu, und dann küssten sie sich?«

»Genau. Jedenfalls begann der Hund irgendetwas zu jagen und lief zwischen den Bäumen und um den Teich herum. Wahrscheinlich eine Katze oder eine Ratte. Der Mann und die Frau verschwanden hinter dem Gebüsch, und ich konnte sie nicht mehr sehen. Aber der Hund amüsierte mich. Ich blieb also am Fenster stehen. Schließlich musste der Mann wieder hervorkommen, um dem Hund hinterherzulaufen. Seine Beute hatte sich unter den Weihnachtsbaum mitten auf dem Guldhedstorget geflüchtet, und der Hund tobte bellend darum herum.«

»Wie lange waren er und die Frau im Gebüsch?«

»Nicht länger als zwei oder drei Minuten.«

Das war nicht viel Zeit, um Stella zu erdrosseln, aber durchaus genug. Andererseits klang es etwas sonderbar, dass sie sich nur wenige Minuten zuvor innig geküsst hatten, dachte Irene.

»Der Mann nahm den Hund an die Leine und ging mit ihm weiter zum Wavrinskys plats«, fuhr Svante Nilsson fort.

»Er ging also nicht zu der Frau zurück?«

»Nein. Und als ich noch einmal zum Gebüsch hinübersah, bevor ich das Rollo herunterzog, konnte ich sie nicht mehr sehen. Ich nahm an, dass sie auf einem der kleinen Wege verschwunden war.«

»Wie sah der Mann aus?«

»Schwer zu sagen. Er trug eine dunkle Strickmütze und eine dicke Jacke in einer dunklen Farbe. Schließlich war es fünfzehn Grad unter null. Ich wohne im dritten Stock und sah sie schräg von oben.«

Als sie auflegte, schaute Tommy Persson ins Zimmer. »Ich habe diesen Professor ausfindig gemacht«, sagte er.

»Greger Liviander heißt er und arbeitet in der Zahnklinik.«

»Okay. Wir fahren hin und reden mit ihm.«

Als sie am Empfang nach dem Professor fragten, wurden sie in die Verwaltung im obersten Stockwerk verwiesen.

Sie klopften an eine Tür mit der Aufschrift »Prof. Greger Liviander«. Eine Männerstimme forderte sie auf einzutreten.

Der Professor sah überhaupt nicht so aus, wie man es von einem Professor erwartet hätte. Er war höchstens ein paar Jahre älter als Irene und Tommy, sein dickes blondes Haar war an den Schläfen leicht ergraut, aber sein Gesicht wirkte jugendlich. Greger Liviander war schlank und sah durchtrainiert aus. Irene fand den Professor im Fach Gebissphysiologie ausgesprochen gutaussehend.

Sie stellten sich vor, und Greger Liviander bat sie, auf seinen Besucherstühlen vor seinem Schreibtisch Platz zu nehmen. Irene wollte gerade die erste Routinefrage stellen, als ihr Blick auf ein großes gerahmtes Farbfoto an der Wand fiel. Zwei etwa zehnjährige Jungen saßen neben einem Bernhardiner und hatten ihm die Arme um den Hals gelegt.

Nach den üblichen Routinefragen deutete Irene plötzlich auf das Foto und sagte: »Was haben Sie vorgestern Abend gegen elf auf dem Guldhedstorget gemacht? Ein Zeuge hat Sie mit Ihrem Hund und mit Stella gesehen.«

Jegliche Farbe wich aus dem gutaussehenden Gesicht, und es gelang Liviander nicht, seine Angst zu verbergen.

»Ich war nicht am Guldhedstorget ...«, sagte er versuchsweise, konnte aber nicht einmal sich selbst überzeugen.

Der Professor ließ seine Schultern sinken und legte das Gesicht in seine Hände.

»Herrgott! Ich wusste, dass es rauskommen würde!«, sagte er seufzend.

»Der Zeuge hat gesehen, wie Sie und Stella sich geküsst haben«, fuhr Irene unberührt fort.

Liviander schluckte, bevor er sich zu einer Antwort durchrang.

»Wir hatten uns in der Grünanlage verabredet. Ich gehe um diese Zeit immer noch mal mit dem Hund raus.«

»Wie lange hatten Sie und Stella ein Verhältnis?«

»Seit Mai. Sie bedeutete mir viel, aber ... ich wollte Schluss machen. Ich bin verheiratet und habe Kinder. Aber jedes Mal, wenn wir uns trafen, war es wieder genauso schwer, Schluss zu machen.«

»Haben Sie sie deswegen mit der Hundeleine erdrosselt? Um Schluss zu machen?«

Greger Liviander sprang auf und starrte Irene wütend an.

»Sie erdrosselt! Sind Sie nicht mehr ganz bei Trost? Ich habe sie geliebt! Ich hätte sie nie ... hätte sie nie ...«

Irene sah mit Erschrecken, dass er in Tränen ausbrach. Weder Tommy noch sie wussten, wie sie Liviander beruhigen sollten. Sie ließen ihn weinen. Schließlich gelang es ihm, sich zusammenzunehmen.

»Wir hatten uns verabredet, weil sie mir etwas Wichtiges zu sagen hatte. Ich nehme an, dass das bei der … Obduktion ohnehin herauskommt. Sie war im dritten Monat schwanger. Das Kind war von mir.«

»Hatten Sie vor, sich von Ihrer Frau scheiden zu lassen und sie zu heiraten?«

»Ich weiß es nicht. Der Bescheid schockierte mich. Ich war verwirrt! Und ausgerechnet da bekam Tjabo einen Anfall und begann zu bellen. Ich rannte runter zum Guldhedstorget und erwischte ihn. Mir ist klar, dass das sehr seltsam klingen muss … aber als ich den Hund wieder an der Leine hatte, hatte ich plötzlich das Gefühl, so schnell wie möglich nach Hause zu müssen. Schließlich war es kalt, und es wäre mir schwergefallen, meiner Frau zu erklären, warum wir so lange draußen waren. Vielleicht war es auch der Schock, der mich dazu veranlasste … Ich ging mit Tjabo quer über den Wavrinskys plats und dann in Richtung Egna hemsvägen. Ich wohne oben in Landala.«

»Haben Sie sich noch einmal umgedreht und nach Stella gesehen, ehe Sie gingen?«

»Ja. Schließlich war mir nicht ganz wohl dabei, einfach so davonzulaufen. Als ich eingesehen hatte, dass ich schnell nach Hause musste, drehte ich mich um, um ihr zuzuwinken, aber sie war nirgends zu sehen. Ich dachte, sie sei sauer, weil ich einfach abgehauen war, und sei in eine andere Richtung gegangen. Vielleicht kämpfte sie in diesem Augenblick schon um ihr Leben! Wenn ich doch nur zurückgegangen wäre!«

Patrik Eriksson war zu Hause in seiner Wohnung. Sein Gesichtsausdruck wirkte geradezu apathisch, als er ihnen die Tür öffnete und sie hereinließ. Als sie das Wohnzimmer betraten, sprang eine magere und elegante Katze vom Sofa. Sie setzte sich in der Mitte des Zimmers auf den Boden und betrachtete sie mit unergründlichen smaragdgrünen Augen. Ihr Fell war nougatbraun, die Musterung ihres Gesichts und ihre Schwanzspitze fast schwarz. Pharao war sehr schön und schien sich dessen bewusst zu sein.

»Stellas Mutter hat eine Katzenallergie, deswegen kümmere ich mich um ihn«, sagte Patrik trotzig.

»Pharao ist ein sehr schöner und teurer Kater, verstehe ich das richtig?«, fragte Irene.

»Ja. Er ist ein internationaler Champion.«

»Genau. So eine Katze lässt man doch wohl nicht frei herumlaufen?«

»Nein«, erwiderte Patrik erstaunt.

»So eine Katze hat man an der Leine. Kann ich mir die Leine von Pharao mal ansehen?«

Erst wurde Patrik leichenblass, dann puterrot. Er öffnete den Mund, um etwas zu sagen, aber kein Laut kam über seine Lippen.

Irene ging selbst in die Diele. Die Leine hing an der Hutablage. Sie war einer solchen Katze wirklich würdig. Das kleine Lederhalsband war über und über mit kleinen Anhängern besetzt. Es handelte sich um ein Modell aus geschmeidigem Leder, das von einem vergoldeten Kettchen zusammengezogen wurde. Die eigentliche Leine bestand aus goldglänzendem, geflochtenen Nylon. Vorsichtig trug Irene sie ins Wohnzimmer.

Als Irene die Leine aufs Sofa fallen ließ, war ein rasselndes und klirrendes Geräusch zu hören. Langsam sagte sie: »Dieses Geräusch war zu hören, als Stella etwas auf den Beifahrersitz warf. Nicht das Klappern eines Schlüsselbunds. Marie sagte doch, dass Sie bereits Schlüssel zu Stellas Wohnung hatten. Nicht wahr?«

Entsetzt starrte Patrik auf die Leine. Sie lag da wie eine angriffslustige Kobra.

»Die Spurensicherung wird natürlich die Leine untersuchen«, fuhr Irene sachlich fort.

Mit einem halberstickten Schluchzer ließ sich Patrik in einen Sessel fallen.

»Ich habe sie getötet. Ich wollte das nicht! Ich stand hinter den Büschen und hörte, wie sie ihm erzählte, sie erwarte ein Kind. Sein Kind! Da zerbrach etwas in mir. Als er zum Platz hinunterrannte, schlich ich auf sie zu. Von hinten. Sie sah mich nicht. Ich hatte die Leine in der Hand und legte sie um ihren Hals und …«

»Als der Professor erzählte, er sei über den Wavrinskys plats zum Egnahemsvägen gegangen, ging mir auf, dass man da auch mit dem Auto entlangfahren kann. Man fährt durch den Kreisverkehr auf die Überführung und von dort hinter die Grünanlage am Guldhedstorget. Von dort führen mehrere Treppen hinunter in die Grünanlage. Das hat Patrik getan. Er hat irgendwo oben auf der Überführung geparkt und ist zwischen den Büschen hindurchgeschlichen«, sagte Irene.

»Der Hund hätte ihn doch hören müssen?«, warf Tommy ein.

»Leider tat er das nicht. Wahrscheinlich kam der Wind aus der falschen Richtung, und er nahm nie irgendeine Witterung auf. Außerdem war er ja voll und ganz damit beschäftigt, ein

Tier über den Platz und um den Teich zu jagen. Patrik kam ihnen so nahe, dass er das Gespräch von Liviander und Stella mit anhören konnte. Und ihm war natürlich klar, dass seine Hoffnungen auf eine neuerliche Beziehung mit Stella für immer zerstört waren.«

»Vielleicht hat er sich auch gedemütigt gefühlt, weil sie ihn als Privatchauffeur und Gehilfen ausnutzte. Er hat erkannt, dass sie ihn nur benutzt hat, um Liviander treffen zu können. Der Tropfen, der das Fass zum Überlaufen brachte, war wohl der Moment, als sie die Leine auf den Beifahrersitz warf und ihm geradezu befahl, Pharao auszuführen.«

SCHRITTE

Sie geht los. Das Geräusch ihrer Absätze auf dem Pflaster ist immer noch sehr fern, kaum wahrzunehmen. Aber ich weiß, dass sie sich nähert. Ich habe ihre Schritte so oft gehört.

Klick-klack-klick-klack. Sie hat es nicht eilig. Das Geklapper ihrer hohen Absätze hallt zwischen den Hauswänden wider. Sie weiß, wo sie hinwill. Ihr nächtlicher Spaziergang hat ein Ziel.

Aber manchmal kommt es auch anders.

Ich bin ein sehr zurückhaltender Mensch. Allerdings nicht feige, keinesfalls. Oft weiß ich sehr gut, was ich eigentlich sagen wollte, bringe die Worte aber einfach nicht über die Lippen. Meine Zunge wird starr und sperrt sich irgendwie. Deswegen haben mich alle immer für etwas einfältig gehalten und glauben, dass ich nichts Vernünftiges beizutragen habe. Wer mir eine Frage stellt, sieht mich nicht an und erwartet auch keine Antwort. Ich bin unsichtbar.

Auch sie hat so geschaut. Durch mich hindurch. Als gäbe es mich nicht. Als sei ich unsichtbar.

Sie begann als Verkäuferin in der Parfümerie, die dem Konsum gegenüberliegt. Es war Anfang Mai, und alle Männer im Laden versammelten sich am Tor der Laderampe, wenn sie auf ihren haushohen Absätzen vorbeitrippelte. Sie trug ihr Haar hochgesteckt, eine Frisur, die damals modern war. Ihr aufgebüscheltes Haar umschlang sie meist mit einem Band, das dieselbe Farbe wie ihr Pullover oder ihre Jacke hatte. Ihre Pullover waren sehr eng und ihre Röcke ebenfalls. Ihre Brüste wippten im Takt, wenn sie hüftschwingend an uns vorbeirauschte und unsere Pfiffe zu überhören schien.

Ich begann direkt nach der siebten Klasse als Laufbursche in Nilssons Feinkostgeschäft. Nach drei Jahren wurde das Geschäft von der Kooperative, wie man damals sagte, aufgekauft. Das Haus wurde abgerissen und ein großes Konsumgeschäft gebaut, das eher einem kleineren Warenhaus glich, in dem es fast alles gab. Ich bekam eine Anstellung im Lager. Nach 43 Jahren am selben Arbeitsplatz ging ich als Lagervorarbeiter in Rente. Ich durfte ein paar Jahre früher aufhören, da ich mich verhoben hatte. Mein Rücken hat all die Jahre im Lager nicht unbeschadet überstanden. Die goldene Armbanduhr trage ich am Handgelenk. Ich benutze sie allerdings nur, wenn ich zu Hause bin, denn ich möchte nicht riskieren, sie zu verlieren oder das Glas zu beschädigen. Oder – was noch schlimmer wäre – beraubt zu werden! Sie ist aus echtem Gold und sehr kostbar.

Die ersten Jahre mietete ich ein Zimmer über Nilssons Feinkostladen, aber als das Haus abgerissen wurde, hatte ich keine Bleibe mehr. Dann half mir der Konsumgeschäftsführer Schröder, diese Wohnung im Erdgeschoss zu finden. Auch anderen Angestellten wurden Wohnungen hier im Haus über die Kooperative vermittelt. Ich bin als Einziger noch übrig. Hier wohne ich also seit dem achtzehnten Lebensjahr. Die Wohnung ist nicht groß, ein Zimmer mit Kochnische und Badezimmer, aber mir genügt es. Hätte ich eine Familie gegründet, würde ich vermutlich in einer größeren Wohnung leben, aber dazu kam es nie.

Das Haus, in dem ich wohne, liegt in einer ziemlich langen Sackgasse. Auf der anderen Straßenseite steht ein identisches dreigeschossiges Mietshaus aus gelbem Backstein. Die beiden

Häuser wurden Ende der 1940er Jahre gebaut und galten damals als sehr modern, da alle Wohnungen mit Badezimmern ausgestattet waren.

Mein Treppenaufgang liegt am hinteren Ende der Straße. Es gibt dahinter noch zwei weitere Aufgänge. Dann kommt der Wendeplatz. Daran schließt eine kleine Grünfläche mit einem Spielplatz an. Dort wurde sie gefunden.

Ich war zwanzig und hatte noch nie ein Mädchen berührt. Die Blondine aus der Parfümerie löste stürmische Gefühle in mir aus. Sie nahm meine Gedanken immer mehr in Beschlag. Nicht nur, wenn ich wach war, sondern vor allem auch in meinen Träumen. In ihnen wagte ich alles! Ich zeigte ihr, wer ich wirklich war, und sie verliebte sich in mich. Sie sah zu mir auf. Vergötterte mich. Fürchtete mich geradezu. Das kann rückblickend kindisch wirken. Natürlich war das nur jugendliches Wunschdenken. In Wirklichkeit nahm sie mich gar nicht wahr.

Bis zu jenem Mal.

Damals fasste ich mir ein Herz und verließ das Lager genau in jenem Moment, als sie die Tür der Parfümerie hinter sich schloss. Klopfenden Herzens überquerte ich die Straße. Sie kam mir auf dem Bürgersteig entgegen. Ich kann mich immer noch gut an das rote Haarband erinnern, das sie an diesem Tag trug. Zu meiner eigenen Überraschung gelang es mir, ein »Hallo« über die Lippen zu bringen, als wir aneinander vorbeigingen. Ohne mich eines Blickes zu würdigen, rauschte sie hochnäsig an mir vorbei.

Ich unternahm keinen weiteren Versuch, sie zu grüßen, sondern gesellte mich stattdessen zu der pfeifenden und grinsenden Horde auf der Laderampe.

In einer Samstagnacht Ende August hörte ich zum ersten Mal das Klappern ihrer Absätze. Es war kurz nach Mitternacht. Ich hob das Rollo ein wenig an, um zu sehen, wer draußen vorbeiging. Mein Herz setzte einen Schlag aus, als ich sie erkannte. Das Mondlicht schien auf ihr blondes Haar, das wie gesponnenes Silber funkelte. Sie war es. Sie war es wirklich! Ich hielt den Atem an, bis mir schwindlig wurde. Meine Gedanken überschlugen sich. Was tat sie hier? Was, wenn sie … wenn sie erfahren hatte, dass ich hier wohnte, und …

Ich wusste natürlich, dass dieser Gedanke abwegig war. Nachdem sie vorbeigegangen war, schob ich das Fenster behutsam auf und sah gerade noch, wie sie vor der letzten Türe innehielt. Sie suchte einen Augenblick in ihrer Handtasche, bis sie den Schlüssel gefunden hatte. Dann schloss sie auf. Sie sah sich rasch um, ehe sie eintrat. Ich wagte nicht einmal zu blinzeln, um nicht eine unfreiwillige Bewegung zu machen. Nichts deutete darauf hin, dass sie mich entdeckt hatte. Sie bremste die Tür von innen mit der Hand ab, sodass diese leise ins Schloss glitt.

Lange blieb ich am Fenster stehen, spähte auf den Wendeplatz und erwartete beinahe, dass sie gleich wieder erschien. Warum besaß sie einen Schlüssel zu einer Wohnung in meiner Siedlung? Was tat sie in dieser Wohnung?

Mehrere Stunden saß ich am Fenster und sah hinaus. Es fiel mir nicht schwer, wach zu bleiben. Ein Fieber schien in mir zu wüten. Mal war mir entsetzlich heiß, mal schüttelte es mich vor Kälte, obwohl laue Luft durch den offenen Fensterspalt drang. Meine Gedanken purzelten wild durcheinander, um sich im nächsten Augenblick wohlgeordnet aneinanderzureihen.

Kurz vor vier kam sie wieder aus dem Haus. Es war immer noch dunkel, aber ich hörte ihre sich nähernden Schritte.

Abrupt blieb sie unter einer Straßenlaterne stehen, aber nur, um sich eine Zigarette anzuzünden. Sie trug ein dünnes Kopftuch, und ich sah, dass ihr Haar darunter offen war. Ohne sonderliche Eile setzte sie ihren Weg fort. Reglos blieb ich am Fenster stehen, konnte sie aber immer noch durch den Spalt des Rollos sehen. *Klick-klack-klick-klack,* hallte es leise zwischen den Häusern wider. Die Zigarette glühte auf, wenn sie daran zog. Ein schwacher Geruch von Zigarettenrauch drang zu mir herein, als sie vorbeiging.

Jetzt höre ich ihre Schritte deutlich. Sie nähern sich. Sie wird so gehen, wie sie es im Laufe der Jahre jede Nacht getan hat. Immer an meinem Fenster vorbei. Weiter zum Wendeplatz. Um mir dort zu begegnen.

Zwei Nächte hintereinander kehrte sie zurück. Die Zeiten waren ungefähr dieselben. Sie erschien kurz nach Mitternacht und ging wieder irgendwann zwischen drei und vier. Beide Male wiederholte sie ihr kleines Ritual und zündete sich eine Zigarette unter der Straßenlaterne an.

Ich zerbrach mir den Kopf darüber, wen sie wohl besuchte. Da viele Leute in dem langgestreckten Mietshaus wohnen, kenne ich nicht alle in den benachbarten Treppenaufgängen. In meinem eigenen Haus grüßten mich dann doch die meisten nach all den Jahren. Aber ich hatte keine Ahnung, wer zwei Eingänge weiter wohnte. In dieser Zeit fand ich nur wenig Schlaf. Nachts wachte ich am Fenster. Aus Angst, einzuschlafen, wagte ich es nicht, mich ins Bett zu legen. War sie nicht aufgetaucht, legte ich mich erst gegen zwei Uhr hin. Aber dann konnte ich nicht schlafen, weil mir zu viele Gedanken durch den Kopf wirbelten.

Fünf Nächte vergingen, ehe sie wieder auftauchte. Als sich ihre Schritte meinem Fenster kurz nach zwölf näherten, meinte ich erst zu halluzinieren. Es wäre durchaus möglich gewesen, dass ich mir alles nur einbildete. Der Schlafmangel hatte bereits Schwindelanfälle und Ohrensausen hervorgerufen. Die letzten beiden Tage hatte ich mich krankschreiben lassen, da mir die Kraft fehlte, zur Arbeit zu gehen. Mein gesamtes Wesen war auf sie gerichtet. Jetzt war sie also wieder da. Alles verlief wie bei ihren vorhergehenden Besuchen. Aber als sie unter der Straßenlaterne innehielt, um sich die Zigarette anzuzünden, wusste ich plötzlich, wie ich in Erfahrung bringen konnte, wen sie besuchte.

In der folgenden Nacht begab ich mich kurz vor zwölf auf den Speicher. Mittlerweile gibt es Brandmauern zwischen den Speicherabteilen der verschiedenen Treppenhäuser, aber damals konnte man über den Speicher von einem Haus ins nächste gelangen. Ich ging also bis ans hinterste Ende und öffnete vorsichtig die Tür zum Treppenhaus. Durch den Spalt würde ich hören, wenn sie die Treppe heraufkam. Die Tür, die der Speichertreppe am nächsten lag, hatte ich auch im Blick. Auf dem Namensschild stand »Svensson«.

Nach einer Viertelstunde hörte ich, wie im Erdgeschoss die Haustür geschlossen wurde, behutsam, um die anderen Mieter nicht zu wecken. Leise Schritte kamen die Treppen herauf. Erst im obersten Stockwerk hielten sie inne. Der Schweiß drang mir aus allen Poren, und der Atem stockte mir. Von meinem Beobachtungsposten hinter der Speichertür sah ich, dass sie den Schlüssel in die mit »Svensson« beschriftete Tür schob. Als die Türe weit geöffnet wurde, hätte ich beinahe laut aufgeschrien. In der beleuchteten Diele stand ein nackter Mann. Sie trat über die Schwelle, und er legte ihr einen Arm um den Hals und zog sie an sich. Mit der anderen Hand schloss er die Tür.

Ich zitterte am ganzen Körper und weiß bis heute nicht, wie ich in meine Wohnung zurückgelangte. Dort saß ich dann auf dem Stuhl am Fenster, bis sie aus dem Haus trat und sich ihre verdammte Zigarette anzündete.

Mein Gott! Wie sehr ich sie doch hasste! Mein Gott! Wie sehr ich mich nach ihr sehnte! Was ich ihr nicht alles geben wollte! Was ich nicht alles für sie tun wollte! Sie hatte alles verdorben. Alles!

Der Mann hieß Per Svensson und war verheiratet. Er hatte eine kleine Tochter, erst ein Jahr alt. Svensson war Ingenieur und arbeitslos. Daher musste seine Frau ihre alte Arbeit als Nachtschwester wiederaufnehmen. All das erfuhr ich von der Hausmeisterin Frau Berggren. Sie war diejenige, die am meisten über die Leute in der Mietskaserne wusste. Ich hatte bei Konsum ein Buch mitgenommen und den Namen Svensson auf die erste Seite geschrieben. Dann erzählte ich Frau Berggren, ich hätte es auf dem Bürgersteig vor dem letzten Treppenaufgang gefunden. Ohne dass ich weiter darum bitten musste, unterbreitete sie mir sofort alles Wissenswerte über die Familie Svensson.

Sie traf sich also mit einem verheirateten Liebhaber. Sie war nicht rein.

Ich hörte sie noch drei weitere Male an meinem Fenster vorbeigehen, dann fasste ich meinen Beschluss.

Als sie jenes letzte Mal aus der Haustüre trat, sah sie mich. Ich war nicht unsichtbar. Sie sah mich! Dieser Blick gefiel mir.

Ein Hundebesitzer, der früh unterwegs war, fand die Leiche unter einem dichten Busch. Ein Fuß schaute unter den Ästen hervor. Bis auf ein rosa Halstuch, das eng um ihren Hals lag, war sie nackt. Ihre Kleider waren neben die Leiche geworfen worden. Der Slip fehlte. Sie sei vergewaltigt worden, stand in den Zeitungen. Ich habe alle Zeitungsartikel aufgehoben.

Die Polizei ging mehrere Tage von Tür zu Tür und befragte alle Anwohner, aber niemand hatte in der Mordnacht etwas gehört oder gesehen. Mehrere Mieter hatten sie jedoch an anderen Tagen vorbeigehen sehen, und zwar, was die Polizei sehr erstaunte, stets um Mitternacht. Ich schien die einzige Ausnahme zu sein, sagte aber nichts. Stattdessen meldeten sich zwei Nachbarinnen der Svenssons. Die eine wohnte in der Wohnung unter der Familie und war zweimal nach Mitternacht von klappernden Absätzen im Treppenhaus geweckt worden. Beide Male hatte sich die Person ins oberste Stockwerk begeben. Natürlich habe sie sich gefragt, warum Frau Svensson mitten in der Nacht nach Hause komme. Auch die Witwe in der Wohnung neben den Svenssons wunderte sich darüber. Eines Nachts sei sie sogar aufgestanden und habe an der Tür gelauscht. Deutlich seien zuerst das gedämpfte Lachen einer Frau und dann ein Kuss zu hören gewesen, bevor die Nachbartür wieder geschlossen worden sei.

Frau Svensson erklärte, zu den fraglichen Zeiten im Krankenhaus gearbeitet zu haben, was ihre Kollegen bestätigen konnten. Ingenieur Svensson wurde während mehrerer Vernehmungen so unter Druck gesetzt, dass er schließlich zusammenbrach und die Affäre gestand. Er bestritt jedoch unablässig, sich eines Mordes schuldig gemacht zu haben. Trotzdem wurde er des Mordes für schuldig befunden und zu neun Jahren Gefängnis verurteilt.

Heute Nacht sind genau 45 Jahre seit ihrem Tod verstrichen. Das ist eine lange Zeit. Aber während all der Jahre habe ich ihre Schritte jede Nacht gehört. Ich kann mich nicht hinlegen, ehe sie an meinem Fenster vorbeigegangen ist. Erst dann hole ich Mamas Keksdose. Sie ist aus schwarzem Blech mit einer abgegriffenen Rose auf dem Deckel und steht ganz hinten auf dem obersten Brett in der Speisekammer. Man muss sich auf einen Hocker stellen, um sie zu erreichen. Immer wenn ich den Deckel öffne, beginnen meine Hände vor Erwartung zu zittern.

In der Dose liegen ein rosa Haarband, ein weißer Spitzenslip und zwei rosa Ohrringe aus Plastik, die damals sehr modern waren. Und unter diesen Gegenständen die Zeitungsausschnitte. Ich fasse nie etwas an, sondern stecke einfach nur meine Nase in die Dose und rieche. Es duftet immer noch nach ihr. Das Gefühl, das mich dann erfüllt, ist unbeschreiblich! Anschließend fühle ich mich vollkommen zufrieden. Ich brauche sonst nichts. Außer ihr hat es nie jemanden gegeben.

Jetzt sitze ich hier und warte auf sie. Heute Nacht habe ich die Dose hervorgenommen, und sie liegt auf meinem Schoß. Sobald sie vorbeigegangen ist, werde ich rasch den Deckel öffnen und mich an ihrem Duft berauschen. Das ist zwar nicht die übliche Routine, aber es ist ja so etwas wie ein Jubiläum.

Jetzt höre ich ihre Schritte direkt vor dem Haus.

Seltsam. Sie bleibt stehen. Das hat sie noch nie getan. Sie geht doch immer bis zum hintersten Eingang weiter. Jetzt sind ihre Schritte direkt vor meiner Tür zu hören. Unmöglich! Ich habe doch gar kein Geräusch an der Haustüre gehört. Sie ist nachts immer abgeschlossen. Jetzt klopft es an meiner Tür! Oh Gott! Das ist …

DIE KELLERJUNGEN VON UNNA

Die *Kellerjungen* halten ihre Versammlungen zwei Mal im Jahr ab. Das Frühlingstreffen findet immer am ersten Samstag im April statt und das Herbsttreffen am ersten Samstag im November. So ist es in den zwanzig Jahren seit Bestehen des Klubs immer gewesen. Er wurde auf Initiative des Finanzmannes Horst Wagner gegründet, die Mitglieder waren seine engsten Freunde. Er war, wie jeder von ihnen auch, seit jeher eine der Stützen der Gesellschaft Unnas gewesen. Kurz nachdem er sein Studium der Betriebswirtschaft abgeschlossen hatte, erbte er nach dem unerwarteten Tod seines Vaters ein blühendes Unternehmen. Zu dem Imperium gehörten zudem ältere und neuere Immobilien sowie ein beträchtlicher Grundbesitz. Wagners Vater hatte seine Gewinne in andere erfolgreiche Unternehmen im Ruhrgebiet investiert und so sein Risiko minimiert. Horst Wagner hatte den Betrieb weiter gut verwaltet und war inzwischen zweifellos einer der vermögendsten Männer Westfalens. Offiziell hieß es, die *Kellerjungen* seien ein exklusiver Klub von Herren, die sich hauptsächlich für feine Speisen und teure Weine interessierten und zudem karitative Projekte unterstützten. In Wirklichkeit diente der Klub den anfänglich jüngeren, inzwischen schon älteren Männern als Kulisse, hinter der sie Poker spielen und sich betrinken konnten, ohne dass ihnen jemand dabei zusah.

Um ihr Weininteresse glaubhaft zu machen, hatten sie in den ersten Jahren mit dem Sommelier des Restaurants *Ölckenthurm* gelegentlich Weine verkostet. Aus dem Restaurant wurde auch das Essen für die Treffen geliefert. Nach den ersten Verkostungen begannen die *Kellerjungen,* sich ernsthaft für teurere Weine zu interessieren. Einstimmig wurde beschlossen, dass ein Teil des Pokereinsatzes für den Kauf interessanterer Weine verwendet werden solle. Dann blieb zwar weniger für die Wohltätigkeit übrig, aber den Grund dafür kannten nur die Mitglieder des Klubs, und die sahen keine Veranlassung, ihn der Öffentlichkeit bekanntzugeben.

Die Flaschen lagerten im Keller von Horst Wagners recht zentral in Unna gelegenem, denkmalgeschütztem großem Haus, das er nach seiner Scheidung allein bewohnte. Die Ehe war kinderlos gewesen. Bei mehreren der letzten Treffen der *Kellerjungen* hatte er betont, dass er nicht vorhabe, wieder zu heiraten, was allerdings nicht daran lag, dass er keine Frauen gehabt hätte. Im Gegenteil. Sein Interesse am anderen Geschlecht war die Hauptursache für das Scheitern seiner Ehe gewesen.

Das Haus stammte aus der Mitte des 18. Jahrhunderts und lag neben der Evangelischen Stadtkirche, mit deren Bau bereits 1322 begonnen worden war. Wagner behauptete immer, dass der Keller seines Hauses ebenfalls aus dieser Zeit oder vielleicht sogar noch älter sei. Möglich wäre es, denn in Unna gab es viele Keller aus dem Mittelalter. Der große Stadtbrand von 1723 hatte die meisten Häuser zerstört, aber die unterirdischen Kellergewölbe waren erhalten geblieben. Die neuen Häuser konnten auf den alten Kellern errichtet werden, die noch heute genutzt wurden.

Natürlich war es auch Horst Wagner gewesen, der sich den Namen *Kellerjungen* ausgedacht hatte. Er bezog sich auf die Sage von dem jungen Mann, der in einem der Keller von Unna verschwunden war. Zwei junge Burschen waren von einer lieblichen Frauenstimme in einen Keller gelockt worden. Was dort unten geschah, wusste bis heute niemand. Der eine der beiden erwachte in dem dunklen Gewölbe und bemerkte, dass er allein war. Es gelang ihm, die Treppe nach oben zu finden und die Bewohner des Hauses zu verständigen. Man suchte in allen Winkeln des Kellers, aber von dem verschwundenen Freund des Jünglings war keine Spur zu finden. Er war und blieb verschwunden. Der andere junge Mann konnte sich an nichts erinnern, auch nicht daran, was die Frau eigentlich gesagt hatte. Nur dass ihre Stimme verführerisch gewesen war, wusste er noch.

Das alles sollte vor mehreren hundert Jahren passiert sein. Damals besaßen viele Keller in Unna einen Tunnel, durch den man im Krieg oder in Zeiten der Unruhe zur Kirche fliehen konnte. Aber die Sage wusste zu berichten, dass der Keller, in den die Jünglinge hinabgestiegen waren, keinen solchen Fluchttunnel besessen hatte. Man glaubte jedoch, dass es trotzdem einen gegeben hatte. Wer die Frau gewesen war, die die jungen Männer nach unten gelockt hatte, konnte jedoch in all den Jahrhunderten nie geklärt werden.

Bei Gründung des Klubs waren die *Kellerjungen* zu zwölft gewesen, aber mittlerweile kamen nur noch zehn zu den Treffen. Wolfgang Böll war vor fünf Jahren nach New York gezogen, und Ralph Thomas war direkt vor dem Herbsttreffen an Leukämie gestorben.

Nach seinem Tod hatten sie vorsichtig begonnen, die Aufnahme neuer Mitglieder zu erwägen, denn sie befürchteten, dass die letzte Aktivität des Klubs nur aus einer Partie Patience bei einer Pizza vom Pizzaservice bestehen würde, wenn das letzte verbliebene Mitglied die letzte Versammlung abhielt. Das war keine erfreuliche Zukunftsperspektive. Es war vielleicht an der Zeit, darüber nachzudenken, wie neue Mitglieder zu rekrutieren seien. Zu dieser Frage wollten sie beim Herbsttreffen 2009 einen Beschluss fassen.

Die Glocke der Stadtkirche schlug acht, als die ersten Herren eintrafen. Eine Viertelstunde später waren sie vollzählig. Horst Wagner hob sein Champagnerglas und hieß alle zur Herbstversammlung der *Kellerjungen* willkommen. »Diese Versammlung ist wichtig, da wir eventuelle Neuaufnahmen von Mitgliedern besprechen wollen. Aber natürlich wollen wir erst gut essen und trinken. Das Essen dieses Abends habe ich ausgesucht, die Getränke Andreas. Mit diesem trockenen *Palmer Millesime* von 1998 hat unser Kamerad Andreas eine sehr gute Wahl getroffen, die diesen Abend sehr vielversprechend einleitet«, sagte Wagner und hob sein Glas in Richtung des Mundschenks des Abends.

Mundschenk Andreas Fritze errötete leicht bei dem Lob. Er war Apotheker und nach ein paar Jahren in Kamen in seinen Geburtsort zurückgekehrt. Er war schon seit der Kindheit Wagners bester Freund.

Mit geheimnisvoller Miene ging Horst Wagner, der für die Speisen des Abends verantwortlich war, in die Küche und brachte von dort ein Tablett mit. Der erste kulinarische Höhepunkt des Abends. Kanapees mit Räucherlachs, Schnittlauch und schwedischem Kaviar aus eiskalten Gebirgsseen passten perfekt zum Champagner. Wagner hatte den Kalix-Kaviar und den Lachs im Delikatessengeschäft des Stockholmer Flughafens Arlanda gekauft. Die Kanapees hatte er nicht selbst zubereitet, das hatten wie immer die Kaltmamsellen aus dem *Ölckenthurm* übernommen. Zusammen mit den fähigen Köchen des Restaurants hatte er das Menü des Abends zusammengestellt. Daraufhin hatte Andreas Fritze nur noch mit seinen Weinkenntnissen das dazu passende Getränk finden müssen. Das war immer die spannende Frage bei ihren Treffen.

Dieses Ritual hatten sie sich nach den ersten Verkostungen einfallen lassen. Sie wechselten sich damit ab, die Speisenfolge auszuwählen. Dieses Menü war geheim. Der jeweilige Mundschenk des Abends, und diese Aufgabe ging ebenfalls reihum, hatte dafür zu sorgen, dass die Weine mit den Gerichten harmonierten.

Damit das nicht vollkommen schiefging, hatte man entschieden, dass sich der Gastgeber und der Mundschenk stets gemeinsam in den Weinkeller begaben, um einen passenden Wein auszusuchen. Der Gastgeber hatte dabei nur eine beratende Funktion inne, die Entscheidung lag beim Mundschenk. Die Flasche, für die sie sich entschieden, wurde von der gesamten Tischrunde verkostet. Mundete der Wein nicht, so mussten die beiden wieder in den Keller hinabsteigen und einen anderen aussuchen. Dieses Ritual vollzog sich bei Vorspeise, Hauptgang und Dessert. So konnte es geschehen, dass die beiden an einem Abend viele Male im Keller ihre Auswahl treffen mussten.

Die üppigen Mahlzeiten der *Kellerjungen* fanden immer im großen Esszimmer von Wagners Haus statt. Das behutsam renovierte Gebäude war mit Antiquitäten eingerichtet. Alle waren jedoch dankbar dafür, dass die Stühle am Esstisch neu und bequem, wenn auch nach einem alten Vorbild gefertigt waren. Der breite Eichentisch stammte jedoch aus dem frühen 17. Jahrhundert, die riesige barocke, geschnitzte Anrichte ebenfalls. Über dem Tisch hing ein prächtiger Kronleuchter. An den beiden Tischenden standen imposante silberne Kandelaber mit je acht Kerzen.

Nach dem Hauptgang flackerten die Kerzen friedlich über den leeren Tellern, auf denen sich nur noch Soßenreste befanden. Wachs war auf die weiße Damasttischdecke getropft. Die Herren hatten das nicht bemerkt, es war ihnen auch egal. Die Glasleuchter an den Wänden waren heruntergedimmt. Alle Lichter funkelten in den Prismen des riesigen Kronleuchters, dessen Glühbirnen jedoch nicht brannten. Die Stimmung am Tisch war ausgelassen, und in der Küche standen bereits ungewöhnlich viele leere Flaschen.

»Meine lieben Freunde, die Steinpilzsuppe als Vorspeise und der Rehbraten *Capreol* mit Kastanien, gedünstetem Rosenkohl und Kartoffeln sowie Zucchinibratlingen war eine hervorragende Wahl. Ein besseres Herbstgericht lässt sich kaum denken! Der *Château La Reyne L'Excellence* von 2006 zum Braten war ein Volltreffer, Andreas. Dieses kulinarische Glanzlicht bildet eine gute Grundlage für den Beschluss über die Rekrutierung neuer Mitglieder für unseren glorreichen Klub. Ich bedanke mich bei Horst und Andreas, den beiden Verantwortlichen für den heutigen Abend. Wir trinken darauf, dass die *Kellerjungen* noch viele Jahre fortbestehen mögen!«

Bankdirektor Heinrich Norbert hob sein Glas in Richtung von Horst und Andreas. Er hatte wie die anderen Herren bereits sein Jackett abgelegt und die Ärmel hochgekrempelt. Die Rötung seines Gesichts hatte mit der Zahl der konsumierten Weinflaschen zugenommen. Er schmatzte zufrieden, nachdem er den letzten Schluck des herben, aber vollen Rotweins getrunken hatte. Anschließend ergriff er erneut das Wort: »Ich bin schon sehr gespannt, was es für ein Dessert gibt. Und welchen Wein dazu. Das wird richtig aufregend!«

Er schenkte Horst Wagner ein joviales Lächeln, und dieser erhob sich rasch. Etwas zu rasch, wie er bemerkte, als der Boden unter ihm schwankte. Das Essen und die Weine waren wirklich gut gewesen. Er nickte Andreas zu, dass er ihn begleiten solle. Es war an der Zeit, dem Mundschenk zu verraten, welche Nachspeise es geben würde. Alle Herren am Tisch sahen, wie Andreas Fritze und Horst Wagner mit gesenkten Köpfen und gebeugten Rücken im schummerigen Durchgang zur Küche verschwanden. Dieser Durchgang wurde, weil er so niedrig war, nur von zwei Wandlampen erleuchtet. Aus demselben Grund waren auch entlang der Kellertreppe die Lampen an den Wänden angebracht.

Die beiden Gastgeber des Abends traten in die Küche, und Horst kontrollierte als Erstes, ob der verführerisch duftende Apfelkuchen geliefert worden war. Sehr gut, er war noch lauwarm. Mit dem Himbeerparfait und einem richtig guten Dessertwein würde er dieses Diner vervollkommnen. Das Restaurant *Ölckenthurm* war wirklich wieder zu Hochform aufgelaufen. Er würde zwei Mal in die Küche gehen müssen, erst um den lauwarmen Kuchen, dann um das eiskalte Himbeerparfait zu holen. Aber zuvor musste er sich mit Andreas in den Keller begeben und einen passenden Wein aussuchen. Vielleicht einen *Sauternes,* dachte Horst, als sie in den schwach erleuchteten Durchgang zur Küche traten.

Die Tür zur Küche lag am Ende dieses Korridors. Daneben war eine schmale Tür, die auf den Hof führte. Gegenüber lag die Kellertreppe. In eine Nische neben der Treppe hatte Wagner eine Gästetoilette einbauen lassen. Sie war winzig, wurde aber allgemein geschätzt, da seine Gäste sonst immer in den ersten Stock hätten gehen müssen. In diesen alten Häusern war es oft schwierig, modernen Bedürfnissen Rechnung zu tragen. Der Korridor stellte eine Abkürzung zur Küche dar.

Man konnte aber auch durch die Diele und über einen langen Gang mit Geschirrschränken dorthin gelangen, wenn man sich nicht bücken oder den Kopf anschlagen wollte. Aber Horst und seinen Gästen gefiel der niedrige Gang, der einem das Alter des Hauses ins Bewusstsein rief. Außerdem konnte man nur auf diesem Weg in den Weinkeller gelangen.

Die Unterhaltungen und das Gelächter hallten von der weißen Decke des Esszimmers wider. Die Kerzen warfen Schatten an die Wände, und obwohl das Feuer in dem offenen Kamin heruntergebrannt war, verbreitete es immer noch eine angenehme Wärme. Es war ein weiterer perfekter Abend im Kreise der Freunde.

Nach einer Weile erhob sich Friedrich Eckert. Auch er war seit Kindertagen ein Freund Horst Wagners und Andreas Fritzes. Seit jungen Jahren lebte er vom Schreiben und war seit langem Journalist bei der Lokalzeitung. Außerdem schrieb er Gedichte. Beides war nicht sonderlich einträglich. Wären sie nicht schon so lange befreundet gewesen, wäre er wohl kaum in den Klub aufgenommen worden. Er war seinerzeit auch nur etwas widerwillig eingetreten, aber dann Mitglied geblieben. Die Mitgliedschaft garantierte ihm immerhin zwei Mal im Jahr einen erstklassigen Rausch und ein paar nette Partien Poker. Er erhob sich und wischte sich mit der schon nicht mehr sehr sauberen Damastserviette den Schweiß von der Stirn. Dann steuerte er leicht schwankend den Durchgang zur Küche an.

Bernhard Stempel und Jan Berthold saßen so, dass sie in den Durchgang hineinschauen konnten. Sie sahen Eckerts breiten Rücken im Halbdunkel verschwinden. Der Journalist öffnete die Tür der Gästetoilette. Sein Bierbauch war ihm im Weg, als er versuchte, durch die schmale Tür zu kommen. Es kostete ihn einige Anläufe, bis ihm dies gelang. Kurz darauf hatte er ebenso große Mühe damit, die Toilette wieder zu verlassen. Er stützte sich an der Wand ab, als er sich wieder zurück ins Esszimmer begab. Schwer atmend ließ er sich auf seinen Stuhl sinken und wischte sich erneut mit seiner Serviette den Schweiß von der Stirn.

»Kann es wirklich so verdammt lange dauern, sich für einen Dessertwein zu entscheiden?«, meinte Heinrich Norbert humorig mit seiner dröhnenden Stimme, die allerdings etwas ungeduldig klang.

Die Herren am Tisch kamen rasch zu dem Schluss, dass sich die beiden Gastgeber wirklich ungewöhnlich viel Zeit im Kellergewölbe ließen.

»Ich sehe mal nach, was daran so schwierig ist«, sagte Norbert mit Nachdruck.

Stempel und Berthold sahen, dass er erst kurz in der Toilette verschwand und dann die Kellertreppe hinunterstieg.

Plötzlich machte sich bei den Herren an der Tafel das Gefühl breit, dass etwas nicht in Ordnung war. Ein gewisses Unbehagen drang durch die alkoholgeschwängerte Stimmung und forderte Aufmerksamkeit. Nach einer Weile verstummten sie und lauschten.

Ein Schrei. Jemand schrie. Nein, ›brüllte‹ war vermutlich der richtige Ausdruck.

»Das kommt aus dem Keller«, stellte Jan Berthold fest.

Wie auf Kommando erhoben sich die Männer gleichzeitig von der Tafel und schoben sich in geordneter Formation durch den engen Gang zur Kellertreppe. Mehrere schlugen sich den Kopf an dem Ziegelgewölbe an und fluchten laut. Jan Berthold verstauchte sich den Fuß, als ihn jemand anstieß und er auf der Treppe ausrutschte. Doch das Bild, das er im Keller sah, ließ ihn den Schmerz schnell vergessen.

Heinrich Norbert kniete mit blutigen Händen neben Andreas Fritze. Norbert schrie aus vollem Hals:

»Ruft einen Krankenwagen! Er lebt noch! Beeilt euch!«

Stempel, der ganz hinten auf der Treppe stand und nichts von dem, was unten vorging, sehen konnte, eilte in das Speisezimmer zurück und holte sein Handy.

Der Notruf ging bei der Polizei um 23.18 Uhr ein. Ein offenbar nicht mehr ganz nüchterner Mann behauptete, ein bewusstloser, verletzter Mann liege in einem Weinkeller und ein weiterer sei spurlos verschwunden. Als der Polizist ihn fragte, von wo aus er anrufe und wer die anderen Männer seien, antwortete er: »Die *Kellerjungen.* Wir hatten … unsere Versammlung. Hier … bei Horst.«

»Bei welchem Horst?«, fragte der Polizist geduldig.

»Wagner. Horst Wagner. Er ist weg.«

Die Stadt Unna ist so klein, dass der Polizist sofort wusste, dass es sich um den vermögenden Immobilienbesitzer handeln musste. Aber wer waren die *Kellerjungen?* Man muss sich wirklich einiges anhören, dachte der Polizist müde und verständigte einen Streifen- und einen Krankenwagen.

Mehrere Wochen lang durchsuchte die Unnaer Kripo den alten Keller Millimeter für Millimeter. Es gab keinen Geheimgang. Der, den es einmal gegeben hatte, war sorgfältig zugemauert. Eventuelle Fußspuren im Staub des Fußbodens hatten die herbeieilenden *Kellerjungen* vernichtet, als sie ›wie eine Herde betrunkener Elefanten‹, so drückte sich einer der Kriminalinspektoren aus, in den Keller hinuntergeeilt waren. Die einzigen Blutflecken stammten von Andreas Fritzes stark blutender Wunde am Hinterkopf. Er hatte eine schwere Gehirnerschütterung davongetragen, und man hatte ihn zwei Tage zur Beobachtung im Katharinen-Hospital behalten. Die Ärzte versicherten, dass er keine bleibenden Schäden davontragen würde.

Von Horst Wagner fehlte jede Spur. Die schmale Pforte zum Hof war von innen verschlossen gewesen. Und keiner der Herren hatte ihn durch die Haustür verschwinden sehen. Mehrere von ihnen hatten die Haustür von ihren Plätzen aus im Blick gehabt. Mindestens zwei hatten den Durchgang zur Küche sehen können und so auch die Pforte auf den Hof.

Niemand hatte Horst Wagner das Haus verlassen sehen.

Liebe Freunde!
Wenn ihr dies hier lest, bin ich tot. Dieser Brief ist meine Lebensversicherung, und zwar buchstäblich. Ich habe Müller gesagt, dass dieser Brief bei meinem Rechtsanwalt liegt und nach meinem Tode geöffnet wird, damit er gar nicht erst auf irgendwelche Ideen kommt. Ich kann die Wahrheit, solange ich lebe, jedoch nicht preisgeben. Ich gebe zu, dass ich feige bin. Der Gedanke an die Gefängnisstrafe schreckt mich ab. Ich muss mit meinem schlechten Gewissen und mit meinen Dämonen leben. Wenn es am schlimmsten ist, hilft nur noch der Alkohol. Ich weiß, dass das gefährlich ist, man verplappert sich dann leicht, aber ich versuche immer, allein zu trinken. Daran bin ich übrigens gewöhnt.

Keiner der Polizisten hat bedacht, dass das Essen mit dem Auto geliefert wurde. Horst hatte wie immer alles im Ölckenthurm bestellt. Der Cateringservice des Restaurants sorgte dafür, dass alles pünktlich angeliefert wurde. Kopfzerbrechen bereitete nur das Dessert, das sowohl lauwarm als auch eiskalt sein musste. Man konnte es also nicht gleichzeitig mit der Vorspeise und dem Hauptgang liefern. Der Apfelkuchen wäre kalt geworden, und die halbgefrorene Sahne des Himbeerparfaits hätte sich im Kühlschrank in normale Sahne oder im Gefrierschrank in ganz gewöhnliches Eis verwandelt. Die einzige Möglichkeit war, das Dessert später anzuliefern. Man müsse einfach nur per SMS mitteilen, wann es geliefert werden solle, hatte der hilfsbereite Koch vorgeschlagen. »Ausgezeichnet«, hatte Horst gemeint und sich beim Koch Michael Müller herzlich bedankt. Er war sich nicht bewusst gewesen, dass ihn Müller bei der Wahl des Desserts manipuliert hatte. Wahrscheinlich war ihm gar nicht klar gewesen, wer Michael überhaupt war.

Ich treffe Michael gelegentlich auf der Trabrennbahn. Wir wetten beide gern auf Pferde. Im Laufe der Jahre haben wir uns recht gut kennengelernt. Letztes Jahr befand ich mich in einer ziemlichen Klemme, da ich bei ein paar Wucherern im Internet Geld geliehen hatte. Michael hatte gerade eine größere Summe gewonnen und konnte mir aushelfen. Leider kehrte mein Glück im Spiel nicht mehr zurück, und ich schulde ihm immer noch 15.000 Euro. Mir ist klar, dass ich diese Summe nie werde zurückzahlen können. Im September 2009 rief mich Michael an. Er sagte, wir müssten uns sofort treffen. Wir einigten uns auf die Trabrennbahn. Das war ein ganz unauffälliger Treffpunkt. Niemand dort würde etwas von unserer Unterhaltung mitbekommen. Ohne Umschweife erklärte Michael, dass er vorhabe, Horst Wagner zu ermorden. Ich sollte ihm dabei helfen. Michael war dahintergekommen, dass seine Frau eine Affäre mit Wagner hatte. Beate Müller arbeitete bei Wagner in der Buchhaltung. Sie ist zwar ein paar Jahre jünger als ihr Mann und sehr gutaussehend, doch von Affären hatte ich bislang noch nie etwas gehört. Es stimmte aber offenbar, und Michael war außer sich. Sie haben ein noch recht kleines Kind, ich habe also ein gewisses Verständnis für ihn.

Als wir uns trafen, stand Michaels Plan bereits fest. Er sollte beim Herbsttreffen der Kellerjungen in die Tat umgesetzt werden. Michael würde mit Horst Wagner das Menü für den Abend planen, und ich würde beim Essen der Kellerjungen dort zu Gast sein. »Perfekt«, fand Michael. Ich hatte Zweifel, sah aber keine Möglichkeit, die Sache irgendwie abzuwiegeln.

Beim Herbstfest lieferte Michael persönlich das Essen. Eigentlich fiel das Treffen auf sein freies Wochenende, er hatte sich jedoch bereit erklärt, bei der Lieferung mitzuhelfen. Da war weiter nichts dabei, da das beliebte Restaurant den ganzen Abend ausgebucht war. Der Eigentümer hatte Michaels Angebot, Überstunden zu machen, dankbar angenommen.

Horst hatte das große schmiedeeiserne Tor in der Mauer offen gelassen, damit der Lieferwagen des Ölckenthurm auf den Hof fahren konnte. Die schmale Hintertür war ebenfalls unverschlossen, damit Michael das Essen in die Küche stellen konnte. Die Hintertür sollte den ganzen Abend über nicht abgeschlossen werden, damit Michael das raffinierte Dessert anliefern konnte, wenn es an der Zeit war. Dann sollte er unbemerkt verschwinden und erst am Tag darauf zurückkehren, um das schmutzige Geschirr abzuholen.

So sah das Programm des Abends aus, aber Michael hatte ganz andere Pläne. Nachdem er das Dessert auf den Küchentisch gestellt hatte, lauschte er an der Küchentür. Während Heinrich Norbert seine Rede hielt und die Vor- und Hauptspeise lobte und die Aufmerksamkeit aller dem Redner zugewandt war, schlich Michael sich in den Keller. Er hatte ein Eisenrohr und ein Messer dabei. Er versteckte sich im Keller und wartete auf seine Opfer. Als die beiden nichts ahnenden Gastgeber des Abends kamen, um den Dessertwein auszuwählen, schlug Michael Andreas von hinten das Eisenrohr auf den

Kopf. Andreas brach sofort zusammen und bekam von dem Angriff überhaupt nichts mit. Den schockierten Horst Wagner hielt Michael mit dem Messer in Schach. Er stieß ihn die Treppe hoch und wartete, bis ich die Tür zur Toilette geöffnet hatte. Die Tür und ich verstellten die Sicht vom Speiseraum aus. Niemand sah, wie Michael Horst vor sich her durch die Hintertür und zu seinem Lieferwagen im Hof trieb. Für den Bruchteil einer Sekunde begegnete ich Horsts Blick. Der Ausdruck seiner Augen wird mich den Rest meines Lebens verfolgen. Ich schaute weg und tat so, als sei nichts. Meine einzige Aufgabe bestand darin, den Blick auf die Kellertreppe und die Hintertür zu blockieren, damit Michael Horst ungesehen auf den Hof bringen konnte. Anschließend sollte ich rasch den Schlüssel im Schloss der Hintertür umdrehen. Das konnte ich mit der Hand tun, die von den Gästen im Speisesaal nicht zu sehen war. Sie würden nur sehen, wie ich mich abmühte, mich durch die schmale Tür der Toilette zu zwängen. Das musste ich gar nicht spielen, da es mir mein zunehmendes Gewicht in den letzten Jahren immer schwerer macht, mich in engen Räumlichkeiten zu bewegen. Michael wies mich mehrmals darauf hin, dass ich eine Serviette mitnehmen müsse, damit man nicht auf dem Schlüssel meine Fingerabdrücke fände.

Ich tat, worum er mich bat. Er hat mir meine Schulden erlassen. Doch meine Strafe kann mir niemand nehmen. Ich kann nicht mehr schlafen.

Was geschah mit Horsts Leiche? Ich vermute, dass er in Unna-Massen begraben liegt. Das Aussiedlerlager dort ist mittlerweile ganz geräumt. Niemand weiß, was mit den Häusern geschehen wird. Das Haus von Michael und Beate liegt ganz in der Nähe. Er hat sich gelegentlich darüber ausgelassen, wie unnötig es sei, Abfluss- und Wasserleitungen in der Geisterstadt zu sanieren. Dazu war man jedoch gezwungen, da bei Rohrbrüchen große Schäden an Straßen und Häusern entstanden sind. Ich vermute, dass er die Leiche irgendwo vergraben hat, wo gerade eine Leitung repariert wurde. Ein paar Tage später waren dann vermutlich die Straßenbauer da und haben das Grab asphaltiert.

Der Tod schreckt mich nicht. Er ist nicht endgültig. Diese Einsicht sah ich in Horsts Augen. Dort sah ich auch die Hoffnung aufschimmern, dass das Ganze nur ein grausamer Scherz sei. Dass er Michaels Messer doch noch entgehen würde. Aber niemand entgeht dem Tod. Auch ich werde eines Tages sterben. Dann werdet ihr die Wahrheit erfahren und könnt euch auf die Suche machen.

Friedrich Eckert
Journalist und Dichter

DIE ÜBLICHE GESCHICHTE

Der Juni war ungewöhnlich kalt und verregnet, aber wie durch eine unerwartete Gunst des Wettergottes hatte sich gerade rechtzeitig zum Mittsommerwochenende eine kleine Hochdruckfront eingestellt.

Die Kälte des Meerwassers war aus dem frischen Wind zu erahnen, der sie ab und zu frösteln ließ. Sie gingen an den Strand hinunter, um ein letztes Mal zu baden. Er hatte Seife dabei. Mit einem Gefühl der Wehmut wuschen sie sich die Liebesdüfte von ihren Gliedern. Sie mit sich herumzutragen war ausgeschlossen. Für ihn war das weniger wichtig, da er im Sommerhaus bleiben würde. Sie musste jedoch die Spuren der vergangenen vierundzwanzig Stunden tilgen. Niemand durfte Verdacht schöpfen.

Nach dem Bad in dem kühlen Wasser wickelten sie sich in ihre Badetücher und gingen langsam zurück zu dem Sommerhaus. Sie hielten sich ganz fest an den Händen, als wollten sie sich nie mehr loslassen. Beide fühlten sich nach der intensiven Zeit erschöpft. Sie hatten sich in der Nacht nur wenige Stunden Schlaf gegönnt und waren sich bewusst, dass eine hoffnungslose Leidenschaft von ihnen Besitz ergriffen hatte. Ihre Zeit war immer begrenzt und meist genau bemessen. Einen Tag und eine Nacht zusammen verbringen zu dürfen war ein Geschenk des Himmels. Also hatten sie diese Stunden auch maximal genutzt. Mehrere Wochen würden bis zur nächsten Begegnung verstreichen, da sie verreisen musste, um einige Sommerwochen mit ihrer Familie zu verbringen. Vielleicht war es ja ein eitles Unterfangen, möglichst viel Erfüllung anzusammeln, damit sie bis zur nächsten Begegnung vorhielt. Schließlich wussten sie beide, dass es so nicht funktionierte. Schon nach wenigen Tagen würde sich eine zunehmende, fieberhafte Sehnsucht im Körper ausbreiten, und die Gedanken aneinander drehten sich immer schneller im Kopf. Telefongespräche verstärkten diese Sehnsucht nur. Aber sie hatten gelernt, sich zu gedulden, immer auf der Hut zu sein und ihre Lust und ihre Liebe geheim zu halten.

Es war die übliche Geschichte: Sie war verheiratet.

Als sie auf der verglasten Veranda saßen und Hering und Kartoffeln aßen, hielt er plötzlich mit erhobener Gabel inne. Ein Tropfen Sauerrahm fiel auf das geblümte Tischtuch, aber er merkte es nicht.

»Ich wünsche mir, dass Åke bald stirbt!«, sagte er verbittert.

Ihre Augen weiteten sich entsetzt.

»Aber … so etwas darfst du nicht sagen«, protestierte sie schwach.

»Du willst es doch auch. Warum also heucheln?«

Er mied ihren Blick und sah durch ein Sprossenfenster ins Freie. Die kleinen Scheiben bildeten ein abstraktes Muster. Einige waren aus normalem Glas, andere aus grünem oder blauem. Das Farbspiel auf seinem Gesicht, als die Sonne durch das bunte Glas schien, ließ den Eindruck entstehen, er habe sich mit Tarnfarbe geschminkt. Sie lächelte und strich ihm zärtlich über seine buntschillernde Wange.

»Mit der Zeit wird alles gut, das weißt du doch«, sagte sie leise.

Er nickte und wirkte mit einem Mal beschämt.

»Ja. Verzeih mir. Aber ich finde es so … frustrierend. Dass

wir hier nicht zusammenwohnen können, sondern die ganze Zeit aufpassen müssen. Dass wir uns nicht zusammen in der Stadt zeigen dürfen … das ist unerträglich!«

Er ergriff ihre Hand und küsste sie.

»Du weißt, dass alles gut wird«, wiederholte sie ernst.

»Jaja. Aber manchmal will man einfach nachhelfen …«

Er hielt inne, als sie ihre Hand zurückzog. Rasch senkte sie den Kopf, aber er meinte, Tränen in ihren Augen erblickt zu haben.

»Entschuldige. Ich wollte dich nicht …«, sagte er voller Reue.

Sie nickte schweigend.

»Er wird nicht mehr so lange leben«, sagte sie tonlos.

»Ich weiß. Aber es geht zu langsam!«

Schweigend schob sie Essen auf ihre Gabel. Der Anblick ihrer zitternden Hände beschämte ihn. Jetzt hatte er sie betrübt und aufgewühlt. Warum musste er auch immer wieder von Åke reden! Aber ihr Mann stand zwischen ihnen. Man kam nicht um ihn herum. Im Normalfall hätte sie sich scheiden lassen können. Aber jetzt war eben nichts normal.

Zärtlichkeit wallte in ihm auf, als er sie betrachtete. Er beugte sich über den Tisch und umfasste ihr Gesicht mit beiden Händen. Behutsam zwang er sie, ihm in die Augen zu schauen.

»Liebes. Verzeih mir. Das wollte ich nicht … das weißt du. Ich liebe dich. Ich liebe dich mehr als alles andere auf dieser Welt!«

Das klang selbst in seinen Ohren recht trivial, aber er konnte es nicht besser ausdrücken, dabei bemühte er sich wirklich. Keine andere Frau hatte je so starke Gefühle in ihm erweckt oder ihn auch nur dazu verlockt, seine eigenen Gefühle in Worte zu kleiden. Aber jetzt versuchte er es von ganzem Herzen.

Sie hörte nicht so sehr auf seine Worte wie auf seinen Tonfall, dem sie alles, was er für sie empfand, entnehmen konnte: Liebe, Begehren, Respekt, Stolz und all die Gefühle, die er nicht in Worte fassen konnte. Sie war die glücklichste Frau der Welt, die diese Gefühle in so einem Mann hervorrufen konnte. Wenn nur nicht …

Sie zwang sich, alle negativen Gedanken beiseitezuschieben.

»Nein, jetzt wollen wir nur noch an die uns verbleibenden Stunden denken«, sagte sie mit einem energischen Lächeln.

»Unbedingt! Skål!«, erwiderte er und lachte.

Sie stießen mit ihren Schnapsgläsern an, denn sie gönnten sich einen kleinen O. P. Anderson zu diesem Mittsommeressen. Aber nur einen, denn keinesfalls durfte sie nach Schnaps riechen, wenn sie nach Hause kam.

Der Zeitpunkt ihrer Trennung näherte sich. Die kleine Reisetasche stand fertig gepackt neben der Tür. Sie selbst hatte sich sorgfältig gekleidet und duftete nach der Seife. Einige Spritzer ihres Lieblingsparfüms an strategischen Stellen überdeckten den letzten Hauch ihrer Liebe. Sie war bereit in ihr anderes Leben zurückzukehren.

Er konnte sich seiner düsteren Gedanken vom Mittagessen nicht erwehren. Vielleicht waren sie sogar mit einigen Körnchen Eifersucht durchsetzt, die natürlich, wie er wusste, vollkommen unbegründet war. Aber was half das schon angesichts der unrettbar unlogischen Liebe.

Er umarmte sie und atmete ihren Geruch ein, um sich ihn einzuprägen und ihn sich in den kommenden Wochen in Erinnerung rufen zu können.

»Liebst du ihn noch?«, murmelte er in ihr Haar.

Kaum hatte er diese Worte ausgesprochen, bereute er sie auch schon. Sie erstarrte und schwieg eine geraume Weile. Wenn sie ihm die Antwort schuldig geblieben wäre, hätte er ihr keinen Vorwurf machen können. Die Frage war dumm und vorlaut gewesen. Zu guter Letzt löste sie sich aus seiner Umarmung und sah ihm ins Gesicht.

»Nein. Meine Liebe verschwand bereits vor vielen Jahren, als ich merkte, dass er mir immer wieder untreu war. All die Fortbildungen und Tagungen. Er ergriff jede Gelegenheit, die sich ihm bot!«

Die Bitterkeit schwang deutlich in ihren letzten Sätzen mit, und sie unternahm keinen Versuch, sie zu verbergen.

»Warum bist du dann bei ihm geblieben?«, fragte er.

»Wegen der Kinder. Ich hatte ja auch meine Stelle verloren.«

»Schon, aber du hättest doch sicher eine neue Arbeit gefunden? Schließlich hattest du deine Ausbildung.«

»Ja. Aber damals hatten meine Augenprobleme bereits begonnen, und als Krankenschwester verdiente man schlecht. Alleine hätte ich für drei Kinder nicht aufkommen können.«

»Dann hätte er eben wie alle anderen Unterhalt zahlen müssen!«, erwiderte er erbost.

Sie warf ihm einen langen Blick zu und antwortete dann:

»Du kennst Åke nicht. Er hätte mich nie gehen lassen. Nie! Diese Schmach hätte er nicht hingenommen! Alles gehörte ihm. Das Haus, das Auto, das Boot, das Sommerhaus, ja, wirklich alles. Ich hätte keine Krone bekommen!«

Ihre Wangen röteten sich vor Entrüstung, und von neuem sah er Tränen in ihren Augen funkeln und schämte sich wieder. Was fiel ihm nur ein, in einer Vergangenheit herumzuwühlen, die ihn streng genommen überhaupt nichts anging?

Die Dinge waren nun einmal, wie sie waren. Oft hatte er sich den Kopf zerbrochen und sich überlegt, wie sich Åke wohl am raffiniertesten loswerden ließe. Glücklicherweise war es bislang bei den mörderischen Fantasien geblieben. Er musste sich einfach mit der Situation abfinden, die Zeit verstreichen lassen und sich unterdessen mit den Augenblicken begnügen, die sie zusammen erhaschen konnten.

Er küsste sie innig, dann sagte er:

»Wir sollten jetzt besser aufbrechen.«

Sie streckte die Hand nach dem weißen Stock aus, der neben der Tür stand. Die andere Hand legte sie leicht auf seinen Arm. Über ihrer Schulter hing ihre Handtasche.

»Ich bin bereit«, sagte sie lächelnd.

Als er die Türe schließen wollte, sagte sie:

»Oh! Ich habe mein Brillenetui vergessen. Aber ich weiß, wo es liegt.«

Sie ging wieder ins Haus und verweilte dort einige Augenblicke. Als sie zurückkehrte, waren ihre Wangen gerötet.

»Ich musste suchen, weil es nicht auf dem Nachttisch lag. Das Etui war in den Kasten mit dem Massageöl auf dem Fußboden gefallen.«

Er lächelte und küsste sie leicht auf die Wange. Gemeinsam folgten sie dem kleinen Pfad, der sich durch ein Kiefernwäldchen zum Kiesweg schlängelte. Die sonnenerwärmte Erde duftete nach Harz und Ameisensäure. Sie gingen in gemächlichem Tempo, teils weil es ein herrlicher Waldspaziergang war, teils weil ihre Füße den Weg ertasten mussten. Ihre geblümte Tasche trug er in der linken Hand. Sie war nicht schwer. Für eine Sommernacht brauchte man nicht viel.

Er sah die Staubwolke in der Ferne.

»Jetzt kommt das Taxi«, sagte er.

»Ich muss schon sagen, dass dieser Fahrdienst eine gute Sache ist, wenn er funktioniert«, meinte sie.

Plötzlich spürte sie, wie müde sie war. Es würde angenehm sein, sich auf der Fahrt in die Stadt etwas ausruhen zu können.

Das Taxi näherte sich rasch und bremste dann so abrupt, dass der Sand aufstob. Fast noch ehe das Fahrzeug gänzlich zum Stehen gekommen war, ging die Fahrertür auf und der Fahrer stieg aus. Ein junger Mann mit kurzem Haar und einem Silberring in der Nase lächelte das Paar am Wegrand an.

»Hallo, Großmutter!«, rief er fröhlich.

Vor Überraschung verschlug es ihr erst einmal die Sprache, und sie starrte ihn einfach nur an.

»Großmutter?«, wiederholte der Mann neben ihr.

Sie hob das Kinn und wandte sich an ihren Begleiter.

»Ja. In der Tat. Das hier ist mein jüngster Enkel Niklas.«

Sie ließ seinen Arm los und breitete die Arme in Richtung ihres Enkels aus. Mit einem fröhlichen Lächeln ging er um den Wagen herum und küsste seine Großmutter schallend auf die Stirn.

»Ja, da staunst du, was?«

Er lachte und sah seine kleine, rundliche Großmutter voller Zuneigung an.

»Ja, das kann man wohl sagen«, erwiderte sie und versuchte sich zu einem matten Lächeln durchzuringen.

Rasch fing sie sich wieder. Sie wandte sich dem Mann zu, mit dem sie die intensiven Liebesstunden verbracht hatte, und sagte:

»Danke, mein Lieber, für das gute und nette Mittagessen.

Grüße die anderen von mir. Wir sehen uns dann im August beim nächsten Treffen der Grauen Panther.«

Förmlich ergriff sie seine Hand und lächelte ihn an.

»Bitte, was … Graue … ja, natürlich grüße ich die anderen«, murmelte er.

Um seine Verwirrung zu verbergen, öffnete er den Kofferraum und stellte ihre kleine Tasche hinein. Währenddessen half Niklas seiner Großmutter beim Einsteigen.

Sie hatten keine Gelegenheit, sich ordentlich zu verabschieden. Das Letzte, was er von ihr sah, war ihre Hand, mit der sie aus dem Seitenfenster des Taxis winkte. Anschließend verschwand das Auto in einer Staubwolke.

Sie wusste bereits seit einigen Wochen, dass Niklas Taxi fuhr. Aber dass er ausgerechnet an diesem Tag den Fahrdienst hatte, auf diese Idee wäre sie nie gekommen. Trotzdem fand sie, dass sie gut mit der Situation umgegangen war. »Grüß die anderen«, und »Wir sehen uns im August beim nächsten Treffen der Grauen Panther«, hatte sie gesagt, als wäre es das Natürlichste auf der Welt. Dass ihr solche Lügen spontan einfielen und ihr außerdem ohne das geringste Zittern über die Lippen kamen!

Der Abschied war nicht ganz so verlaufen, wie sie ihn sich vorgestellt hatten, und er hatte ziemlich überrumpelt gewirkt. Sie würde ihn später am Abend anrufen. Niklas' Erscheinen hatte eine unerwartete Komplikation dargestellt.

»Ich habe deinen Namen im Buch mit den Vorbestellungen gesehen und darum gebeten, diese Tour übernehmen zu dürfen. Nett, was?«, plapperte Niklas fröhlich.

»Wirklich nett«, erwiderte sie und lehnte ihren Kopf zurück.

Die Lider wurden ihr schwer, und sie schloss die Augen, was irgendwie Niklas' Geplapper effektiv dämpfte. Er war ein charmanter junger Mann, der gerade das Gymnasium beendet hatte. Sie war auf seiner Abiturfeier gewesen und erinnerte sich mit Schaudern daran, wie sehr sie der Lärm ermüdet hatte. Dankbar dachte sie daran, dass nun das letzte Enkelkind Abitur gemacht hatte. Jetzt waren alle fünf erwachsen.

»... bis November fahre ich Taxi, dann reisen Tobbe und ich drei Monate nach Thailand. Super! Jetzt muss mir nur noch einfallen, was ich danach mache. Bist du eingeschlafen?«

Sie zuckte zusammen, als seine Frage zu ihr durchdrang. Mit Mühe öffnete sie die Augen und sah ihn an.

»Nein, nein. Ich bin nur etwas müde. Es ist nett, aber auch anstrengend, Leute zu treffen. Aber das Essen war gut. Hering und zum Nachtisch Erdbeeren. Wie es sich für Mittsommer gehört«, meinte sie und versuchte, ihre Stimme unbeschwert klingen zu lassen.

»Wart ihre viele?«

»Tja ... vielleicht acht. Die anderen fahren später. Niemand wohnt in meiner Richtung, deswegen konnte ich auch bei niemandem mitfahren. Außerdem muss ich ja zu Åke zurück.«

Mit dem letzten Satz wollte sie weitere Fragen über ihren Aufenthalt auf dem Lande abwehren. Aber Niklas gab sich nicht so leicht geschlagen.

»War der Mann, der dich begleitet hat, der Gastgeber?«, fragte er.

Sie nickte, konnte aber nicht antworten, was Niklas nicht zu bemerken schien. Stattdessen setzte er seine Befragung fort:

»Wie geht es Großvater? Mama sagt, er sei richtig klapprig.«

»Jaaa ... das stimmt. Die Ärzte sagen, dass es bergab geht.

Sie können nichts mehr tun. Er ist zu alt und hat ein schwaches Herz.«

Ihre erste Reaktion war Erleichterung darüber, dass er sich nicht weiter nach dem Mittsommerlunch erkundigte. Gleichzeitig hörte sie selbst, wie müde ihre Stimme klang. Ja, sie war wirklich müde. Sie war es leid, die loyale Ehefrau zu spielen, die sich um ihren kranken Ehemann kümmerte. Sie war es leid, jeden Tag ins Krankenhaus zu fahren und neben seinem Bett zu sitzen. Während des letzten Jahres hatte er nicht mehr erkennen lassen, dass er ihre Anwesenheit überhaupt noch wahrnahm. Und sie wusste, dass Åke sie nur selten oder nie besuchen würde, wäre sie an seiner Stelle. Niemand würde ihm deswegen Vorwürfe machen, sondern in ihm einen Mann sehen, der plötzlich allein zurechtkommen musste. Recht bald fände er sicher eine neue Frau, die …

Die Stimme ihres Enkels riss sie aus ihren Gedanken.

»Aber du bist cool, Großmutter. Du führst ein eigenes Leben. Du gehst mit Mama und Tante Lena in die Oper. Und dann habt ihr diese Rentnertreffen. Schwarze Panther, oder wie immer dieser Verein heißt. Das ist gut für ältere … also, ich meine …«

Seine plötzliche Verlegenheit belustigte sie.

»Ja, das stimmt. Wir Pensionäre müssen aktiv bleiben. Es ist für alle Menschen wichtig, Leute zu treffen und das Gefühl zu haben, dass das Leben einen Sinn hat.«

Und geliebt zu werden, dachte sie.

Ohne es zu merken, umklammerte sie die Handtasche auf ihrem Schoß noch fester. Darin lag die Spritze mit dem Insulin, die sie aus dem Sommerhaus mitgenommen hatte, denn sie hatte im Schlafzimmer nicht wirklich nach ihrem Brillenetui gesucht. Das war die einzige Gemeinsamkeit Åkes und ihres Geliebten. Beide waren Diabetiker und mussten täglich Insulin spritzen. Ihrem Geliebten genügte eine Dosis morgens, aber Åkes Diabetes ließ sich nur schlecht einstellen.

Nach dem Abendessen gegen fünf Uhr würde es wegen des Feiertages auf der Station sehr ruhig sein. Außerdem lag Åke in einem Einzelzimmer. Als Krankenschwester konnte sie ihm mühelos das mitgebrachte Insulin verabreichen. Die zusätzliche Dosis würde ein Insulinkoma und einen raschen, schmerzfreien Tod herbeiführen. Niemand würde nachweisen können, woran Åke gestorben war. Und sie würde keiner Menschenseele je verraten, was sie getan hatte.

DIE WOHNUNGSPROBLEME EINER ÄLTEREN DAME

Das schrille Geräusch der Klingel durchbrach die Stille. Reglos saß Maud auf ihrem Sessel und unternahm keinerlei Anstalten, sich zu erheben. Sie wusste, dass es bald wieder klingeln würde. Und nochmals. Und nochmals. So war es die letzten Wochen immer gewesen.

Der Grund war ihre etwas ungewöhnliche Wohnsituation.

Das Einzige, was Mauds Familie nach dem hastigen Ableben des Vaters aufgrund eines Herzinfarktes hatte behalten dürfen, war die Wohnung gewesen. Nach außen hin war es ihm gelungen, den Schein zu wahren, aber nach seinem Tod hatte sich herausgestellt, dass er so gut wie bankrott war. Die Anwälte der Familie hatten die verworrenen Geschäfte geregelt, die fast das gesamte Barvermögen verschlangen. An Wert blieb einzig das große Mietshaus in Vasastan, bei dessen Verkauf die Anwälte eine Einigung mit den neuen Besitzern erzielten.

Diese besagte kurz gefasst, dass die Witwe und ihre beiden Töchter weiterhin und mietfrei in ihrer Wohnung bleiben durften und einzig für Strom, Wasser und Heizung aufkommen mussten. Als Gegenleistung erwarb der Käufer das Haus zu einem überaus günstigen Preis. Der Kaufvertrag endete mit folgendem Passus: »Solange eines der Familienmitglieder die Wohnung für eigenen Bedarf nutzen möchte, darf keine Miete erhoben werden.« Im Anschluss wurde erläutert, dass die Bezeichnung »Familienmitglied« die Witwe und ihre beiden Töchter umfasste. Siebzig Jahre waren inzwischen seit Vertragsabschluss verstrichen, und niemand hätte sich träumen lassen, dass eine der Töchter so lange dort wohnen bleiben würde.

Natürlich hatte die Auslegung des alten Kaufvertrags viele Jahre später bei Umwandlung des Hauses in eine Eigentümergemeinschaft zu einem Zwist geführt. Eine harte Auseinandersetzung vor dem Amtsgericht wurde zu Mauds Gunsten entschieden, und so wohnte sie weiterhin mietfrei. Der Vorstand der Eigentümergemeinschaft knirschte mit den Zähnen, konnte aber nichts machen. Einen kleinen Sieg hatte er dennoch errungen: Er erreichte, dass sie mit einer kleineren monatlichen Summe zur Instandhaltung des Hauses beitragen musste.

Beim Tod ihres Vaters war Maud achtzehn Jahre alt gewesen. Ihr Dasein veränderte sich radikal. Sie musste sich um ihre etwas wirre Mutter und um ihre psychisch kranke Schwester Charlotte kümmern. Zwei Jahre nach ihrem Vater starb die Mutter. Nach dem Tod Charlottes dreißig Jahre später hatte Maud endlich ihr eigenes Leben in Angriff nehmen können. Vierzig Jahre waren seither vergangen.

Inzwischen hatte sie das meiste von der Welt gesehen und war eine sehr routinierte Reisende. Maud lebte und reiste allein, denn so gefiel es ihr. Frei, ohne Ärger und Probleme. Nichts war lästiger als Ärger und Probleme. Doch nun sah sie sich mit einem der größten Probleme ihres Lebens konfrontiert, und eine Lösung wollte ihr schlicht nicht einfallen.

Maud war klar, dass sie selbst schuld war, sie war mit offenen Augen geradewegs in die Falle getappt. Obwohl eine leise Stimme in ihrem Inneren versucht hatte, sie zu warnen, konnte sie einfach nicht ahnen, wie schlimm es kommen konnte! Und alles hatte so harmlos begonnen.

Im Frühjahr war ein echter Promi in das Haus eingezogen. Eine Frau Anfang vierzig namens Jasmin Schimmerhof, deren Berühmtheit hauptsächlich auf ihren bekannten Eltern beruhte. Als einziges Kind zweier der prominentesten Persönlichkeiten Schwedens hatte sie bereits von klein auf erfahren, wie traumatisch es war, Eltern zu haben, die vollständig von ihrer Karriere in Anspruch genommen wurden. Beide hatten so gut wie keine Zeit für ihre Tochter gehabt. Um ihre Erziehung hatten sich Kindermädchen und Internate gekümmert. Ihr Vater war ein erfolgreicher Manager und ihre Mutter eine weit über die Landesgrenzen hinaus bekannte Opernsängerin. Sie reiste von einem weltberühmten Opernhaus zum nächsten und war selten zu Hause bei Mann und Tochter. Vor einigen Jahren war sie bei einem Autounfall in der Nähe von New York ums Leben gekommen, dessen Ursache ungeklärt blieb, da sie allein in dem Auto gesessen hatte, das an einem Brückenpfeiler zerschellt war. Die Zeitungen hatten Bilder des trauernden Witwers, jedoch nicht von der Tochter Jasmin abgedruckt. Intensive Nachforschungen der Regenbogenpresse hatten ergeben, dass sie zu der Zeit in einer Privatklinik den Entzug von verschiedenen legalen und illegalen Betäubungsmitteln in Angriff nahm. Ihr Zustand war so labil, dass sie am Begräbnis der Mutter nicht teilnehmen konnte. Auslösender Faktor für die Sucht war angeblich die Scheidung von Ehemann Nummer zwei ein halbes Jahr zuvor gewesen. Sowohl ihre erste als auch ihre zweite Ehe war kinderlos geblieben. All dies brachte ihr viele Schlagzeilen ein, und die Zeitungen suhlten sich in der Misere der mächtigen Familie. Das Interesse der Medien flammte von neuem auf, als ihr Vater, Ian Schimmerhof, sechs

Monate später eine vierzig Jahre jüngere Frau ehelichte. Auf den Fotos, die ein Paparazzo bei der Trauung des Paares in der Schweiz aufnahm, war deutlich zu sehen, dass die neue Frau hochschwanger war. Einige Monate später bekam Jasmin eine vierzig Jahre jüngere Halbschwester. Riesige Schlagzeilen spekulierten darüber, ob es sich bei Maria Schimmerhofs Autounfall eigentlich um einen Selbstmord gehandelt hatte.

In den folgenden zwei Jahren blieb es still um Jasmin Schimmerhof. Gerüchte besagten, sie schreibe an ihren Memoiren. Dann erschien das Buch über ihr Leben. Es wurde ein Bestseller, denn alle wollten wissen, wie es eigentlich hinter der eleganten Fassade der Riesenvilla in Örgryte ausgesehen hatte. Dass die Sprache dürftig, die Darstellung der Personen schablonenhaft und der Plot unbeholfen konstruiert war, wurde von einigen Rezensenten bemängelt, kümmerte die Leute aber wenig. Es gab einige richtig saftige Passagen, in denen Jasmin über ihre Eltern herzog, hauptsächlich über ihren Vater. Aus dem Buch ging deutlich hervor, dass er seine Tochter mit Geld überhäuft, ihr aber nie Zeit oder Zuwendung gewidmet hatte. Ohne Umschweife beschrieb sie die vielen Affären ihres Vaters und wie ihre Mutter diese mit eigenen Seitensprüngen gekontert hatte. Das Buch verkaufte sich glänzend.

Im darauffolgenden Jahr erwarb Jasmin eine zentral gelegene Wohnung im Göteborger Stadtteil Vasastan in jenem Haus, in dem auch Maud wohnte. Es handelte sich um die einzige Erdgeschosswohnung im Haus, und sie verfügte über einen eigenen Eingang zur Durchfahrt und Fenster sowohl zur Straße als auch zum Hof. Mit Erlaubnis des Vorstands hatte der vorherige Eigentümer eine verglaste Terrasse zum Innenhof errichtet. Der Besitzer eines Internetunternehmens hatte, wie Maud erfuhr, die heruntergekommene Wohnung in einen

Topzustand versetzt. Danach heiratete er, und als das erste Kind unterwegs war, verkaufte er die Wohnung an Jasmin Schimmerhof und zog in eine schicke Villa am Meer. Jasmin gefiel die Wohnung unter anderem, weil sie 140 Quadratmeter groß war. Nach dem erfolgreichen Buchprojekt wollte sie jetzt eine neue Karriere als Künstlerin in Angriff nehmen. Mehrere Wände in der Wohnung wurden eingerissen, um einem ordentlichen Atelier Platz zu bereiten. Jasmin wollte große Werke schaffen und musste sich entfalten können. Interessierte Leser konnten das Fortschreiten des Umbaus in Jasmins Blog, »Me-Jasmin«, mitverfolgen.

Das ganze Frühjahr über hatte sie an ihren Werken gearbeitet. In ihrem Blog schrieb sie: »Ich verachte die Obrigkeit und das Patriarchat. Ich bin in Unterdrückung aufgewachsen und weiß, wie verdammt fürchterlich das ist. Ich möchte allen Unterdrückern eine Lehre erteilen und sie zur Hölle schicken! Im Oktober werde ich eine Ausstellung in der Galerie Hell veranstalten. Kommt und seht euch meine neuen Sachen an! Momentan arbeite ich an PHALLUS, einem Werk, das allen Machos an die Eier geht!«

Über all diese Dinge hatte sich Maud während der letzten Wochen im Internet informiert. Nicht zuletzt Jasmins Blog, der auch Fotos ihrer verschiedenen Werke präsentierte, gewährte ihr einen großen Einblick. Die Gemälde waren groß und mittels dick aufgetragener Farbe gefertigt. In die Farbe hatte Jasmin Fotos, Stofffetzen, Notenpapier, Tampons (Maud konnte nicht recht erkennen, ob benutzte), Knochensplitter und allen möglichen anderen nicht identifizierbaren Müll gedrückt. Und so wirkte auch Jasmins gesamte Kunst auf Maud. Wie Müll. Die Titel der Werke lauteten: »No title I«, »No title II« und »No title III« und so weiter.

Die sogenannten Skulpturen waren alle auf gleiche Weise hergestellt. Sie bestanden aus einem Betonfundament, in das vor Erstarren verschiedene Dinge gesteckt worden waren. Es gab Skulpturen mit alten, zur Decke ragenden Auspuffrohren, Baseballschlägern, schadhaften Eishockeyschlägern, Golfschlägern, kegelförmigen Gegenständen mit der Aufschrift »Geschoss« oder »Atombombe« und nicht zuletzt riesigen Gummidildos. Natürlich hießen diese dann »Phallus I«, »Phallus II« und »Phallus III« und vermutlich immer so weiter.

So macht man es sich aber leicht, dachte Maud.

Jeden Morgen verbrachte sie eine Stunde an ihrem kleinen Laptop und informierte sich über interessante Leute und Ereignisse. Über die spektakuläre Dame Jasmin hatte sie zum Zeitpunkt ihres Einzugs noch keine Nachforschungen angestellt, da sie vollauf damit beschäftigt gewesen war, den ersten Spa-Aufenthalt ihres Lebens zu organisieren. Nach diesem geglückten Wellness-Erlebnis war sie nach Sardinien gefahren und erst drei herrliche Monate später nach Göteborg zurückgekehrt.

Da hatte es begonnen.

Wenige Tage nach Mauds Rückkehr hatte ihre Klingel plötzlich geschrillt, was nur äußerst selten vorkam. Trotzdem war Maud in die Diele gegangen. Durch den Spion erblickte sie eine Frau. Zögernd öffnete Maud die Tür einen Spalt weit. Die Frau war schlank und zierlich und hatte gewelltes, blondiertes Haar, das sie mit einer großen Haarklammer aus rosa Plastik hochgesteckt hatte. Sie lächelte breit und sagte mit übertrieben lauter Stimme, ohne ein einziges Mal Atem zu holen:

»Hallo. Ich bin Jasmin Schimmerhof und im Frühjahr hier

eingezogen. Im August hatte ich eine Housewarmingparty für alle Nachbarn, aber da waren Sie ja leider nicht zu Hause. Deswegen wollte ich Sie auf eine kleine Kostprobe von dem, was wir gegessen und getrunken haben, einladen. Darf ich reinkommen?«

So gut wie alle Menschen, mit denen Maud in Berührung kam, sprachen laut und artikulierten übertrieben deutlich, denn sie gingen automatisch davon aus, sie sei taub, was jedoch ganz und gar nicht den Tatsachen entsprach. Und noch weniger war sie senil. Aber sie ließ sie manchmal glauben, nicht mehr im Vollbesitz aller ihrer Sinne zu sein. Die Leute sollten sich ruhig ihren Vorurteilen gemäß verhalten. Das pflegte recht informativ zu sein und ermöglichte Maud, sich einen Eindruck von ihrem Gegenüber und der Lage zu verschaffen. Aber dieses Mal reagierte sie anders. Maud versuchte sich später damit zu rechtfertigen, dass sie einfach überrumpelt worden war. Vielleicht hatte ihre berühmte Nachbarin auch eine gewisse Neugier in ihr geweckt. Jedenfalls beging sie in diesem Moment ihren ersten Fehler. Sie gewährte ihrer Besucherin Einlass.

Wie ein munterer Wind wirbelte Jasmin in die Wohnung. Das nachlässig hochgesteckte Haar schwankte bedenklich, als sie hastig den Kopf in alle Richtungen drehte, um möglichst viel von der großen Wohnung zu sehen. Sie trug einen durchsichtigen, bauschigen weißen Kaftan und darunter nur ein knappes Unterhemd, das nicht verbarg, dass sie keinen BH anhatte. Ihre schwarzen Leggings waren von hellem Staub und harten Krümeln getrockneten Gipses oder Zementes überzogen. Ihre Füße waren womöglich noch schmutziger, was mühelos zu erkennen war, da sie in einem Paar Sandalen steckten. Blauer Nagellack blätterte von ihren Zehennägeln.

Jasmin drehte sich um, neigte den Kopf zur Seite und musterte die alte Dame, die immer noch neben der Tür stand. Mit einem weiteren strahlenden Lächeln überreichte sie ihr eine Geschenktüte aus knallrot glänzendem, steifen Papier.

»Bitte schön. Champagner und der Kaviarrest. Beides sollte im Kühlschrank verwahrt werden. Eigentlich gab es auch Hummer, aber der lässt sich ja nicht aufheben. Wo ist denn die Küche?«, fragte sie laut und übertrieben fröhlich.

Der Glanz ihrer Augen hätte Maud vorwarnen können. Stattdessen beging sie ihren zweiten Fehler. Sie nahm die rote Tüte entgegen.

»Danke, aber das ist doch nicht nötig…«, murmelte Maud.

»Ich weiß. Aber Sie sollen merken, dass ich jetzt hier wohne und dass sich etwas verändert hat. Wir wollen richtig gute Freundinnen werden«, sagte Jasmin unbeschwert, aber immer noch mit lauter Stimme.

Ehe Maud sie noch daran hindern konnte, wieselte sie rasch die lange Diele entlang und fand die Türe zur Küche.

»Sooo groß und wunderbar! Aber seit das Haus vor mindestens hundert Jahren erbaut wurde, sind wohl nur Herd und Kühlschrank erneuert worden.«

Jasmin ergänzte diese Worte mit einem Lächeln, das verdeutlichen sollte, dass sie scherzte, aber Maud hörte etwas aus ihrer Stimme heraus. Sie erfasste nicht recht, was, aber ihr war sofort klar, dass es ihr nicht gefiel.

»Diese Wohnung ist wirklich groß. Wie viele Quadratmeter sind es denn?«, fragte Jasmin und lächelte weiterhin.

»Dreihundert«, antwortete Maud widerwillig.

Eigentlich waren es noch ein paar Quadratmeter mehr, aber das ging die Besucherin ihrer Meinung nach schließlich nichts an.

Jasmin nickte vor sich hin, als hätte sich ihr bestätigt, was sie bereits wusste oder ahnte. Sie warf Maud einen prüfenden Blick zu, schien es sich dann aber anders zu überlegen.

»Nein, jetzt gehe ich in meine Wohnung zurück und arbeite weiter. Kommen Sie doch mal vorbei und schauen Sie sich mein kleines Atelier an. Es ist, wie gesagt …«

Sie beendete den Satz nicht, sondern lächelte nochmals rasch. Maud stellte die rote Tüte auf die Arbeitsfläche in der Küche und begleitete ihren ungebetenen Gast zur Tür. Dort drehte sich Jasmin rasch um und umarmte sie. Maud spürte Jasmins weiche Brüste unter dem Unterhemd, als sie gegen ihre eigenen kleinen, flachen gedrückt wurden. Sie war so überrascht, dass sie gar nicht auf die Idee kam, sich zu wehren. Gleichzeitig fühlte sie sich befangen. Seit mehreren Jahrzehnten hatte sie niemand mehr umarmt. Sie konnte sich auch gar nicht mehr daran erinnern, wann sie zuletzt jemand berührt hatte, wenn man einmal von der Masseuse im Selma Spa absah. Aber diese Berührung war ja professioneller Natur gewesen und ohne geringste Zuneigung ausgeführt worden.

»Ich komme bald wieder«, zwitscherte Jasmin.

Maud hatte sich von der Umarmung und den überwältigenden Gefühlen, die sie erweckt hatte, noch nicht erholt, murmelte nur etwas und nickte zustimmend. Dass eine Umarmung sie so vollkommen aus dem Konzept bringen konnte!

Ohne richtig zu wissen, warum, hatte Maud eine böse Vorahnung, als Jasmins Schritte die Treppe hinunter verschwanden. Gleichzeitig war da noch etwas anderes. Ein Verlangen danach, berührt und angelächelt zu werden. Wenn sie doch nur geahnt hätte … Es zeigte sich, dass Jasmin das meiste übertraf, was ihr in ihrem langen Leben widerfahren war.

Der Champagner, Champagne de Pompadour, war richtig teuer. Als Maud in der Systembolaget-Preisliste im Internet nachschaute, war dort der Preis mit 549 Kronen pro Flasche angegeben. Lächerlich! Maud trank zwar gerne hin und wieder einen echten Champagner, begnügte sich dann aber mit Sorten, die nicht einmal die Hälfte kosteten. Der Kaviar in der kleinen Konservendose war echt und aus Russland und hatte sicher ebenso viel wie der Champagner gekostet. Maud bezweifelte, dass den anderen Bewohnern bei der Housewarmingparty ebenso teure Delikatessen angeboten worden waren. Sie konnte nur den Schluss ziehen, dass Jasmin versuchte, sich bei ihr einzuschmeicheln. Aber warum? Vielleicht war sie einsam und sehnte sich nach Freundschaft? Aber Maud war alt, in der Tat ganze 45 Jahre älter als die höhere Tochter mit den künstlerischen Ambitionen. Sie hatten nichts gemein. Was wollte sie also? Vielleicht fehlte ihr ja eine Großmutter?

Nachdem sie eine Weile gegoogelt hatte, fand Maud heraus, dass Jasmins Großmutter noch am Leben war. Sie schien eine muntere und aktive Person zu sein. Außerdem war sie zwei Jahre jünger als Maud. Die Informationen, die Maud einholte, ließen wieder einmal nur den Schluss zu, dass Jasmins Eltern beide aus wohlhabenden Familien stammten. Wenn ihr jetzt 76-jähriger Vater dann einmal starb, würden ihn seine neue Ehefrau, Jasmin und ihre kleine Halbschwester beerben. Vermutlich fiel der Frau ein Großteil des Vermögens zu, aber Jasmin würde ihr Pflichtteil erhalten, das sicher beträchtlich war.

Es ist ein Leichtes, über das Patriarchat und die Oberschicht herzuziehen, wenn man selbst privilegiert ist und ein Vermögen zu erwarten hat, dachte Maud und verzog das Gesicht. Sie selbst hatte für ihren Lebensunterhalt kämpfen müssen. Nach Charlottes Tod war sie zwar viel gereist, hatte aber untervermieten müssen, um über die Runden zu kommen. Die großzügige Wohnung hatte dies möglich gemacht, als sie noch berufstätig gewesen war und sich nicht so viel zu Hause aufgehalten hatte. Aber vor fünfundzwanzig Jahren, als Maud in Rente gegangen war, hatte ihr letzter Untermieter ausziehen müssen, denn bis zu diesem Zeitpunkt hatte sie genug gespart, um für den Rest ihres Lebens zurechtzukommen. Einen Teil des Geldes hatte sie langfristig in sicheren Papieren angelegt. Die Rendite und ihre Rente deckten ihre schlichten Bedürfnisse. Außerdem verfügte sie über ein beträchtliches Barvermögen, dessen sie sich bedienen konnte, wenn sie längere Reisen unternehmen wollte. Auch diese Summe würde bis an ihr Lebensende reichen. Erben hatte sie keine.

Ihre Nachforschungen im Internet hatten also ergeben, dass Jasmin nicht auf der Suche nach einer Leihgroßmutter war. Was wollte sie dann? Maud dachte an die Umarmung zum Abschied. Diesen warmen, weichen… Aber nichts in Jasmins Blog deutete darauf hin, dass sie lesbisch war. Im Gegenteil. Trotz ihres ausgesprochenen Männerhasses erwähnte sie wiederholte Male »herrliche Sexpartner« und »One-Night-Stands« mit jungen Männern. Je jünger, desto besser. Nie über dreißig, vorzugsweise um die zwanzig. Laut eines Blogeintrags fand sie Männer über dreißig »wenig fresh und langweilig« und empfahl wärmstens kürzere Beziehungen mit jüngeren Männern, da diese zu nichts verpflichteten und einfach den Sexualtrieb befriedigten, wie sie es ausdrückte.

Es gibt also auch Frauenmachos, dachte Maud.

Nein, hier ging es nicht um Surrogatverwandte oder Sex. Worum dann?

Eine knappe Woche später klingelte es wieder lange an ihrer Wohnungstür. Gemessen an Mauds bisheriger Besucherfrequenz konnte man schon von häufig reden. Mit einem Seufzer erhob sie sich von ihrem gut eingesessenen Sessel und ging in die Diele. Sie ahnte bereits, wer vor der Tür wartete. Ein Blick durch den Spion bestätigte ihre Befürchtung. Trotzdem öffnete sie. Fehler Nummer drei.

»Hallöchen, Maud! Ich habe Butterschnecken gebacken und würde gerne mit Ihnen Kaffee trinken. Sie haben doch sicher Kaffee? Meiner ist nämlich gerade alle.«

Ehe Maud sich's versah, stand Jasmin in der Wohnung und eilte Richtung Küche, wobei sie einen verführerischen Duft frischgebackener Vanilleschnecken hinter sich herzog. Seufzend schloss Maud die Tür.

Als sie ihre Küche betrat, war Jasmin bereits damit beschäftigt, ihre Kaffeemaschine mit Wasser zu füllen. Neben ihr auf der Arbeitsplatte stand die Dose mit dem Kaffee. Die hat sie aus dem Hängeschrank über dem Herd genommen, dachte Maud. Mit geübter Hand kippte Jasmin Kaffee in den Melittafilter und plauderte drauflos:

»Wir leben ja beide allein und sind tagsüber zu Hause. Meine Einsamkeit ist natürlich selbstgewählt, weil ich für mein kreatives Schaffen Ruhe benötige. Das ist das Schwierige, müssen Sie wissen. Ich meine, gute Ideen zu haben. Sie dann umzusetzen ist kein größeres Problem. Obwohl ich ja im großen Format arbeite. Meine Bilder sind mehrere Quadratmeter groß, aber die kann ich ja an die Wände hängen. Obwohl ich fast keine Fläche mehr habe. Mit den Skulpturen und Installationen ist es noch schlimmer. Da wird es langsam eng, denn das Atelier ist bereits zu klein. Ich stelle Fotos meiner Werke ins Internet. Ich habe einen Blog. Wissen Sie, was das ist? Nicht? Ich kann Ihnen das mal zeigen, wenn Sie mich besuchen. Das ist wirklich super! Ich habe mehrere Sachen mit Hilfe meines Blogs verkauft. In ein paar Wochen veranstalte ich eine große Ausstellung. Am 15. Oktober ist die Vernissage. Sie kommen doch auch?«

Da musste Jasmin endlich Atem holen und verstummte. Sie richtete ihre großen Augen auf Maud und neigte ihren Kopf zur Seite. Obwohl Jasmins Gesicht von ihrem harten Leben gezeichnet war, leuchteten ihre Augen fast unschuldig blau. Maud fühlte sich verwirrt und wusste nicht recht, was sie antworten sollte. Automatisch zog sie sich in die Rolle der sehr alten Frau zurück.

»Ich weiß nicht … so viele Leute. Solche Veranstaltungen pflege ich nicht zu besuchen …«, sagte sie ausweichend.

»Dann wird es langsam Zeit! Ich hole Sie ab, dann nehmen wir zusammen ein Taxi«, entschied Jasmin.

Ich will deinen Müll nicht anschauen!, wollte Maud schreien, aber irgendetwas hielt sie dann davon ab. Vielleicht war es einfach nur ihre gute Kinderstube. Stattdessen nickte sie leicht und unverbindlich.

»Also abgemacht!«, sagte Jasmin, die dies natürlich auf ihre Art deutete.

Sie durchsuchte die Küchenschränke und fand sowohl Kaffeetassen als auch den Zucker.

»Nehmen Sie Milch?«, fragte sie.

Matt schüttelte Maud den Kopf. Ehe sie noch reagieren konnte, hatte Jasmin bereits den Kühlschrank geöffnet und schaute neugierig hinein.

»Haben Sie überhaupt keine Milch?«

»Nein.«

Endlich begann Maud, sich von der Plötzlichkeit dieses

Überfalls zu erholen. Denn um einen Überfall handelte es sich, einen Überfall auf ihr ruhiges Dasein, in dem sie selbst über ihre Zeit und den Rhythmus verfügte.

»Nein«, sagte sie erneut, nur weil es so schön war, dieser Person gegenüber etwas zu verneinen.

Sie tranken den Kaffee in Mauds kleinem Fernsehzimmer, in dem sie ihre meiste wache Zeit verbrachte. Daneben lag das Schlafzimmer und auf der anderen Seite des Korridors das Bad. In Wahrheit nutzte Maud nur etwa 60 Quadratmeter ihrer großen Wohnung, ein Umstand, auf den auch Jasmin nach einer Weile hinwies. Maud spürte die Wut in sich aufsteigen. Es ging keinen Menschen etwas an, wie sie in ihrer Wohnung lebte. Sie murmelte nur etwas Unhörbares als Antwort. Mauds Zurückhaltung schien Jasmin nicht aufzufallen, denn sie plauderte einfach weiter:

»Tatsache ist, dass sich auch unsere Wohnsituation ähnelt. Ich brauche Platz für meine Kunst und bewohne daher nur zwei kleine Zimmer. Darüber hinaus habe ich natürlich noch Küche und Bad. Genau wie Sie! Der Rest ist Atelier. Außerdem gibt es noch die verglaste Terrasse. Sie müssen mal runterkommen und es sich ansehen! Alles frisch renoviert!«

Wieder spielte Maud die alte, halbverwirrte Dame und murmelte etwas in ihre Butterschnecke, die im Übrigen in einem Papier steckte, auf dem »Konditorei Dahl« stand. So viel zu »selbst gebacken«!

Beim Abschied hielt Jasmin noch einmal vor der Wohnungstür inne. Besorgt sah sie Maud an, tätschelte ihr die Wange und sagte:

»Finden Sie es nicht anstrengend, immer diese steile Treppe hochzugehen?«

Sie deutete auf die Treppe, die von der Haustür zum Fahrstuhl und zu Mauds Wohnung hinauf führte.

»Nein«, antwortete Maud und schloss die Tür.

Jasmin kam jetzt immer öfter zu Besuch. Meist hatte sie etwas Leckeres zum Kaffee dabei, einige Male auch eine Flasche Wein. Maud versuchte die Geschenke abzulehnen und sich gegen die Besuche zu wehren, aber es war, als fehlte ihr die Kraft dazu. Mit einem kleinen Lachen und ein paar Tanzschritten wischte Jasmin stets ihre Proteste beiseite. Wenn sie dann endlich wieder ging, umarmte sie Maud, tätschelte ihr manchmal freundlich die Wange und lud sie auch immer zu sich nach unten ein.

»Sie müssen sich die Wohnung einfach ansehen, sie ist traumhaft!«

Aber Maud antwortete stets ausweichend. Sie wusste immer noch nicht recht, was Jasmin eigentlich von ihr wollte. Fühlte sie sich einsam, und suchte sie sie deswegen auf? Oder wollte sie den barmherzigen Samariter geben, der sich um die einsame alte Dame kümmerte? Oder … ja, was?

Erst als sie Jasmins neuesten Blogeintrag las, fiel der Groschen. Dort stand nämlich: *»Ich bin so froh! Möglicherweise kann ich bald in eine größere Wohnung ziehen. Das bedeutet auch: ein größeres Atelier!!!! Das brauche ich wirklich. Und wenn ich größer sage, dann meine ich auch wirklich GRÖSSER! Viel GRÖSSER!!!«*

Das war also der Grund für Jasmins aggressive Freundlichkeit und ihre überfallartige Aufdringlichkeit … Mauds Puls beschleunigte sich. Wut stieg in ihr auf. Sie atmete einige Male tief durch, um klarer denken zu können.

Das verdammte Luder hatte es auf ihre Wohnung abgesehen.

Vor dem Fenster pfiff der Herbststurm. Gelbes Laub schlug gegen die Scheiben. Es begann zu nieseln. Sicher würde es ein richtiges Unwetter geben. Maud löschte alle Lampen im Zimmer und machte es sich in ihrem Sessel bequem. Erst wurde es in den Ecken, dann im ganzen Zimmer dunkel. Falls Jasmin klingelte, würde sie nicht öffnen. Sie musste nachdenken.

Das Schrillen der Klingel schreckte sie auf. Reglos verharrte Maud auf ihrem Sessel und unternahm keinerlei Anstalten, sich zu erheben. Sie wusste, dass es gleich ein weiteres Mal klingeln würde. Und wieder. Nach einigen weiteren Versuchen gab Jasmin auf. Ihre Schritte verschwanden Richtung Kellertreppe und Hoftür. Mit einem dumpfen Geräusch fiel die Hoftür hinter ihr ins Schloss. Maud saß ein Stück vom Fenster entfernt und war vom Hof aus nicht zu sehen. Da kein Licht brannte, musste Jasmin annehmen, dass sie ausgegangen war oder schlief.

Das Problem war natürlich, dass die selbsternannte Künstlerin ihre Wohnung nicht auf normale Art erwerben konnte. Sie war es sicher gewohnt, mit Hilfe ihres eigenen Geldes oder dem ihres Vaters alles, was sie begehrte, zu bekommen. In diesem Falle war dies aber unmöglich. Maud besaß nicht die Wohnung, sondern nur das Nutzungsrecht, solange sie es wünschte. In diesen Räumen hatte sie 88 Jahre gewohnt und beabsichtigte nicht, jetzt auszuziehen. Aber was führte Jasmin im Schilde? Offenbar schwebte ihr eine Art Wohnungstausch vor. Die Frage, ob es nicht anstrengend sei, die Treppe hochzugehen, die Feststellung, die Wohnung sei unmodern und unnötig groß. Mehrere Male hatte sie darauf hingewiesen, dass ihr Atelier für ihre monumentalen Werke zu klein sei, und jetzt stand da auch noch dieser letzte siegesgewisse Eintrag in ihrem Blog, von dem sie natürlich annahm, Maud würde ihn nie lesen. Deutliche Hinweise darauf also, dass Maud mit ihrer Vermutung richtiglag. Jasmin würde nicht aufgeben, ehe sie auf die eine oder andere Art den Wohnungstausch durchgesetzt hatte. Das verwöhnte Luxusmädchen betrachtete es als selbstverständlich, dass sich jeder ihrer Wünsche erfüllte. Vielleicht würde sie sich ja an den Vorstand der Eigentümergemeinschaft wenden? Es gab sicher viele, die es verärgerte, dass Maud die wertvollen Quadratmeter in Anspruch nahm, ohne Miete zahlen zu müssen. Wenn Jasmin nun vorgab, die alte Dame, die langsam senil werde, tue ihr leid. Sie habe Probleme, allein in der großen Wohnung zurechtzukommen ... sie sei bereit, mit der alten Frau zu tauschen, um dieser die beschwerliche Treppe zu ersparen und ihr ein behindertengerechtes Wohnen zu ermöglichen ... Wahrscheinlich würde sie es als einen Akt reiner Barmherzigkeit und Rücksicht auf die uralte Dame darstellen. Wenn jemandem so etwas gelang, dann Jasmin. Einen Augenblick lang erwog Maud, einfach für ein paar Monate zu verreisen. Nach Mexiko oder ... Sie hielt in ihren Überlegungen inne. Nein, sie musste zu Hause bleiben, um ihre Interessen zu wahren. Wenn sie nicht zu Hause war, konnte Jasmin nach Gutdünken schalten und walten. Wer wusste schon, welche Gerüchte sie dann im Haus und beim Vorstand verbreitete?

Zum ersten Mal in ihrem langen Leben fühlte sich Maud schwach und machtlos. Aber nach einem Weilchen passte sich ihr Gehirn wie immer an die Krisensituation an. Eine Idee nahm Gestalt an. Nachdem sie sie gründlichst durchdacht hatte, fasste sie einen Entschluss.

Es war an der Zeit, Jasmin einen Besuch abzustatten.

Maud nahm ihren stabilen Stock in die Rechte, in der Linken hielt sie eine Mülltüte und unter den Arm geklemmt einen Packen alter Zeitungen. So ausgerüstet begab sie sich zu den Mülltonnen, die in der Durchfahrt standen. Die Zeitungen legte sie in einen der großen Plastikcontainer für Altpapier und den Müll in den Behälter für »Brennbares«. Die Trennung von »Biomüll« und »Brennbarem« hielt sie für übertrieben.

Nachdem sie sich der Abfälle entledigt hatte, begab sie sich zu Jasmins ungewöhnlich stabiler und mit einer Stahlkante verstärkten Wohnungstüre. Maud zählte drei Schlösser, die vermutlich notwendig waren, wenn man im Erdgeschoss wohnte, obwohl das Tor zur Straße immer abgeschlossen war. Sie drückte auf den Klingelknopf, aber es schrillte nicht, sondern bimmelte wie die Glocke eines Doms, ein Geräusch, das Maud trotz der dicken Tür deutlich hörte. Nach einem Weilchen wurde die Türe ein klein wenig geöffnet, und Jasmin schaute durch den Spalt. Als sie Maud erblickte, nahm sie die Kette ab und öffnete die Tür ganz.

»Maud! Wie nett, dass Sie endlich vorbeikommen!«, rief sie freudestrahlend und klang geradezu aufrichtig.

Einen Moment lang schwankte Maud hinsichtlich ihres Vorsatzes. Vielleicht hatte sie sich ja geirrt? Vielleicht hatte Jasmin es ja gar nicht auf ihre Wohnung abgesehen, sondern mochte sie wirklich?

»Jetzt zeige ich Ihnen meine schöne Wohnung! Modern und bequem. Sie wird Ihnen ganz sicher gefallen!«, sagte Jasmin.

Alle Zweifel, die Maud gehegt hatte, waren nun ausgeräumt. Ihr Verdacht war also begründet gewesen. Jasmins einziges Ziel war es, ihr diese Wohnung schmackhaft zu machen.

Mit ihrer brüchigsten und verzagtesten Stimme sagte Maud:

»Ja … entschuldigen Sie … ich störe vielleicht? Aber ich musste zu den Mülltonnen, und da dachte ich …«

»Ich bitte Sie, kommen Sie doch rein! Schließlich habe ich Sie dazu aufgefordert, vorbeizukommen und sich alles anzusehen.«

»Aber ich habe nichts mitgebracht … es war einfach ein Impuls …«

»Ach was! Die Hauptsache ist, dass Sie da sind!«

Jasmin stöckelte in die Diele zurück und bedeutete Maud, ihr zu folgen. Ehe sie eintrat, warf Maud einen Blick in den Hof und durch die Fenster mit Blick auf die Durchfahrt. Keine Menschenseele war zu sehen. Da trat sie rasch ein, und die schwere Wohnungstür schlug hinter ihr zu.

Die Diele war recht groß und dunkel. An der einen Wand standen Schränke mit verspiegelten Schiebetüren. An der gegenüberliegenden Wand hing ein großes dunkles Ölbild. Was in die Farbe gedrückt worden war, ließ sich nicht erkennen, da die Beleuchtung so schlecht war, aber es schien sich um herausgerissene Zeitungsartikel zu handeln. Die einzige Lichtquelle war eine Wandlampe, ein Zementklumpen mit nichts als einer nackten Glühbirne in der Mitte, wahrscheinlich auch eines von Jasmins Werken. Fröhlich plaudernd führte Jasmin Maud in die Küche, einem futuristischen Traum aus Glas und glänzendem Edelstahl. Die Fenster gingen auf den Hof, und Maud achtete darauf, sich ihnen nicht allzu sehr zu nähern. Von der Küche aus führte eine Tür auf die kleine verglaste Veranda.

»Im Sommerhalbjahr esse ich immer draußen. Da die Terrasse verglast ist, spielt das Wetter keine Rolle. Die Küche ist wirklich ein Gedicht! Auf den Cerankochfeldern ist das Essen im Handumdrehen fertig!«, versicherte Jasmin.

Maud besaß einen normalen Herd, den sie gleichzeitig mit dem Kühl- und Gefrierschrank angeschafft hatte. Das musste… 1983 gewesen sein. Oder vielleicht auch 1984. Alles funktionierte noch ausgezeichnet, und sie hatte kein Interesse daran, dass das Essen im Handumdrehen fertig war. Sie kochte nur selten, denn sie aß meist Fertiggerichte von ICA Gourmet. Den Herd benutzte sie, wenn sie sich eine Dosensuppe warmmachte, und bereits dann fiel es ihr schwer, nichts anbrennen zu lassen. Wenn es plötzlich noch schneller ging, dann würde bei ihr alles in schwarzem Rauch aufgehen. Nein, an Cerankochfeldern war sie nicht interessiert, verschwieg dies aber und riss erstaunt die Augen auf und sagte:

»Oh, ach so…«

»Ja, die Küche ist einfach herrlich und so pflegeleicht und praktisch!«

Jasmin klang jetzt wie eine übereifrige Maklerin, was sie ja in gewisser Weise auch war.

»Kommen Sie, wir schauen uns das Badezimmer an!«

Sie verschwand wieder in die Diele, und Maud folgte ihr langsam. Auch in dem großen Bad fröstelte sie. Es war schwarzweiß gekachelt, war mit vergoldeten Wasserhähnen ausgestattet und in der Ecke stand eine riesige Badewanne.

»Eine Massagewanne!«, sagte Jasmin mit derselben Begeisterung wie in der Küche.

»Oh«, murmelte Maud und bemühte sich, eine beeindruckte Miene aufzusetzen.

Sowohl Küche als auch Bad waren fürchterlich, das Schlafzimmer und das kleine Wohnzimmer womöglich sogar noch schlimmer. In der Mitte des Schlafzimmers stand nur ein riesiges rundes ungemachtes Bett mit schwarzen Laken aus einem glänzenden Stoff. Das Wohnzimmer war ganz in Weiß gehalten und enthielt als einzige Möbelstücke ein großes weißes Sofa und einen ovalen Couchtisch, der aus Gusseisen gefertigt zu sein schien. Der weiße Teppich bestand aus irgendeinem ziemlich fusseligen Material. An den Wänden hingen ein paar von Jasmins Ölgemälden. Auf einem waren eine Vielzahl von Weinflaschenetiketten in die Farbe gepappt worden, an einem anderen hingen mehrere Haschischpfeifen. Maud war oft genug in Indien gewesen, um sie wiederzuerkennen.

»Tadaa! Das Atelier! Der PVC-Fußboden liegt lose auf einem fantastischen Eichenparkett. Man muss ihn einfach nur wegnehmen.«

Jasmin schob Maud in das große Zimmer. An den Wänden hingen die Bilder, die Maud bereits aus Jasmins Blog kannte, wie auch die verschiedenen Phallus-Skulpturen auf dem Fußboden. Eine einzige, die von der Decke herabhing, war ihr jedoch neu. Jasmin zeigte Maud ihre Werke und redete dabei unablässig. Sie strebe danach, die »Unterdrückungsmechanismen des Patriarchats« zu demaskieren. Maud warf an passenden Stellen jeweils ein halblautes »Oh« oder »Ach so« ein, schwieg aber im Übrigen.

Schließlich gelangten sie zur letzten, an der Decke befestigten Skulptur.

»Das hier ist mein neuestes, fast fertiggestelltes Projekt. Es heißt »Phallus, der hängt.« Daher habe ich die Skulptur auch aufgehängt. Sie soll natürlich baumeln, aber die Beengtheit hat auch eine Rolle gespielt.«

»Ach so«, murmelte Maud.

Die Grundlage des Werkes bildete ein großes altmodisches Wagenrad aus Holz. An den Speichen hatte Jasmin mit Hilfe von kräftigem Draht Penisse in verschiedenen Größen und Ausführungen befestigt. Sie bestanden aus unterschiedlichen

Materialien. Einige der größten waren aus Bronze, einige aus Ton, wieder andere aus Beton. Es gab sogar knallrote und giftgrüne aus Plastik. Das Rad hing an einem Flaschenzug von einem stabilen Deckenhaken. Über die Rolle lief ein Seil, das an einem dicken Heizungsrohr befestigt war. An der Wand hatte Jasmin eine auf Segelbooten gebräuchliche kräftige Schotklemme aus schwarzem Gummi angebracht. Mit zitterndem Finger deutete Maud auf die Schotklemme.

»Hält das wirklich? Ich meine … wenn Sie das Seil vom Heizungsrohr losmachen?«, fragte sie mit schwacher Stimme.

»Durchaus! Die Ratte … also, so nennt man diese Klemmen … habe ich bei einem ganz normalen Schiffsausrüster gekauft. Sie ist groß genug, um das Segel eines Rennboots zu halten, wenn es stürmt, was ja auch nötig ist. Wenn ich einen neuen Schwanz aufhänge … Sie müssen entschuldigen … aber ich nenne die Dinge bei ihrem Namen … will ich die Geschwindigkeit regulieren können, wenn ich das Rad absenke. Der Haken an der Decke war bereits da, denn hier hing einmal ein riesiger Kronleuchter. Schließlich beträgt die Deckenhöhe fünf Meter.«

Mauds Zimmer waren ebenso hoch. Ein Plan nahm in ihrem Kopf Gestalt an. Sie sperrte die Augen auf und sagte:

»Aber das wirkt ja unmöglich! Ich meine diese … Dinger … die sind ja aus Bronze … die wiegen sicher entsetzlich viel!«

»Das stimmt. Aber schauen Sie hier … die Klemme wird damit fertig.«

Jasmin trat an den Heizkörper, beugte sich vor und löste den Knoten. Jetzt wurde der »Phallus, der hängt« nur noch von der Schotklemme gehalten. Maud spürte, wie sich ihr Puls beschleunigte, sie beherrschte sich jedoch und deutete auf einen giftgrünen Penis.

»Woraus haben Sie den geformt?«, fragte sie.

»Der ist aus normalem Knetgummi, wie ihn Vorschulkinder verwenden. Weiches Plastik, das man bei niedriger Temperatur im Ofen aushärten lässt.«

»Und der da?«

Maud deutete auf einen vagen Punkt neben dem Rad.

»Welcher? Meinen Sie einen der Betonschwänze oder …«

»Ich weiß nicht … der da«, erwiderte Maud diffus.

Sie deutete immer noch in die Luft und näherte sich gleichzeitig langsam dem Seil. Jasmin ging zu ihrem Kunstwerk, um zu ergründen, welches der männlichen Attribute Maud meinte. Jetzt stand sie direkt unter dem Rad und schaute nach oben. Perfekt! Maud zog mit aller Kraft an dem Seil, das sich problemlos aus der Klemme löste.

Mit einem ohrenbetäubenden Lärm fiel »Phallus, der hängt« direkt auf Jasmin hinunter und raubte ihr jede Gelegenheit, noch einen Ton von sich zu geben.

Sofort wurde es im Atelier unnatürlich still. Maud hielt den Atem an und lauschte auf rennende Schritte. Aber alles blieb ruhig. Die Nachbarn waren offenbar seltsame Geräusche aus Jasmins Wohnung gewöhnt. Rasch trat sie auf die reglose Gestalt auf dem Boden zu. Eine große Blutlache breitete sich unter dem Wagenrad aus. Durch die Holzspeichen sah Maud, dass der Schädel von einem Bronzepenis zertrümmert worden war.

Das Patriarchat schlägt zurück, dachte Maud.

Möglichst rasch begab sie sich in die Diele. Während der Wohnungsbesichtigung hatte sie sich größte Mühe gegeben, nichts anzufassen, und musste nun keine Zeit darauf verwenden, eventuelle Fingerabdrücke abzuwischen. Sie drückte ihr Ohr an die Tür, um sich zu vergewissern, dass sich niemand in der Durchfahrt oder auf dem Hof befand. Nichts war zu hören. Sie zog den Ärmel ihrer Jacke über ihre rechte Hand, ehe sie die Klinke drückte. Vorsichtig öffnete sie die Türe einen Spalt weit. Draußen war niemand zu sehen. Rasch zog sie die Türe hinter sich zu, die mit einem Klicken ins Schloss fiel.

Am Spätabend bemerkte Maud Aktivität vor dem Haus. Als sie aus dem Fenster schaute, sah sie einen Krankenwagen und zwei Polizeiautos mit eingeschalteten Blaulichtern. Sie versteckte sich hinter der Gardine. Niemand würde sie in dem dunklen Zimmer sehen können.

Nach fast einer Stunde verließen die Sanitäter mit einer Trage das Haus. Das Gesicht der Person, die sie zwischen sich trugen, war zugedeckt. Ein untrügliches Zeichen, dass diese Person tot ist, dachte Maud.

Sie verspürte keinen Triumph, nur Gelassenheit. Ihr Heim war nicht mehr bedroht. Sie konnte bis an ihr Lebensende hierbleiben. Gleichzeitig erfüllte sie ein anderes Gefühl. Es dauerte eine Weile, bis es ihr gelang, es zu definieren. Leere. Vielleicht sogar Sehnsucht. War das möglich? Ja, so war es.

Auch damit kann ich leben, dachte Maud.

Sie verließ das Fenster und verschmolz mit der Dunkelheit.

IM SCHEIN DES KREBSMONDES

Alle Familien der Reihenhaussiedlung freuen sich auf das Krebsfest, das ein Mal jährlich im Garten der Familie Ohlsson stattfindet. Sie bewohnen das Haus mit dem größten Garten. Auf einer Seite grenzt ihr Grundstück an eine große Wiese, die kurz und gut die Allmende genannt wird. Im Westen stößt das Ohlsson-Grundstück an ein in einen Hang übergehendes Rasenstück, das auf den niedrigen Grankullen, den Tannenhügel, führt. Der Grankullen heißt mittlerweile Gräddkullen, Sahnehügel, weil dort ein paar Luxusvillen gebaut wurden, die hochmütig auf uns Reihenhäusler hinabblicken. Sieht man von dort oben in die andere Richtung, bietet sich ein Blick aufs Meer, denn der Hügel ist hoch genug.

Das Krebsfest findet immer am Freitag des zweiten Augustwochenendes statt. Alle bringen etwas zu essen und zu trinken mit. Mein Mann Krister ist Koch und pflegt immer etwas Besonderes beizutragen. Dieses Jahr hatte er einige Krebspasteten mit Dill zubereitet, im Jahr zuvor war es eine märchenhafte Krebssuppe gewesen. Leider konnte er in diesem Jahr nicht selbst dabei sein, da er arbeiten musste. Unsere Zwillingstöchter sind gerade ausgezogen, also nahm ich als einzige Vertreterin unserer Familie teil.

Der Abend war klar und windstill. Bunte Papierlaternen hingen über Ohlssons Terrasse und warfen einen schwachen Lichtschein auf die fantasievollen Papphütchen und die übergroßen mit roten Krebsen dekorierten Lätzchen der Festteilnehmer. Über der Tafel hing ein riesiger Mond aus Papier, den

Bengt Ohlsson vor dem allerersten Krebsfest bei Åhléns zu einem Schleuderpreis erstanden hatte. Er gehört inzwischen ebenso selbstverständlich dazu wie der Weihnachtsbaum an Heiligabend. Wie es sich gehört, ging ein richtiger Vollmond über dem Horizont auf.

Wir waren vierzehn Personen, und der Lärmpegel stieg mit der Anzahl der von Schnaps heruntergespülten Krebse. Wir sangen ein paar mitreißende Trinklieder, und alle waren sich rührend einig, dass das Krebsfest eine sehr bewahrenswerte Tradition sei.

Recht bald kreiste das Gespräch um die verhassten Villen auf dem Sahnehügel. Böse Blicke wurden zu den riesigen, leeren Panoramascheiben hinaufgeworfen. Nur in einem Haus hingen Gardinen. Obwohl das Haus gänzlich im Dunkeln lag, glaubte ich, eine Bewegung wahrzunehmen. Offenbar ist da schon jemand eingezogen, dachte ich.

In der hintersten Reihenhauszeile zu wohnen hatte immer den Vorteil gehabt, dass wir uns unbeobachtet in unseren Gärten aufhalten konnten. Aber damit war es nun vorbei. »Man kann nicht mal mehr nackt in der Sonne liegen«, zwitscherte Eva Åberg aus Hausnummer 47 und zwinkerte gleichzeitig einem Mann zu, der sich gerade in der Nähe befand.

»Weiß jemand, was das für Leute sind, die in das fertige Haus eingezogen sind?«, wollte Lisbeth Ohlsson wissen und deutete mit dem Kopf zur weißen Villa hinauf, die gefährlich nahe am Hang zu balancieren schien.

»Keine Ahnung. Ich habe niemanden gesehen, aber letzte Woche sind sie eingezogen«, sagte Anna Högberg aus Hausnummer 43.

»Sie haben zwei nagelneue Autos. Die sind wahnsinnig schick«, fuhr Lisbeth fort.

»Ein dunkelblauer Jaguar und ein roter Porsche Targa«, ergänzte ihr jüngster Sohn.

»Der größte Jaguar… kostet ein Vermögen«, murmelte Bengt Ohlsson mehr zu sich selbst und ein wenig lallend.

Obwohl keiner von uns Erwachsenen richtig betrunken war, waren wir alle auch nicht mehr ganz nüchtern. Wie immer hatte Bengt am meisten getrunken. Auch mir waren das Bier und die Schnäpse ein wenig zu Kopf gestiegen. Aber schließlich wurde das Krebsfest nur ein Mal im Jahr gefeiert. Trotzdem beschloss ich, mich ein wenig zu mäßigen, zum Glück, wie sich später herausstellte.

»Sie arbeitet beim Fernsehen. Vielleicht ist sie aber auch Schauspielerin«, meinte Lars Högberg.

Das war eine interessante Information von unerwarteter Seite. Lars ist ein zurückhaltender Mensch und interessiert sich nicht sonderlich dafür, was andere tun und lassen. Und selbst wenn, behält er seine Erkenntnisse meist für sich. Das Engagement seiner Frau ist mehr als genug.

»Woher weißt du das?«, hakte Anna Högberg sofort nach.

»Irgendwie kam sie mir bekannt vor… und dann erklärte Bengt, sie sei etwas in der Art. Schauspielerin… oder so…«

Er verstummte, weil ihm seine Frau einen scharfen Blick zuwarf.

»Sie sieht super aus«, meinte Bengt Ohlsson fröhlich.

Er näherte sich allmählich dem Stadium, in dem man nicht mehr in der Lage ist, die Stimmung zu peilen. Anna Högberg presste die Lippen aufeinander und runzelte die Stirn. Der Blick, den sie ihrem Mann zuwarf, war mehr als frostig. Wir konnten nicht umhin, die Eiskristalle zu bemerken, die plötzlich in der Luft hingen. Einige Augenblicke lang kehrte an der Tafel beinahe Stille ein.

Deswegen hörten auch alle die Schreie. Sie kamen aus der Dunkelheit und wurden immer lauter. Die gedehnten, von Schrecken und Grauen erfüllten Schreie einer Frau. Alle im Garten der Familie Ohlsson Anwesenden saßen wie versteinert da und schauten zum Sahnehügel hinauf. Von dort kamen die Schreie. Sie näherten sich.

Plötzlich tauchte eine Gestalt zwischen den Büschen unterhalb der Villen auf. Der Mondschein schimmerte in ihrem flatternden blonden Haar. Sie rannte. Es sah aus, als nähere sich uns ein Waldgeist. Schließlich kam sie vor Ohlssons Gartenzaun zum Stehen.

Wie gelähmt starrten wir die Erscheinung an, was nicht nur daran lag, dass sie mit Tanga und kurzem, durchsichtigem Negligé sehr leicht gekleidet war. Es lag auch nicht daran, dass sie unablässig aus vollem Hals schrie. Der Hauptgrund war, dass ihr Negligé blutgetränkt war.

Nach ein paar Sekunden besann ich mich auf meinen Beruf. Schließlich bin ich jetzt seit siebzehn Jahren Kriminalinspektorin beim Dezernat für Gewaltverbrechen hier in Göteborg. Ich erhob mich, eilte rasch ein paar Meter den Zaun entlang und öffnete die kleine Pforte. Um sie nicht zu erschrecken, ging ich mit langsameren Schritten auf die Frau zu und berührte sie vorsichtig an der Schulter. Sie zuckte zusammen, als hätte ich sie verbrannt. Immer noch schrie sie aus vollem Hals. Ich versuchte, ruhig zu klingen, als ich sagte:

»Ich heiße Irene Huss. Ich bin Polizistin. Was ist passiert? Sind Sie verletzt?«

Sie starrte mich nur mit aufgerissenen Augen an und schrie immer weiter. Der Lattenzaun, an dem sie sich so sehr festklammerte, dass ihre Knöchel hervortraten, knarrte.

Vorsichtig betrachtete ich sie eingehender, konnte aber

keine Verletzungen entdecken. Sie versuchte sich zu wehren, als ich ihr Negligé anhob, um nachzusehen, ob sie am Bauch verletzt war. Auch dort war nichts zu erkennen. Mit Ausnahme ihrer Füße schien sie keinerlei Verletzungen aufzuweisen. Nur mit Söckchen an den Füßen war sie den Hang hinuntergelaufen. Wo kam das ganze Blut her?

»Kann ich Ihnen helfen? Was ist passiert?«, versuchte ich es erneut.

Die Frau verstummte und begann nach Atem zu ringen. Schließlich brachte sie mit Mühe über die Lippen:

»Der Mann … ein Messer! Erik! Er … er … Blut! Blut!«

Anschließend brach sie in heftiges Schluchzen aus. Immerhin schrie sie jetzt nicht mehr, aber es war immer noch unmöglich, ein vernünftiges Wort aus ihr herauszubekommen.

»Wo ist Erik?«, fragte ich mehrere Male.

Sie schien mich nicht zu hören, aber schließlich deutete sie auf das neugebaute Haus auf dem Hügel mit den Gardinen vor den Fenstern.

Was hatte ich gesehen? Eine Bewegung der Gardinen, eine Gestalt, die sich hinter ihnen versteckt oder weiter hinten im Zimmer bewegt hatte. Ich wusste nicht, was, war mir aber sicher, dass mir am Fenster etwas aufgefallen war.

Ich forderte zwei Streifenwagen und einen Krankenwagen an. Da ich weder im Dienst noch vollkommen nüchtern war, wollte ich mich nicht in ein Haus begeben, in dem sich immer noch ein mit einem Messer bewaffneter Mann befinden konnte. Generell sollte jeder Polizist vermeiden, allein auf einen bewaffneten Gegner zu stoßen. Einen der zwei Streifenwagen hatte ich bestellt, damit sich die Beamten um die Frau kümmern konnten. Da sie körperlich unversehrt war, musste sie nicht in die Notaufnahme gebracht werden. Möglicherweise stand sie unter Schock, und dann würden die Beamten sie trotzdem ins Krankenhaus bringen, aber das sollten sie entscheiden.

Die Erstarrung der Festteilnehmer ließ allmählich nach. Lisbeth Ohlsson eilte ins Haus, holte ein großes Frotteehandtuch und legte es der Frau um die Schultern. Die mit Blut besudelte Frau schien das nicht zu bemerken. Immer noch hielt sie die Zaunlatten krampfartig umklammert. Die Tränen standen ihr in den Augen, und sie starrte mit leerem Blick geradeaus. Ihre Lippen bewegten sich unentwegt, aber nur ein leises Stöhnen und Gemurmel war zu hören. Ich löste ihre Finger vom Zaun, während ich beruhigend auf sie einsprach. Dann schob ich sie in den Garten. Sie war vollkommen starr und bewegte sich mechanisch. Lisbeth und ich brachten sie ins Wohnzimmer und versuchten sie auf die Couch zu legen. Plötzlich schien sie jegliche Kraft zu verlassen, und sie begann unkontrolliert zu zittern. Ich hörte, wie sie murmelte:

»Toilette … muss … auf die Toilette.«

Wir brachten sie ins Bad, wo sie sich aufs Waschbecken stützte und uns im Spiegel ansah.

»Darf ich … allein sein«, flüsterte sie.

»Aber wenn Sie jetzt ohnmächtig werden«, wandte Lisbeth besorgt ein.

»Ich schließe … nicht ab.«

»Okay. Wir warten draußen«, sagte Lisbeth nach kurzer Bedenkzeit, und wir verließen den Raum.

Wir gingen nach draußen. Auf der anderen Seite der Tür erbrach sich jemand, dann lief Wasser ins Waschbecken. Als Lisbeth die Tür einen Spalt weit öffnete und fragte, wie es gehe, war nur ein leises Murmeln zu hören. Mit bekümmerter Miene schloss sie die Türe wieder.

Da Lisbeth Krankenschwester ist, überließ ich es ihr, die Frau im Auge zu behalten. Ich rief meinen Kollegen Jonny Blom an, von dem ich wusste, dass er an diesem Wochenende Bereitschaftsdienst hatte. Wahrscheinlich würde man ihn umgehend zum Tatort rufen, und ich wollte ihn schon einmal vorwarnen. Er war nicht sonderlich begeistert, gegen Mitternacht noch einmal ausrücken zu müssen. Aber wer beim Dezernat für Gewaltverbrechen Wochenendbereitschaft hat, muss damit rechnen, dass die meisten Verbrechen während der dunklen Stunden verübt werden. Jonny protestierte der Form halber, aber sein Gejammer ließ mich kalt, und ich teilte ihm mit, ich würde mich mit den Streifenbeamten in dem Haus umsehen und mich anschließend wieder melden. Als er einsah, dass er sich nicht drücken konnte, fragte er:

»Und die blutüberströmte Frau, wie heißt die?«

In dem allgemeinen Durcheinander hatte ich vergessen, diese einfache Frage zu stellen. Ich fand es ärgerlich, dies zugeben zu müssen. Ich bat Jonny, am Telefon zu warten.

Die Frau saß auf der Toilette, ich schloss also taktvoll die Tür, ehe ich durch den Türspalt fragte, wie sie heiße.

»Jess… hicka… Jessica… van der Schenker… Erik… ist mein Mann.«

Ich hörte, wie sie Toilettenpapier abriss und die Spülung betätigte. Anschließend öffnete sie die Tür einen Spalt und sah mich an. Sie begegnete meinem Blick. Verschmierte Wimperntusche war ihr über die Wangen gelaufen.

»Sie müssen… hoch… dort hoch«, schluchzte sie und deutete Richtung Terrasse.

»Natürlich. Ich gehe sofort«, versprach ich.

Mit einem leisen Schnappen wurde die Tür ganz zugezogen. Dann hörte ich, wie sie abschloss und das rote Besetztzeichen erschien. Ich teilte Jonny mit, dass die Frau Jessica van der Schenker hieß. Anschließend bat ich Lisbeth, sie zu beaufsichtigen, während ich mich zum Sahnehügel begab.

Als Erstes holte ich meine Taschenlampe aus dem Auto, die immer im Handschuhfach liegt. Der starke Lichtschein strich über das überwucherte Terrain, während ich nach einem der Pfade suchte, die auf den Hügel führten. Ich war oft hier unterwegs, als die Zwillinge noch klein waren. Der Grankullen war für die Spiele der Kinder aus der Nachbarschaft ein Paradies gewesen. Unzählige Cowboys und Indianer hatten das Wäldchen mit ihren Pferden unsicher gemacht und sich mit Knallplättchenpistolen beschossen. Unzählige Hütten waren gebaut und Schneeballschlachten ausgetragen worden, und Späher waren im Unterholz herumgeschlichen. Wir Mütter hatten im Laufe der Jahre unzählige Pflaster auf Schürfwunden geklebt und die eine oder andere Zecke entfernt. Aber damit war es zu Ende. Jetzt war aus dem Tannenhügel ein Reichenhügel geworden, und die neuen Bewohner hatten etwas dagegen, dass Kinder durch ihre frisch angelegten Gärten rannten.

Die Streifenwagen waren noch nicht eingetroffen, als ich oben auf dem Hügel ankam. In den Häusern war es dunkel. Keine Autos standen in den Auffahrten. Die Gärten waren noch nicht bepflanzt, nur die schwarze Erde, auf der Rasen angesät werden sollte, war zu sehen. Daneben ein Container mit Bauschutt, eine Zementmischmaschine, Bordsteine und Bauholz.

Das weiße Haus der van der Schenkers sah imposant aus mit seinen riesigen Fenstern. Es lag genauso unheimlich dunkel und unbelebt da wie die anderen Häuser. Auf der Rückseite fiel der Hang zu unseren Reihenhäusern hin ab. Zwischen dem Haus und dem Hang würde vermutlich einmal eine schmale Wiese angelegt werden, aber noch war alles Baustelle, und ich musste mir zwischen Erdhaufen und Bauschutt einen Weg bahnen. Auf der einen Schmalseite des Hauses und vorne hatte man bereits Mutterboden aufgeschüttet. Über der protzigen Treppe zum Entree lag ein großer Balkon nach Westen. Von dort aus bietet sich sicher eine fantastische Aussicht aufs Meer, obwohl es einige Kilometer entfernt liegt, dachte ich. Am Balkongeländer lehnte eine Leiter. Im Schein der Taschenlampe sah ich deutlich recht große Spuren in der lockeren Erde. Seltsamerweise verliefen sie von der Leiter quer über den frisch angesäten Rasen. Warum hatte der Eindringling nicht den gepflasterten Gartenweg benutzt? Dort hätte er keine Spuren hinterlassen. Als ich den Lichtkegel über die Leiter schweifen ließ, sah ich dort etwas rötlich glänzen. Es sah aus wie Blut. An den Schuhen des Eindringlings war Blut gewesen. Ein Schauer lief mir über den Rücken.

Das Tor der Doppelgarage stand auf. Das Licht meiner Taschenlampe fiel auf den karminroten Lack eines Porsche Targa. Der Jaguar, von dem die Rede gewesen war, fehlte jedoch. Seltsam. War er gestohlen worden?

Als die Streifenwagen in die Auffahrt einbogen, winkte ich den Kollegen zu und ging vor ihnen her zur Haustür. Vorsichtig und mit meinem Ärmel drückte ich die Klinke herunter, um keine Fingerabdrücke zu verwischen. Die Tür öffnete sich lautlos, sie war nicht richtig geschlossen. Verschiedene Gerüche schlugen mir entgegen: Ölfarbe, Tapetenkleister und frisches Holz. Mit dem Griff der Taschenlampe betätigte ich den Lichtschalter neben der Haustür. Ein schlichter Kronleuchter verbreitete einen klaren Lichtschein über den hellgrauen Schieferboden der großen Diele. Eine schöne Holztreppe führte ins Obergeschoss. Auf den Treppenstufen und dem hellen Boden waren blutige Fußabdrücke zu sehen, die genau auf den Punkt zuführten, an dem ich stand.

Im Haus war es vollkommen still. Vorsichtig ging ich die Treppe hoch. Ich versuchte, nicht in die blutigen Fußspuren zu treten. Das erste Zimmer, in das ich leuchtete, war ein Arbeitszimmer, das nächste das Schlafzimmer. Einer der uniformierten Streifenpolizisten stand schräg hinter mir und schaute in das Zimmer.

»Pfui Teufel«, sagte er.

Ich griff zu meinem Handy und rief Jonny an.

»Du kannst jetzt kommen«, sagte ich, als er abhob.

Mein Kollege Jonny Blom und ich standen vor dem Haus, während die Spurensicherung, die zusammen mit Jonny eingetroffen war und ihn gebeten hatte, mit der Besichtigung des Tatortes noch zu warten, ihre Arbeit verrichtete. Es reiche, dass der Streifenbeamte und ich dort herumgestiefelt seien, hatte Åhlén gemurmelt. Er ist ein hervorragender Kriminaltechniker, aber seine zwischenmenschlichen Fähigkeiten sind nicht ebenso gut entwickelt. Glatzköpfig, kurzsichtig, klein, dicklich und verschlossen sind treffende Beschreibungen Åhléns. Allerdings haben seine Frau und er sieben Kinder. Und er ist nie direkt unfreundlich. Meist hüllt er sich in Schweigen, das auf verschiedenste Weise gedeutet werden kann.

Das Fenster des Schlafzimmers ging auf den großen Balkon. Durch das Fenster fiel das Licht starker Scheinwerfer. Ich wusste, was sich da drinnen befand, und es schauderte mich, was Jonny offenbar auffiel.

»Blutige Angelegenheit?«

Das klang mehr nach einer Feststellung als nach einer Frage.

»Allerdings.«

»Wie sieht es dort aus?«

Vor meinem inneren Auge sah ich wieder die Szene im Schlafzimmer. Ich musste tief Luft holen, ehe ich antwortete:

»Ein Mann mittleren Alters liegt nackt und auf dem Rücken in der einen Betthälfte. Die Halsschlagader ist durchtrennt. Das Blut ist über das Bett und ins ganze Zimmer gespritzt.«

»Er wurde also abgeschlachtet. Und das Messer?«

»Keines. Soweit ich sehen konnte. Vielleicht findet die Spurensicherung es ja.«

Jonny nickte. Wir gingen um das Haus herum und näherten uns dem offenen Garagentor.

»Der Jaguar ist weg«, sagte ich.

Offenbar hatte Jonny wie immer nicht richtig zugehört, denn er entgegnete:

»Wieso Jaguar? Das ist ein Porsche …«

»Das weiß ich auch! Aber hier müsste außerdem noch ein Jaguar stehen. Laut meinen Nachbarn das größte Modell«, sagte ich eine Spur verärgert.

Jonny sah sich in der Auffahrt um, auf der die beiden Streifenwagen, sein Auto und der Lieferwagen der Kriminaltechniker standen. Einer der Streifenwagen gehörte zur Hundestaffel. Unsere zwei- und vierbeinigen Kollegen waren im Terrain unterwegs und suchten nach dem Täter.

»Hier steht kein Jaguar«, stellte Jonny fest.

»Sag ich doch«, seufzte ich.

Unsere Taschenlampen wiesen uns den Weg, der zu der am Balkon lehnenden Leiter führte. Wir hielten uns auf dem Plattenweg, da wir eventuelle Spuren in der lockeren Erde nicht zerstören wollten.

»Mir fiel auf, dass die Balkontüre offen stand, als ich ins Schlafzimmer schaute«, sagte ich.

Jonny leuchtete den Boden neben der Leiter mit der Taschenlampe ab. Deutlich waren in der Erde helle Punkte zu erkennen. Der Rasen war gerade erst ausgesät worden. Außerdem waren die Spuren riesiger Turnschuhe zu erkennen. Eine Spur führte vom gepflasterten Weg zur Leiter. Darunter hatte sich die Person hin- und herbewegt, vermutlich als sie die Leiter aufgerichtet hatte. Die andere Spur führte von der Leiter weg, quer über die Wiese und hinunter zum Weg.

»Das Blut auf der Leiter ist sogar von hier aus zu sehen«, sagte ich und leuchtete mit meiner Taschenlampe auf die blutigen Sprossen.

»Hm … durch die lockere Erde verschwunden … das lässt auf Panik schließen«, vermutete Jonny.

Über unseren Köpfen lehnte sich eine weiße Gestalt über das Balkongeländer. Es war Åhlén. Er sagte:

»In einer halben Stunde sind wir fertig.«

»Danke!«, antwortete Jonny.

Anschließend wandte er sich an mich.

»Was hältst du von einer Unterhaltung mit der blutigen Dame?«, fragte er.

Wir stolperten den Hügel hinunter und gingen Richtung Ohlssons Garten. Dort war inzwischen Stille eingekehrt. Der Duft von gegrillten Würsten hing noch in der Luft. Anna Högberg und Lisbeth Ohlsson waren damit beschäftigt, nach dem abrupt beendeten Gelage aufzuräumen. Alle anderen schienen nach Hause gegangen zu sein. Ich sah auf die Armbanduhr. Es war Viertel nach zwei, und in der Siedlung herrschte Stille.

»Hallo. Dies ist mein Kollege Jonny Blom. Wir würden uns gerne mit Jessica van der Schenker unterhalten«, sagte ich.

»Sie ist nicht mehr hier«, antwortete Lisbeth.

»Ach? Haben die Kollegen von der Streife sie bereits weggebracht?«, fragte ich.

Lisbeth knüllte das Papiertischtuch zusammen, stopfte es in einen schwarzen Müllsack und sagte dann:

»Nein. Sie hat geduscht, nachdem du gegangen warst, und sich dann ein T-Shirt und eine Jogginghose von mir geliehen. Dann hat sie ihre Eltern angerufen. Sie wohnen vermutlich irgendwo in der Nähe, denn sie waren zehn Minuten später hier. Ich riet ihr, auf dich zu warten, aber sie wollte unbedingt zu ihren Eltern nach Hause. Ich fand sie ziemlich herablassend. Aber die Ärmste stand natürlich unter Schock.«

Damit hatte ich nicht gerechnet, aber es ließ sich nun einmal nicht ändern. Plötzlich spürte ich, wie müde ich war. Ich versuchte, ein Gähnen zu unterdrücken, was Jonny auffiel. Er sagte:

»Geh nach Hause und leg dich ins Bett. Schließlich habe ich Bereitschaft. Ich werde die Dame dann eben morgen vernehmen. Du hast den Bericht am Montag auf dem Tisch. Jetzt gehe ich hinauf und sehe mir den Tatort mit eigenen Augen an.«

Er klopfte mir auf die Schulter und lieh sich meine Taschenlampe. Dann verschwand er Richtung Hügel.

Pflichtschuldig fragte ich Anna und Lisbeth, ob sie Hilfe benötigten.

»Nein, nein. Wir sind fertig. Und du hast ja auch schon einiges hinter dir.«

»Jessica van der Schenker hat ausgesagt, die Leiter habe am Balkon gelehnt, weil heute der Schornsteinfeger komme, um den Schornstein zu kontrollieren«, sagte Jonny.

Es war Montagmorgen, und die Mitglieder des Dezernats für Gewaltverbrechen hörten sich an, was die Befragung der jungen Witwe vom Vortag ergeben hatte.

»Die Leiter war also umgestellt worden?«, fragte unser Chef, Kommissar Sven Andersson.

»Ja. Etwa fünf Meter. Van der Schenkers hatten die Balkontüre des Schlafzimmers offen gelassen, da es im Haus noch nach Farbe roch. Der Mörder kam durch diese Tür. Jessica sagt, dass er nach dem Mord auch auf diesem Weg wieder verschwand. Also über die Leiter. Sie war zu schockiert, um ihm zu folgen, und war außerdem zu sehr damit beschäftigt, sich um die stark blutenden Stichwunden ihres Mannes zu kümmern. Nach einer Weile sah sie jedoch ein, dass es sinnlos war. Kehle und Halsschlagader waren durchtrennt. Er blutete kräftig und muss recht schnell gestorben sein.«

»Hat sie erzählt, was früher an diesem Abend geschehen ist?«, fragte ich.

»Nein. Sie brach in Tränen aus, und ich musste die Vernehmung abbrechen. Gestern ließ sie durch ihre Mutter mitteilen, dass sie nicht die Kraft habe. Jemand anderes muss die nächste Vernehmung übernehmen«, verkündete Jonny.

»Gute Arbeit. Irene soll sich darum kümmern«, entschied der Kommissar.

Das war mir ganz recht. Obwohl ich dem Opfer zu seinen Lebzeiten nie begegnet war, so waren wir doch beinahe Nachbarn gewesen. Das weckte natürlich meine Neugier, das muss ich zugeben. Gleichzeitig hatte ich das Gefühl, dass dieser Mord aufgeklärt werden musste. Nach so vielen Jahren bei der Kriminalpolizei konnte ich es nicht zulassen, dass ein Mord, der praktisch bei mir um die Ecke verübt worden war, ungelöst blieb. Einen gewissen Berufsstolz besitze ich schon.

Ich erreichte Jessica van der Schenker bei ihren Eltern, aber sie wollte uns keinesfalls dort empfangen. Also einigten wir uns darauf, dass sie sich um 15 Uhr im Präsidium einfinden würde. Ich fragte sie, ob sie das blutige Negligé noch habe. Das war der Fall. Es war bislang auch nicht gewaschen worden. Ich bat sie darum, es in einer Plastiktüte mitzubringen.

Sie war pünktlich. Ich nahm den Fahrstuhl ins Entree, holte sie dort ab und geleitete sie in mein Dienstzimmer. Im Aufzug betrachtete ich sie verstohlen im Spiegel. Ich wusste inzwischen, dass sie 34 Jahre alt war. Sie trug ein schickes dunkelblaues Kostüm und eine weiße Bluse. Ihr Make-up war diskret. Auch ihre exklusive große Handtasche war dunkelblau. Mit den Pumps war sie fast so groß wie ich.

Wir nahmen einander gegenüber an meinem Schreibtisch Platz, und ich fragte, ob sie etwas dagegen habe, dass ich die Unterhaltung auf Tonband aufzeichnete. Sie verneinte, wollte aber wissen, ob sie vielleicht einen Anwalt benötige. Ich versicherte, das sei nicht nötig, da es sich nicht um ein formelles Verhör handele. Dann zeichnete ich folgende Unterhaltung auf:

Irene: Erzählen Sie bitte, was am Freitag geschah.

Jessica: Ich holte Erik um Viertel nach sechs wie vereinbart ab. Ich hatte den großen Wagen genommen, um Gardinen, Gardinenstangen und solche Dinge zu transportieren. In den Porsche passt ja nichts rein.

Irene: Warum hat ihr Mann nicht den Porsche genommen?

Jessica: Der hatte einen Platten. Freitagnachmittag kam jemand von der Werkstatt und hat einen neuen Reifen montiert. Erik war am Morgen mit dem Taxi zur Arbeit gefahren, weil ich den großen Wagen brauchte.

Irene: Sie fuhren also mit dem Jaguar zum Büro Ihres Mannes?

Jessica: Ja. Als ich dort eintraf, unterhielt er sich gerade mit Christian Bergman. Christian ist CEO der Firma. Sein Auto sprang nicht an. Er bat uns, ihn mitzunehmen. Da er nur ein paar Kilometer von uns entfernt wohnt, war es auch kein großer Umweg.

Irene: Sie haben also Christian Bergman nach Hause gebracht. Sind Sie anschließend direkt nach Hause gefahren?

Jessica: Nein. Wir hatten Christians neues Reihenhaus noch nicht gesehen … er hat sich gerade scheiden lassen … er bat uns auf einen Drink herein. Dann lud er uns zu einem Teller Fischsuppe ein, die er fertig im Kühlschrank stehen hatte. Wir sagten ja. Es war sehr nett. Die Suppe war gut. Wir tranken Wein. Selbst ich trank ein Glas, obwohl ich schwanger bin. Man sieht es vielleicht noch nicht, aber ich bin in der zwölften Woche.

(Jessica strich sich leicht über ihren flachen Bauch. Ich konnte nicht einmal die Andeutung einer Ausbuchtung erkennen.)

Jessica: Als wir nach Hause wollten, mussten wir ein Taxi nehmen, da sowohl Erik als auch ich etwas getrunken hatten. Ehrlich gesagt hatte Erik vermutlich etwas zu viel getrunken … er hatte ziemlich einen in der Krone, als wir nach Hause kamen.

Irene: Wie spät war es da?

Jessica: Etwa elf. Wir zogen uns aus, und Erik legte sich aufs Bett. Ich ging ins Bad, um mich fertig zu machen. Plötzlich hörte ich … ein Geräusch. Ich ging ins Schlafzimmer, und da stand ein Mann über Erik gebeugt. Er stach immer wieder auf ihn ein …

(Sie legte die Hände vors Gesicht und begann leise zu weinen.)

Irene: Kannten Sie den Mann?

Jessica: Nein … Ich hatte ihn noch nie gesehen. Aber ich sah ihn nicht sonderlich gut. Ich konnte sein Gesicht nicht sehen … Er hatte eine Baseballmütze tief in die Stirn gezogen, und im Schlafzimmer brannte kein Licht … nur das in der Diele.

Irene: Er erinnerte Sie an niemanden, den Sie kennen? Nichts, was Ihnen irgendwie bekannt vorgekommen wäre?

Jessica: Nein … nichts.

Irene: Wie war er gekleidet?

Jessica: Eine Baseballmütze in einer dunklen Farbe. Hose und Pullover ebenfalls in dunklen Farben.

Irene: Hatten die Baseballmütze oder der Pullover einen Aufdruck?

(Sie dachte eine Weile nach.)

Jessica: Nichts, woran ich mich erinnern könnte.

Irene: Okay. Sie haben den Mann, der sich über Erik beugte und auf ihn einstach, also gesehen. Was haben Sie dann getan?

Jessica: Ich habe geschrien. Der Mann ist zusammengezuckt und hat einen Schritt auf mich zu gemacht … aber da habe ich noch lauter geschrien! Da hat er auf dem Absatz kehrtgemacht und ist auf den Balkon gerannt. Er hat sich über das Geländer geschwungen und ist verschwunden. Ich eilte zu Erik, nahm die Decke und versuchte die Blutung zu stillen … aber das Loch im Hals … das Blut … ich merkte, dass er … dass er …

(Sie begann wieder zu weinen.)

Irene: Warum haben Sie denn keinen Krankenwagen oder die Polizei gerufen?

Jessica: Wir haben noch kein Telefon … ich stand so unter

Schock, dass ich mein Handy nicht finden konnte … ich rannte im Haus herum und suchte … dann schaute ich aus dem Wohnzimmerfenster … sah die Laternen und die feiernden Leute … ich rannte dorthin, um Hilfe zu holen. Alles andere wissen Sie.

Wem die Professorin der Gerichtsmedizin Yvonne Stridner kein Begriff ist, sollte sich dies bei einer eventuellen Begegnung nicht anmerken lassen. Das würde ihr nämlich überhaupt nicht gefallen. Alle, die sich mit dem Fach Pathologie auskennen, halten sie für eine Koryphäe der europäischen Gerichtsmedizin. Sie selbst würde behaupten: der internationalen Gerichtsmedizin. Und sie hat recht. Nichts entgeht ihrem scharfen Blick und Intellekt, aber auf ihre ebenso scharfe Zunge würde man gerne verzichten. Aber auch dieser entgeht niemand. Frau Prof. Stridner ist die einzige Person, vor der mein Chef Sven Andersson Angst hat. Aber das würde er nie zugeben. Genauso wenig wie ich das zugeben würde. In den Augen der Professorin sind wir alle ahnungslose Pennäler. Jedenfalls gelingt es ihr immer, allen dieses Gefühl zu vermitteln.

Deswegen zögerte ich auch vor der Tür des Seziersaals. Ich wusste, dass die Professorin anwesend war, und ich musste ein paarmal tief durchatmen, ehe ich die Kraft und den Mut aufbrachte zu öffnen.

Dort stand Yvonne Stridner mit Erik van der Schenkers nackter Leiche vor sich auf dem Tisch aus Edelstahl und war die einzige lebendige Person im Raum. Sie hatte mit dem Y-förmigen Einschnitt von den Schlüsselbeinen zum Schambein begonnen und schaute von ihrer Arbeit auf.

»Aha. Du kannst es also wieder mal nicht abwarten.«

Sie hatte nie ein Geheimnis daraus gemacht, was sie von

mir und meinen Kollegen hielt. Ich versuchte, schmeichelnd zu lächeln, obwohl ich wusste, dass es totale Zeitverschwendung war.

»Tja … ich dachte, dass du vielleicht auf was gestoßen bist, was uns weiterhelfen könnte …«

Absichtlich sprach ich nicht weiter. Yvonne Stridner warf mir einen kritischen Blick zu. Wie erwartet konnte sie es nicht lassen, mich wie einen dickschädeligen Bullen zu behandeln. Ihre leise, fast trauernde Stimme erstaunte mich jedoch beinahe, als sie sagte:

»Ich kannte Erik van der Schenker. Seine erste Frau und ich waren auf dem Gymnasium beste Freundinnen. Ich war damals auf ihrer Hochzeit. Obwohl er sie betrog und sich dann von ihr scheiden ließ, habe ich Erik immer gut leiden können. Was Beziehungen anging, war er möglicherweise ein Schwein, aber er war ein herausragender Unternehmer und ein sehr netter und gebildeter Mensch.«

Sie betrachtete die Leiche und fuhr dann fort:

»Die äußeren Proben sind abgeschlossen, jetzt geht es noch um sein Inneres. Toxikologische Tests des Mageninhalts und des Bluts habe ich bereits durchgeführt, als er eingeliefert wurde. Die genauen Werte erhalte ich erst in einer Woche, aber die vorläufigen Ergebnisse sind soeben eingetroffen. Erik hatte etwas über ein Promille Alkohol im Blut. Außerdem lassen sich größere Mengen Diazepam nachweisen, er war also ziemlich zugedröhnt.«

»Was ist Diazepam?«, fragte ich.

»Ein normales Beruhigungsmittel wie Stesolid, das die Wirkung des Alkohols verstärkt.«

Stridner hob den Kopf und fing meinen Blick auf. Sie sah mich durchdringend an.

»Erik konnte sich nicht verteidigen, als er angegriffen wurde. Er hatte keine Chance.«

Ich sah ein, dass ich vor Ende der Obduktion nicht mehr in Erfahrung bringen würde. Aber die jüngsten Informationen waren schlicht sensationell. Eine Kombination aus Beruhigungsmitteln und Alkohol hatte dazu geführt, dass Erik van der Schenker betäubt gewesen war. Wann hatte er die Beruhigungsmittel genommen? Laut Jessica war er recht berauscht gewesen, als sie nach Hause kamen. Hatte er die Beruhigungsmittel genommen, ohne dass sie etwas gemerkt hatte?

Als ich in mein Dienstzimmer zurückkehrte, lag ein Zettel auf dem Schreibtisch. »Habe mit dem Taxifahrer gesprochen. Fredrik«, hatte mein Kollege daraufgesudelt. Wie immer machte ich einen Abstecher beim Kaffeeautomaten und nahm zwei Becher mit, ehe ich in sein Zimmer ging.

Fredrik Stridh strahlte und lächelte mich an, als er meine alltägliche Erscheinung in seiner Tür entdeckte. Vielleicht war das Lächeln auch dem dampfenden Kaffee geschuldet.

»Hallöchen!«

»Selber Hallöchen. Kaffee mit Milch und Zucker«, sagte ich und stellte ihm seinen Becher auf den Tisch.

Meinen Kaffee trinke ich immer schwarz ohne Zucker.

»Vielen Dank. Ich habe den Taxifahrer ausfindig gemacht, der die van der Schenkers am Samstagabend nach Hause gefahren hat. Er bestätigt, dass sein Fahrgast einen in der Krone hatte«, sagte Fredrik und trank genüsslich einen Schluck des lauwarmen Automatengetränks.

»Und zwar ordentlich?«

»Er sagte, van der Schenker sei getorkelt und hätte sich bei seiner Frau einhängen müssen. Der Taxifahrer betonte mehrmals, sie sei ja ein ganz steiler Zahn gewesen.«

Die meisten Männer hielten Jessica van der Schenker sicherlich für einen ganz steilen Zahn. Sie war eine schöne, klassische Blondine mit regelmäßigen Gesichtszügen und großen blauen Augen. Außerdem war sie groß und schlank. Sie hatte Stil und war eine Klassefrau, obwohl ich das Gefühl hatte, dass das meiste nur Fassade war.

Inzwischen hatte ich noch einiges über das Paar van der Schenker in Erfahrung gebracht. Erik stammte aus einer vermögenden Familie. Er hatte eine Firma geerbt und erfolgreich ausgebaut. Momentan war die Firma van der Schenkers ein großer Akteur in der Baubranche mit mehreren hundert Angestellten.

Jessica war Eriks dritte Ehefrau. Offenbar war sie durch eine Fernsehserie, die vor einigen Jahren gelaufen war, recht bekannt geworden, aber ich hatte noch nie von ihr gehört, was aber vielleicht daran liegt, dass ich nur selten Serien sehe.

»Ich komme gerade von der Stridner. Sie hat bei van der Schenker Blutproben und Proben des Mageninhalts entnommen. Er hatte Beruhigungsmittel im Blut und außerdem mindestens ein Promille Alkohol«, sagte ich.

Fredrik pfiff leise und zog die Brauen hoch.

»Gab es eine Suchtproblematik?«, fragte er.

»Keine Ahnung. Wir müssen seine schwangere Ehefrau fragen.«

»Sie ist schwanger?«

»Ja. Im dritten Monat.«

Fredrik pfiff noch einmal, und es gelang ihm jetzt beinahe, die Brauen bis zum Haaransatz hochzuziehen.

In diesem Augenblick streckte Jonny sein Gesicht durch die Türöffnung.

»Hier sitzt ihr also und palavert. Svante hat eben angerufen.

Kein Messer. Die Hunde haben heute noch ein größeres Gebiet abgesucht, aber das Messer ist nicht in der Nähe des Hauses zu finden. Der Mörder hat es offenbar mitgenommen. Die einzigen frischen Reifenabdrücke stammen von dem Porsche, dem Jaguar und dem Pick-up des Malers. Die anderen Abdrücke sind alle älter und stammen von den Fahrzeugen der anderen Handwerker. Die Spurensicherung hat die Fußabdrücke des Mörders sicherstellen können, aber das ist auch alles. Er hat sonst keine Spuren hinterlassen, und niemand hat ihn gesehen. Weder vor noch nach dem Mord«, sagte Jonny.

»Das ist nicht weiter merkwürdig. Schließlich wohnen dort auf dem Hügel bislang noch keine anderen Leute«, meinte Fredrik.

Jonny wollte gerade etwas sagen, als ihm jemand auf die Schulter klopfte. Der Kommissar hatte sich unhörbar angeschlichen, was in Anbetracht seiner Körperfülle eine richtige Leistung war. Normalerweise verrieten ihn seine asthmatischen Atemzüge bereits von weitem.

»Mach Platz, Blom, ich muss mit Irene sprechen. Es geht um den Mord in ihrer Reihenhaussiedlung«, sagte er.

»Also, das war gar nicht in meiner Reihenhaussiedlung …«, protestierte ich, der Kommissar unterbrach mich jedoch, noch ehe ich die geografischen Einzelheiten erläutern konnte.

»Egal. Du wohnst in der Nähe. Es geht um diesen Wirtschaftstypen, bei dem van der Schenker und seine Frau zu Abend gegessen haben.«

»Bergman«, warf ich rasch ein.

»Genau. Er wartet in deinem Büro«, sagte Andersson und sah mich an.

»Bei mir? Und was will er?«

»Er sagt, du hättest ihn vorgeladen.«

»Aber ich habe ihm nur auf den Anrufbeantworter gesprochen … ich konnte ihn nicht erreichen.«

»Jetzt ist er jedenfalls hier«, stellte Andersson fest und setzte seine Wanderung durch den Korridor fort.

Mir blieb nichts anderes übrig, als mich zu erheben und in mein Büro zurückzugehen.

Christian Bergman saß auf meinem Besucherstuhl. Er trug eine elegante Jeans, ein Hemd in einem helleren Blau, polierte braune Loafer und ein dunkelbeiges Leinensakko. Seine echt wirkende Sonnenbräune hob sich von seinen blonden Haaren ab. Er war ein gutaussehender Mann Ende dreißig. Als er mich sah, erhob er sich und kam mir ein paar Schritte entgegen. Sein breites Lächeln und seine ausgestreckte Hand vermittelten mir das Gefühl, er würde mich in meinem eigenen Dienstzimmer willkommen heißen.

»Hallo. Ich bin Christian Bergman. Ich habe Ihre Nachricht auf meinem AB gehört. Da ich ohnehin in der Gegend war, hielt ich es für zweckmäßig, Sie aufzusuchen. Gewissermaßen um es hinter mich zu bringen.«

Sein Händedruck war kräftig, aber etwas feucht. Sein Lächeln war immer noch ebenso herzlich, sein Blick hingegen flackernd. Christian Bergman war nicht ganz so unberührt, wie er mich glauben machen wollte. Andererseits war es aber nicht sonderlich erstaunlich, dass ihm unbehaglich zu Mute war. Sein Chef war nach einem Abendessen bei ihm ermordet worden. Er war eine der letzten Personen, die Erik van der Schenker getroffen hatte.

»Bitte nehmen Sie doch Platz«, sagte ich.

Ich tat so, als würde ich mir ein paar Papiere auf meinem Schreibtisch näher ansehen. Es handelte sich um eine nicht mehr aktuelle Liste des Bereitschaftsdienstes des Vormonats sowie die für diese Woche geltende Speisekarte der Kantine, aber das konnte Bergman nicht wissen. Nach einer Weile sah ich zu ihm hoch und sagte:

»Was ich von Ihnen wissen will, ist, was Freitagnachmittag und Freitagabend geschah. Vielleicht können Sie ja mit dem Zeitpunkt beginnen, als Sie Feierabend machten.«

»Natürlich. Kurz nach sechs ging ich zu meinem Auto. Auf dem Weg dorthin traf ich Erik, der auf Jessica wartete, die ihn abholen wollte. Ich setzte mich in mein Auto, aber es sprang nicht an, obwohl es fast neu ist. Irgendwas mit der Elektrik… das ist auch früher schon mal vorgekommen. Ich stieg also wieder aus und fragte Erik und Jessica, ob sie mich mitnehmen könnten. Ich wohne nicht weit von ihrem neuen Haus entfernt und dachte, dass es für sie kein sonderlicher Umweg ist. Sie waren so nett und nahmen mich mit.«

»Kennen Sie Erik und Jessica van der Schenker gut? Ich meine, privat?«

Bergman stutzte etwas und antwortete dann:

»Erik und ich haben gelegentlich Golf gespielt. Segeln waren wir auch. Er war hin und wieder auf meinem Segelboot und ich auf seinem. Wir haben einige gemeinsame Bekannte und treffen uns ab und zu auf Partys. Außerdem arbeite ich jetzt schon seit neun Jahren für ihn. Unsere Frauen sind im selben Aktienanlegerclub…«

Er hielt inne, und eine Röte breitete sich vom Hals über seine Wangen aus.

»Also… unsere Exfrauen… Erik ließ sich vor zwei Jahren von Eva scheiden. Er hatte Jessica kennengelernt und…«

Er verstummte und rückte hin und her, als sei mein Besucherstuhl plötzlich wahnsinnig unbequem.

»Wann haben Jessica und Erik geheiratet?«

»Vor einem guten Jahr, vielleicht sind es auch schon anderthalb Jahre.«

»Und wann haben Sie sich scheiden lassen?«

Ich erinnerte mich daran, dass Jessica van der Schenker erwähnt hatte, Bergman habe sich nach der Scheidung ein neues Reihenhaus gekauft. Er runzelte die Stirn.

»Was hat das … mit diesem fürchterlichen Mord zu tun?«

»Alle Aspekte sind bei einer Ermittlung wichtig. Ich hätte also gerne gewusst, wie lange Ihre Scheidung zurückliegt«, sagte ich neutral.

Er warf mir einen Blick zu, als wolle er protestieren, besann sich dann aber eines Besseren.

»Im Juni«, antwortete er.

»Also frisch geschieden. Und Sie sind also auch erst kürzlich in Ihr Reihenhaus eingezogen«, sagte ich, um auf die Vorfälle vom Freitag zurückzukommen.

Seine Miene hellte sich auf.

»Genau. Daher habe ich auch Erik und Jessica hereingebeten, damit sie sich das Haus ansehen. Ich hatte in der Früh eine Fischsuppe meiner Mutter aus dem Gefrierschrank genommen. Sie befürchtet immer, ich könnte verhungern, wenn ich allein bin. Also hatte sie eine Suppe gekocht, die für eine normale fünfköpfige Familie reicht. Ich muss wirklich sagen, dass die Fischsuppe meiner Mutter sehr lecker ist, auch aufgewärmt. Also fragte ich Erik und Jessica, ob eine aufgetaute Fischsuppe ihren Ansprüchen genüge. Als Kompensation holte ich ein paar Flaschen Pinot gris aus meinem Weinkeller und auch noch guten Käse und Cracker. Und einen Rest Mangosorbet gab es auch noch. Wir aßen und tranken und hatten es sehr nett.«

»Normale fünfköpfige Familie … haben Sie Kinder?«

»Ja, zwei, zehn und sieben. Deswegen bin ich auch in ein Reihenhaus gezogen. Meine Exfrau ist in der Villa wohnen geblieben. Sie liegt nur ein paar Kilometer entfernt. Von dort aus ist es nicht weit zur Schule der Kinder und zu ihren Freunden. Jede zweite Woche wohnen sie bei mir. Das Ganze erfordert … eine gewisse Logistik.«

Als er seine Kinder erwähnte, sah er plötzlich müde aus. Ich wollte nicht weiter auf seine Scheidung eingehen, sondern kam wieder auf den Mordabend zu sprechen.

»Hatten Sie beim Abendessen den Eindruck, dass zwischen Jessica und Erik alles in Ordnung war?«

Bergman wirkte erstaunt.

»Natürlich.«

»Sie wurde nicht sauer, weil er so viel trank?«

Er betrachtete mich nachdenklich. Wahrscheinlich fragte er sich, wie viel ich über van der Schenkers Trinkgewohnheiten wusste. Dann seufzte er und sagte:

»Nein. Sie wurde nicht sauer. Sie war es vermutlich gewohnt. Erik trank so einiges.«

»Er trank also wie immer?«

»Tja … doch … so war es wohl. Er fing mit einem großen Whisky an … zwei, wenn ich genauer nachdenke. In der Tat alles andere als klein. Dann trank er ziemlich viel Wein. Zum Käse trank er ein paar Gläser Portwein.«

»Hat er irgendein Medikament zu sich genommen?«

»Medikament?«, wiederholte Bergman und sah mich ratlos an.

»Hat er eine Tablette geschluckt? Oder mehrere?«

Bergman runzelte die Stirn und dachte nach.

»Ich habe keine Tabletten gesehen. Wenn er welche geschluckt hat, dann höchstens als ich in der Küche war oder als er die Toilette aufsuchte. Da müssen Sie Jessica fragen. Sie weiß bestimmt, ob er irgendwelche Tabletten nahm«, meinte er schließlich.

Da war ich mir nicht so sicher. Ich bin schon Tablettensüchtigen begegnet, die ihre Abhängigkeit jahrelang vor ihren Angehörigen geheim hielten, bevor alles ans Licht kam.

»Wann sind die beiden aufgebrochen?«

»Kurz nach halb elf, glaube ich. Da begann Erik ein wenig zu lallen. Sie nahmen ein Taxi. Jessica hatte ebenfalls Wein getrunken.«

»Seltsam, wo sie doch schwanger ist«, sagte ich und beobachtete ihn genau.

»Was … ist sie? Richtig … das erwähnte sie. Deswegen hat sie nur ein Glas getrunken«, sagte er und lachte.

Er fuhr sich mit der Hand durch seinen blonden Schopf und lächelte jungenhaft. Diese Ermittlung wartet mit zwei Leckerbissen auf, dachte ich. Obwohl es vor allem andere Dinge waren, denen ich näher auf den Grund gehen wollte.

»Der Altersunterschied zwischen Erik und Jessica war recht groß«, meinte ich.

Ich wusste, dass der Abstand zwischen den Eheleuten 28 Jahre betrug. Christian nickte nur, ohne etwas zu sagen.

»Beide hatten bislang keine Kinder«, fuhr ich fort.

»Nein. Sie freuten sich auf das Kind.«

»Was taten Sie, nachdem Erik und Jessica nach Hause gefahren waren?«

Er zog die Brauen hoch und lächelte erneut.

»Ist dies jetzt der Zeitpunkt, an dem ich meinen Anwalt anrufen muss?«

»Das kommt darauf an«, erwiderte ich.

»Und worauf?«

»Ob Sie etwas zu verbergen haben.«

Sein Lächeln erlosch.

»Ich habe nichts zu verbergen. Wirklich nicht das Geringste. Aber ich wohne allein, und es gibt niemanden, der mir ein Alibi geben könnte«, sagte er mit ernster Stimme.

»Was taten Sie?«

»Ich räumte auf. Stellte das Geschirr in die Spülmaschine und so. Trank noch ein kleines Glas Wein. Dann ging ich zu Bett.«

»Haben Sie den Jaguar am Tag darauf zu den van der Schenkers gebracht?«

»Nein. Der steht noch bei mir. Jessica und Erik wollten am Samstag mit dem Porsche kommen, damit einer von beiden den Jaguar nach Hause fahren konnte. Aber dazu kam es nicht mehr. Jessica hat mich Samstagmorgen angerufen und mir … von dem Fürchterlichen, das geschehen war, erzählt.«

Ich stellte noch einige weitere Fragen, aber Christian hatte nichts Interessantes mehr zu erzählen. Als er gehen wollte, fragte ich:

»Was haben Sie für eine Schuhgröße?«

»Dreiundvierzig. Wieso?«

»Vielen Dank.«

Ich lächelte und griff zum Telefonhörer, um zu bedeuten, dass unser Gespräch beendet sei. Es hatte den Anschein, als wolle er noch etwas fragen, aber dann überlegte er es sich anders und verschwand rasch auf den Korridor.

Als ich gerade wieder aufgelegt hatte, klingelte das Telefon.

»Kriminalinspektorin Irene Huss«, sagte ich.

»Jaa … hallo. Ich heiße Torgny Berg und arbeite als Nachtwächter. Ich las heute in der *Göteborgs-Posten*, dass Sie um sachdienliche Hinweise zu dem Mord an diesem Schänker, oder wie er hieß, bitten. Ich glaube, ich habe da etwas für Sie... In der Nacht auf Sonntag habe ich gearbeitet. Ich fuhr mit meinem Wagen an der Volvowerkstatt im Industriegebiet von Frölunda vorbei, und dabei fiel mir etwas Interessantes auf.«

Er zögerte etwas und fuhr dann fort.

»Man weiß nie... vielleicht hat es ja nichts mit dem Mord zu tun... jedenfalls stehen da vor einem Zaun einige Container, weil sie gerade eine große Lagerhalle umbauen. Bei einem der Container stand ein Auto in einer dunklen Farbe, das sofort weiterfuhr, als ich kam. Ich meine eine Person gesehen zu haben, die etwas in den Container warf. Natürlich habe ich mich gefragt, was dieses Auto dort Samstagnacht gegen zwölf zu suchen hatte.«

»Haben Sie den Fahrer des Fahrzeugs gesehen? Befand sich sonst noch jemand in dem Wagen?«

»Ich weiß nicht, wie viele Leute in dem Auto saßen. Es war zu weit entfernt. Ich weiß auch nicht, wie dieser Typ aussah. Aber es gibt auf dem Gelände Überwachungskameras. Vielleicht sind der Fahrer und das Auto ja auf einer Videoaufzeichnung zu sehen.«

Ich dachte eine Weile nach und begab mich dann zum Kommissar und erzählte ihm von der Beobachtung des Nachtwächters. Er rief die Spurensicherung an und bat sie, die Container zu durchsuchen.

Am darauffolgenden Tag nahm auch Kriminaltechniker Svante Malm an der Morgenbesprechung teil. Eine erwartungsvolle Stimmung lag in der Luft. Svante wirkte zufrieden. Das war immer ein gutes Zeichen.

»Wir hatten Glück. Die Container waren noch nicht geleert worden. In einem haben wir eine zugeknotete, stabile Plastiktüte gefunden. Sie enthielt ein großes japanisches Küchenmesser. Außerdem lagen darin ein Paar blut- und erdbeschmierte Turnschuhe Größe 44. Das Blut auf diesen Gegenständen stammt vom Mordopfer Erik van der Schenker.«

Ein anerkennendes Gemurmel war zu hören. Endlich ein Durchbruch! Svante räusperte sich um Aufmerksamkeit heischend.

»Aber eine Frage bereitet uns Kopfzerbrechen. Auf den Leitersprossen befand sich Blut des Opfers, was dafür spricht, dass der Mörder nach der Tat auf diesem Weg geflüchtet ist. Aber auf den Sprossen war keine Erde. Die hätten wir aber dort finden müssen, da das Haus von lockerer Erde umgeben ist. Es gab Spuren, die zur Leiter führten, aber keine Erde auf den Sprossen der Leiter. Das bedeutet, dass der Mörder das Haus nicht über die Leiter betreten hat.«

Ein erneutes Gemurmel brach unter den Kollegen aus, aber Svante fuhr unbeirrt fort:

»Am Schloss fanden sich keine Spuren, die auf einen Einbruch hindeuten, also hatte der Mörder entweder einen Schlüssel, oder die Tür war nicht abgeschlossen.«

Er nahm einen Karton aus seiner Tasche, die er auf dem Tisch abgestellt hatte. Es dauerte eine Weile, bis er die schützende Plastikfolie entfernt hatte, die um den Gegenstand in dem Karton gewickelt worden war.

»Auch die Gipsabgüsse sind interessant. Hier«, sagte er.

»Schaut euch mal den Gips bei den Zehen an und vergleicht mit der Fersenpartie. Seht ihr, dass der Gips dort viel dicker ist?«, fragte er.

Wir nickten, das war deutlich zu sehen.

»Die betreffende Person trug zu große Schuhe. Mit Hilfe verschiedener Testpersonen haben wir Abdrücke und Körpergewicht verglichen. Die Person, die diese Spuren hinterlassen hat, kann nicht mehr als sechzig Kilo gewogen haben.«

»Jessica«, sagten Jonny und ich gleichzeitig.

Svante lächelte.

»Tja, dann müsst ihr das nur noch beweisen.«

Leichter gesagt, als getan. Jessica trug Socken, als sie zu uns heruntergerannt war. Die Spuren auf der Treppe und in der Diele stammten von ihr. Sie hätte nie die Zeit gehabt, zu dem Container in Frölunda zu fahren. Die blutigen Gegenstände in der Plastiktüte wiesen keine Fingerabdrücke auf. DNA-Spuren in den Schuhen fehlten ebenfalls. Uns war natürlich klar, dass Jessica Plastikhandschuhe getragen hatte, als sie den Mord verübte. Als ich mir in Erinnerung zu rufen versuchte, wie sie ausgesehen hatte, als sie sich an dem Lattenzaun festgeklammert hatte, wusste ich nicht mehr, ob ihre Hände blutig gewesen waren. Resolut rief ich Lisbeth Ohlsson an und fragte sie, ob Blut auf den Latten war. Ihr Zaun war weiß, es müsste also zu sehen sein.

Sie schwieg eine Weile und sagte dann:

»Ich weiß nicht … warte einen Augenblick, ich gehe mal nachsehen.«

Es dauerte eine Weile, bis sie zurück war.

»Nein. Keinerlei Blut. Und seit letztem Donnerstag hat es auch nicht mehr geregnet«, sagte sie.

Das Fehlen von Blut war allerdings kein entscheidender Beweis, aber ein Indiz, das für Jessica als Täterin sprach.

Ein Mann, der sich als Rechtsanwalt Karl Kästner vorstellte, rief am frühen Morgen an und bat darum, mit einer mit dem Mordfall Erik van der Schenker befassten Person zu sprechen.

Rechtsanwalt Kästner war ein distinguierter Mann Anfang sechzig mit Maßanzug und stahlgrauem, vollem Haar, das er zurückgekämmt trug. Ein ergrauter Löwe, dachte ich mir. Wir begrüßten uns, und ich bat ihn, auf meinem Besucherstuhl Platz zu nehmen. Er begann ohne Umschweife:

»Ich bin seit fast dreißig Jahren Erik van der Schenkers Anwalt. Als ich von dem Mord erfuhr, war mir klar, dass ich Ihnen eine wichtige Information nicht vorenthalten darf. Das hat in mir zwar einen Gewissenskonflikt ausgelöst, aber in diesem Fall bleibt mir keine andere Wahl. Nur so kommt die Wahrheit ans Licht.«

Er holte tief Luft, um Anlauf für die Fortsetzung zu holen.

»Jessica van der Schenker ist Eriks dritte Frau. Er hat keine Kinder aus den früheren Ehen. Jetzt ist sie schwanger.«

»Ja, das erwähnte sie«, erwiderte ich.

»Deswegen wollte Erik sich auch scheiden lassen«, fuhr Kästner unberührt fort.

Der Anwalt verstummte und warf mir einen scharfen Blick zu. Ich kann nur sagen, dass mir seine Worte die Sprache verschlugen.

»Erik hatte sich im Laufe der Jahre mehrmals untersuchen lassen. Die Ärzte sagten immer dasselbe. Er war nicht zeugungsfähig. Er konnte keine lebensfähigen Spermien produzieren. Als Jessica ihm mitteilte, sie sei schwanger, war Erik natürlich klar, dass sie ihn betrogen haben musste. Er wusste, dass er nicht der Vater des Kindes sein konnte. Er hatte Jessica nie erzählt, dass er steril war, sie wusste davon also nichts. Am frühen Montagmorgen, also fünf Tage, bevor er ermordet wurde, kam Erik zu mir und teilte mir mit, er wolle die Scheidung einreichen.«

Nachdem ich mich von meiner Überraschung erholt hatte, fragte ich:

»Was hätte das für Jessica bedeutet? Hätte sie viel geerbt?«

»Sie hatten Gütertrennung vereinbart. Jessica hätte nicht sonderlich viel bekommen«, antwortete Kästner knapp.

Ich dachte so intensiv nach, dass es geradezu in meinem Oberstübchen knackte. Das war zweifellos ein Durchbruch. Ein Motiv!

»Kann Jessica von den Scheidungsplänen erfahren haben?«, fragte ich.

»Das ist möglich. Bereits am Montagnachmittag schickte ich ihm einen Entwurf des Scheidungsvertrags nach Hause. Er wollte nicht, dass ich ihn mailte, sondern wünschte ihn per Post. Ich durfte ihn nicht ins Büro schicken, da dort seine Sekretärin die Post öffnet. Er glaubte nicht, dass Jessica den Brief aufmachen würde, da sie sich nicht mit Post befasst, die an ihn adressiert ist. An dem Tag, an dem er ermordet wurde, rief mich Erik an und teilte mit, er habe den Vertragsentwurf erhalten. Eigentlich hätte er ihn am Dienstag oder spätestens am Mittwoch erreichen müssen. Bereits da überlegte ich mir, ob Jessica den Brief erst einmal unterschlagen hatte.«

Kurz vor Feierabend erhielt ich das Ergebnis der Auswertung der Überwachungskameras aus dem Frölunda-Industriegebiet. Es war deutlich zu erkennen, dass es sich um einen großen Wagen in einer dunklen Farbe handelte. Leider stand ein anderer Container zwischen der Kamera und dem Fahrzeug, und deswegen war nur sein Dach auszumachen. Von der

Person, die die Plastiktüte in den Container warf, sah man nur die Umrisse einer Baseballmütze.

Jonny, Fredrik und ich steckten unsere klugen Köpfe zusammen. Ein leichter Regen schlug gegen das Fenster. Das Wetter passte zu unserer Stimmung.

»Wir müssen sie zu einem Geständnis bewegen«, sagte Fredrik.

Würde Jessica gestehen? Wenn man bedachte, wie gefühlskalt sie bislang gehandelt hatte, wohl kaum. Wir benötigten etwas, das sie nicht ohne weiteres abtun konnte.

»Sie wird kategorisch alles abstreiten«, meinte Jonny düster.

»Allerdings«, pflichtete ihm Fredrik bei.

Plötzlich dachte ich daran, was meine Mutter, die immer eine Redensart parat hatte, zu sagen pflegte: Keine Kette ist stärker als ihr schwächstes Glied.

»Wo ist das schwache Glied?«, fragte ich laut.

»Es heißt das schwache Geschlecht«, grinste Jonny.

»Superlustig. Ich meine es ernst. Wo ist der schwache Punkt. Wie können wir ihr Alibi unterwandern?«

Schließlich meinte Fredrik nachdenklich:

»An ihrem Alibi lässt sich nur schwer rütteln. Zeitmäßig passt alles. Der einzige Beweis sind die Fußspuren, die zeigen, dass eine relativ leichte Person in zu großen Schuhen unterwegs war. Wir wissen, dass sie einen Komplizen gehabt haben muss, der Messer, Hand- und Turnschuhe in den Container warf. Die Handschuhe haben wir bislang nicht gefunden. Ich schlage vor, dass wir Jessica einstweilen in Ruhe lassen und uns direkt dem schwachen Glied zuwenden. Das heißt dem Kindsvater.«

»Wem?«, fragte Jonny.

»Dem Vater von Jessicas Kind. Ich finde, wir sollten bei ihm beginnen«, erwiderte Fredrik geduldig.

»Und wer soll das verdammt noch mal sein?«, fauchte Jonny wütend.

Sowohl Fredrik als auch ich lächelten ihn spöttisch an und taten unser Bestes, allwissend auszusehen. Keiner von uns beantwortete seine Frage. Er konnte ruhig selbst ein wenig nachdenken.

Als Erstes rief ich bei Christian Bergman im Büro an und erhielt von einer Sekretärin mit professionell-freundlicher Stimme den Bescheid, er habe frei und sei erst am Montag wieder zu erreichen.

In regelmäßigen Abständen rief ich Bergmans Handy und seine Festnetznummer zu Hause an, aber ohne Erfolg.

Schon seltsam, dass sich der CEO eines großen Unternehmens freinahm, wenn der Besitzer und Boss gerade gestorben war. Da Donnerstag war, bedeutete dies, dass Christian Bergman vier Tage lang nicht zur Arbeit erscheinen würde. Am Wochenende hatten vermutlich die meisten Leute frei, aber dass er sich unter diesen Umständen zwei Tage Urlaub nahm, ließ mich Schlimmstes ahnen.

»Wir müssen Bergman ausfindig machen«, sagte ich zu Fredrik.

»Ich suche gleich relevante Adressen und Rufnummern heraus. Erst mal die seiner Exfrau und die seiner Eltern«, sagte Fredrik und legte sofort los.

Ich weiß zwar nicht wie, aber dieser Mann ist in der Lage, mit Hilfe eines Computers mit Internetanschluss einiges herauszufinden.

Fredrik und ich fuhren in das Viertel, in dem Christian Bergman wohnte. Im Auto informierte mich Fredrik über das Ergebnis seiner Nachforschungen.

»Die Exfrau wusste nicht, wo Christian steckt. Die Kinder sind offenbar in der kommenden Woche bei ihm. Sie wirkte sehr erstaunt, dass er frei genommen hat und auf seinem Handy nicht erreichbar ist. Sie versprach mir, sich bei ihren Bekannten umzuhören, wo er stecken könnte.«

»Gut. Und was sagten seine Eltern?«, wollte ich wissen.

»Seine Mutter hat seit letztem Wochenende nicht von ihm gehört. Der Vater ist tot. Die alte Frau erzählte mir umständlich, wie ihr Mann vor zwei Jahren im Weihnachtsgedränge einfach auf der Straße umgefallen sei. Die Leute glaubten erst, er sei sturzbetrunken, und es dauerte mehrere Minuten, bis jemand auf die Idee kam, er könne krank sein. Als der Krankenwagen bei der Notaufnahme eintraf, war er bereits tot. Sie war immer noch ganz außer sich, und es dauerte einige Minuten, bis ich sie dazu bringen konnte, stattdessen über ihren Sohn zu sprechen. Sie sagte, er sei immer sehr geschickt gewesen und habe deswegen verdienterweise auch eine strahlende Karriere gemacht. Habe ich gesagt, dass er auch ein ganz wunderbarer Vater ist? Die Scheidung ist ganz und gar die Schuld der Exfrau.«

Fredrik lachte, als er die Worte Bergmans liebevoller Mutter wiedergab, dann fuhr er fort:

»Ich habe Bergmans Schwester in Brüssel angerufen. Sie hat schon seit Wochen nichts mehr von ihrem Bruder gehört. Offenbar sind die beiden nicht sonderlich innig«, sagte er.

Wir parkten vor Bergmans Haus auf der Straße. Sein Auto stand nicht im Carport. Auch von dem Jaguar war keine Spur. Offenbar hatte Jessica ihn abgeholt. Das Reihenhaus aus rotem Backstein hatte zwei Stockwerke und ein Mansardendach. Zwei Erker flankierten die Haustür. Auf mich wirkte es englisch, geschmackvoll und gediegen. Der Garten war recht groß mit ein paar Obstbäumen und Rosenbeeten. Zwischen den Rosen wucherte das Unkraut. Offenbar hatte bei Bergman Gartenarbeit nicht höchste Priorität.

Niemand öffnete, obwohl wir etliche Male klingelten. Fredrik und ich gingen um das Haus herum, aber nichts deutete darauf hin, dass Bergman zu Hause war.

»Die Tür zur Waschküche ist nur angelehnt«, meinte Fredrik.

Er öffnete sie ganz, und wir betraten die Waschküche. Dort war es ziemlich unordentlich. Haufen schmutziger Wäsche lagen auf dem Fußboden. In einem großen Edelstahlbecken schwammen ein paar Oberhemden in grauem Wasser.

»Er wollte Hemden waschen, hat sie dann aber einfach im Wasser liegen lassen. Offenbar hatte er es auf einmal sehr eilig«, sagte ich.

Wir untersuchten das ganze Haus. Im Erdgeschoss lagen Küche, Wohnzimmer, Gästetoilette und ein Arbeitszimmer. Im Obergeschoss drei Schlafzimmer und ein Badezimmer. Die Zimmer waren mit teuren Designermöbeln eingerichtet. Alles wirkte neu und modern, aber irgendwie unpersönlich. Trotzdem war das Haus recht unordentlich. Das breite Bett im großen Schlafzimmer war nicht gemacht. Eine Schiebetür des Kleiderschranks war geöffnet. Er wirkte mit seinen kleiderlosen Bügeln verdächtig leer.

»Obwohl unten eine Menge schmutzige Wäsche lag, scheint er einiges eingepackt zu haben«, meinte Fredrik.

Ich hatte ebenfalls diesen Eindruck.

In der Küche stand eine Menge schmutziges Geschirr. Auf

einer Untertasse auf dem Küchentisch lag ein Stück Käse, das an den Rändern eingetrocknet war.

»Der Käse steht schon seit einigen Stunden dort, vielleicht schon seit gestern«, meinte ich.

»Offenbar hat er die Biege gemacht«, stellte Fredrik fest.

Wir schrieben Christian Bergman einige Stunden später bei Interpol zur Fahndung aus. Vorher hatten wir in Erfahrung gebracht, dass er am Vorabend nach Paris geflogen war.

Am Freitag wurde deutlicher, was vorgefallen war. Die Juristen der Schenker Bygg AB hatten Christian Bergman wegen Unterschlagung angezeigt. Es zeigte sich, dass der Verdacht schon seit einiger Zeit bestand, aber erst jetzt waren die Beweise ausreichend gewesen. Irgendwie musste Bergman erfahren haben, dass man ihm auf die Spur gekommen war, und sich deswegen aus dem Staub gemacht haben. Es ging um mindestens vier Millionen Kronen, die Bergman im Laufe der Jahre auf eigene Konten abgezweigt hatte.

Christian Bergman war mit der Bahn nach Calais gefahren. Seltsamerweise hatte er die Fahrkarte mit seiner Kreditkarte bezahlt. Mit dieser hatte er im Fährhafen in Calais auch an einem Geldautomaten Geld abgehoben. Ein Mann, der für die Finanzen zuständig war, musste doch eigentlich wissen, dass er auf diese Weise elektronische Spuren hinterließ. Die englische Polizei hatte ihn auf dem Kai in Dover in Empfang genommen.

Christian Bergman sah nicht mehr sonderlich fit aus, als Jonny und ich ihn in der Untersuchungshaft aufsuchten. Mit hängenden Schultern saß er auf einem Stuhl, und es war offensichtlich, dass er mehrere Nächte nicht geschlafen hatte.

Seine Haare waren ungekämmt, und er stank nach Schweiß. Unter seiner Sonnenbräune ließ sich bereits ein grauer Ton ausmachen, die Vorahnung eines langen Gefängnisaufenthalts. Seine Körpersprache drückte Schicksalsergebenheit aus. In vielerlei Hinsicht würde die Strafe für ihn spürbar werden: Er würde wirklich alles verlieren: die Freiheit, die Kinder, die Arbeit, das Haus sowie seine soziale und wirtschaftliche Stellung. Aber seinen Status hatte er schließlich nur mit gestohlenem Geld erlangt.

Wir stellten ein paar Routinefragen, ehe wir uns der Kernfrage zuwandten.

»Warum sind Sie abgehauen?«, fragte ich.

Bergman strich sich mit den Handflächen über das Gesicht und rieb sich dann die Augen, als versuche er sich wachzuhalten. Seine zitternden Hände verrieten ihn. Dieser Mann war alles andere als nur müde. Er stand unter größter Anspannung. Als er nicht antwortete, wiederholte ich die Frage.

»Ich wusste, dass die Wirtschaftsprüfer entdeckt hatten, dass ich Geld … geliehen hatte«, sagte er matt.

»Geliehen? Hatten Sie vor, das Geld zurückzuzahlen?«, hakte Jonny rasch nach.

Bergman tat so, als hätte er ihn nicht gehört, aber ich sah, dass er erstarrte.

»Es ist kein Geld mehr da, oder?«, sagte ich.

Vor meinem inneren Auge sah ich das neue Auto, das schicke Segelboot und das schöne Reihenhaus mit allen neuen Möbeln und dem Designplunder. Wie ich Bergman erlebt hatte, umgab er sich gerne mit schönen Dingen. Es kostet, wenn man mittanzen will, hatte meine Mutter immer gesagt.

Christian antwortete nicht, sondern schüttelte nur den Kopf. Plötzlich begann er am ganzen Körper zu zittern. Nach einer Weile schluchzte er laut. Zwischen den Schluchzern erzählte er alles und noch einiges mehr. Das schwächste Glied war geborsten.

Jessica gestand schließlich, ohne jegliches Schuldbewusstsein erkennen zu lassen. Dies ist im Wortlaut die Aussage Jessica van der Schenkers:

Am Donnerstag ließ ich Luft aus dem einen Reifen des Porsches. Einen Ersatzreifen hatten wir nicht. Deswegen wusste ich, dass Erik am nächsten Morgen mit dem Taxi zur Arbeit fahren würde. Am Freitagnachmittag zog ich Eriks neue Joggingschuhe an. Ich achtete darauf, Strümpfe zu tragen. Die Schuhe waren Größe 44, ich habe Schuhgröße 39. In der lockeren Erde gab das deutliche Spuren. Es kostete mich einige Mühe, die schwere Metallleiter an das Balkongeländer zu lehnen. Da wir aber erst nach Einbruch der Dunkelheit zu Hause sein sollten, würde Erik die Leiter nicht bemerken.

Dann reinigte ich die Joggingschuhe in der Waschküche sorgfältig und legte sie in eine Plastiktüte. Diese versteckte ich in einem der Kleiderschränke im Schlafzimmer. In die Tüte legte ich auch das Küchenmesser und ein Paar Plastikhandschuhe.

Als wir nach dem Abendessen bei Christian nach Hause kamen, musste ich Erik aus dem Taxi und hoch ins Schlafzimmer führen. Das Stesolid, das ich ihm in sein Mangosorbet gemischt hatte, begann zu wirken. Ich wuchtete ihn ins Bett. Er schnarchte, als ich aus dem Bad kam. Dort hatte ich mir mein Negligé angezogen. Ich nahm die Plastiktüte mit den Joggingschuhen und den anderen Sachen aus dem Schrank. Man kann es für kaltblütig halten, dass ich ihm die Kehle durchgeschnitten habe, aber ich war so wahnsinnig wütend. Er wollte sich scheiden lassen! Mich im Regen stehen lassen, obwohl ich schwanger war. Er hatte es nicht besser verdient! Blut spritzte durchs Zimmer und auf mich.

Ich kletterte die Leiter hinunter und ging über den frisch angelegten Rasen zur Garage. Dort hatte Christian den Jaguar geparkt. Er zitterte wie Espenlaub. Es erstaunt mich nicht, dass er zusammenbrach, als Sie ihn verhörten. Wenn er doch nur hätte schweigen können … Erst als ich ihn an unser Kind und an das Geld, das ich erben würde, erinnerte, beruhigte er sich etwas. Die Scheidung, das neue Reihenhaus und schlechte Aktiengeschäfte haben ihn beinahe in den Ruin getrieben. Er wusste auch, dass die Firma den Verdacht hegte, er zweige Geld für eigene Zwecke ab. Obwohl ich ehrlich sagen muss, dass ich nie geahnt habe, dass es sich um eine so große Summe wie vier Millionen handelte. Ich ging immer von höchstens ein paar Hunderttausend aus. Ich erinnerte ihn an das Geld, das wir beide so dringend benötigten. Er nahm sich zusammen, denn er wusste, dass uns nichts anderes übrig blieb. Ich bat ihn, mir die Plastiktüte aufzuhalten, und ich legte das Messer, die Joggingschuhe und die Plastikhandschuhe hinein. Ehe er fuhr, wies ich ihn an, alles zu verbrennen, vor allen Dingen die Handschuhe.

Als er gefahren war, kehrte ich wieder ins Haus zurück. Ich ging ins Wohnzimmer und schaute in den Reihenhausgarten, in dem gerade ein Krebsfest gefeiert wurde. Dieses Fest kam mir wie gerufen. In einer Weile würden diese Leute den Schock ihres Lebens bekommen.

Ich ging ins Schlafzimmer hinauf und stapfte im Blut herum. Als ich die Treppe hinuntergegangen und über die Schwelle getreten war, drehte ich mich noch einmal um.

Meine blutigen Fußspuren leuchteten effektvoll auf dem hellen Steinboden.

Als ich um die Ecke bog, holte ich tief Luft, dann begann ich zu rennen und aus vollem Hals zu schreien.

NACHBEMERKUNG

Es macht Spaß, Erzählungen zu schreiben. Dass ich nicht mehr davon schreibe, liegt daran, dass mir die Zeit dazu fehlt. In den letzten Jahren habe ich mich auf das Schreiben von Romanen und Drehbüchern konzentriert. Gelegentlich habe ich aber trotzdem die Zeit zum Verfassen einer Erzählung gefunden.

Ich glaube an die Erzählung als Kunstform. Sie passt ganz ausgezeichnet in unsere gestresste Gegenwart. Man braucht sich nicht durch einen ziegelsteindicken Roman hindurchzuarbeiten, sondern kann einen abgeschlossenen Text bewältigen, ehe man abends das Licht löscht. Eine Erzählung hat auch die richtige Länge, um sie in der Bahn oder U-Bahn downzuloaden.

Wenn wir Autoren keine Erzählungen, sondern nur Romane schreiben, dann werden viele gute Geschichten nie erzählt. Darum ist mir die Erzählung so wichtig.

Helene Tursten

Die schwedische Originalausgabe erschien 2013
unter dem Titel »Mina mindre mord och mysterier« bei
Pocketförlaget, Stockholm.

MIX
Papier aus verantwortungsvollen Quellen
FSC www.fsc.org FSC® C083411

Verlagsgruppe Random House FSC® N001967
Das für dieses Buch verwendete FSC®-zertifizierte Papier
Lux Cream liefert Stora Enso, Finnland.

1. Auflage
Genehmigte Taschenbuchausgabe Dezember 2014

Published by agreement with
Leonhardt & Høier Literary Agency A/S, Copenhagen

Umschlaggestaltung: semper smile, München
Umschlagmotive: © Shutterstock / Nik Merkulov;
Shutterstock/Chris Parypa Photography
Satz: Uhl + Massopust, Aalen
Druck und Einband: CPI – Clausen & Bosse, Leck
SL · Herstellung: sc
Printed in Germany
ISBN 978-3-442-74852-5

www.btb-verlag.de
www.facebook.com/btbverlag
Besuchen Sie auch unseren LiteraturBlog www.transatlantik.de

Helene Tursten

bei btb

Kriminalinspektorin Irene Huss ermittelt!

Der Novembermörder. Roman
Broschur, 544 Seiten

Die Tätowierung. Roman
Broschur, 448 Seiten

Tod im Pfarrhaus. Roman
Broschur, 352 Seiten

Der erste Verdacht. Roman
Broschur, 384 Seiten

Feuertanz. Roman
Broschur, 320 Seiten

Die Tote im Keller. Roman
Broschur, 320 Seiten

Das Brandhaus. Roman
Broschur, 336 Seiten

Der im Dunkeln wacht. Roman
Broschur, 320 Seiten

Im Schutz der Schatten. Roman
Broschur, 368 Seiten

»Die männlichen Kollegen Wallander und Van Veeteren sind in Pension, nun übernimmt Irene Huss das Ruder, wird zur führenden schwedischen Ermittlerin.«

Bild am Sonntag

Jonas Jonasson

Der Hundertjährige, der aus dem Fenster stieg und verschwand

Roman

332 Seiten, Broschur

btb 74492

Der Sensationsbestseller aus Schweden!

»Ganz großes Kino.«

Berliner Morgenpost

»Ein Gute-Laune-Schmöker!«

Denis Scheck, ARD druckfrisch

»Ein Schelmenroman erster Güte!«

Der Spiegel

»Ein verrücktes, überbordendes Buch. 5 Sterne!«

Stern

»Ein großes Lesevergnügen!«

NDR Kultur

»Ein Roman, den man am liebsten ewig weiterlesen würde – unterhaltsam und bezaubernd!«

Abendzeitung, München